C000185822

.de

Finn Askårt

Invasion im Schärengarten

Blut und Tränen

© 2020 Finn Askårt

Verlag und Druck:
tredition GmbH, Halenreie 40-44, 22359 Hamburg

ISBN
Paperback: 978-3-347-18740-5
Hardcover: 978-3-347-18741-2
e-Book: 978-3-347-18742-9

Disclaimer:

Diese Geschichte handelt nur von rein fiktiven Personen, die keinen Bezug zu eventuell lebenden Personen haben. Namensgleichheiten mit Personen, Orten und Ortsbezeichnungen sind rein zufälliger Natur und entspringen der Fantasie des Autoren.

Vorwort:

Sommer 1989, die Mauer in Berlin droht zu fallen. Die Welt blickt gespannt nach Deutschland. Unbemerkt von der Weltöffentlichkeit bahnt sich in Schweden eine Katastrophe an.

Der junge Ulf Kellerson findet seinen Heimatort verlassen vor und entdeckt eine tödliche Bedrohung. Er macht sich auf die Suche nach seinen Eltern, in einer von tödlichen Maschinen überrannten Gegend. Er begegnet der jungen Französin Amelie Devereux und ihrem Begleiter Thort Livström. Sie geraten oft aneinander doch sie verliebt sich in ihn.

Bedroht von tödlichen Robotern begeben sie sich auf eine gefährliche, weite Reise. Überall lauert der Tod. Sie verfolgen die Spuren der Evakuierten, um einen Widerstand zu organisieren. Sie finden Hinweise auf Überlebende. Auf dem Weg dorthin geraten sie in tödliche Gefechte. Werden sie ihr Ziel erreichen? Können sie in dieser feindlichen Welt überleben? Gibt es Hoffnung für sie?

Denn sie haben nur einen Wunsch

Zu überleben.........

Prolog

Abgeschieden am Fuße des Thorsberget liegt auf der Insel Skarpö das Militärt Forskningslaboratorium Midgard (schwed. Militärisches Forschungslaboratorium Midgard) Die Anlage liegt in einem Talkessel des Thorsberget. Für einen Betrachter sieht die unscheinbar wirkende Anlage aus wie ein Nachschublager. Auf dem Gelände befindet sich ein Wohnblock mit Kindergarten, diverse Lagerhallen und Baracken. Aus der Felswand des angrenzenden Thorsberget ragt ein großes Tunnelmaul, welches den Eingang zum Hangar und der Umladestation bildet. Niemand würde in dieser idyllischen Natur, die von Äckern und Feldern sowie dichten Wäldern durchzogen ist ein geheimes militärisches Labor vermuten.

Drei Etagen tief unter dem Gebirgsmassiv befindet sich eine weitläufige Anlage. Ein Großrechner befindet sich in einem der Forschungslabore.

Tarja Tungsberg, die leitende Programmiererin sitzt schon seit Stunden vor ihrem Computer. Seitenweise läuft Text über ihren bernsteinfarbenen Bildschirm. Es hatte einen Zwischenfall mit dem neuen Betriebssystem COBREX gegeben. Das auf UNICOS basierende System sollte zur Fernsteuerung von Robotern per Gedankenübertragung dienen. Es bildete die Schnittstelle zwischen Mensch und Maschine, jedoch machte es immer wieder Probleme, die Tarja Tungsberg suchen und finden musste.

Besonders die künstliche Intelligenz V.I.G.D.I.S machte Probleme. Sie sollte es ermöglichen, dass ein Mensch sein Bewusstsein in den Computer transferieren und zusammen mit dem Rechner die Roboter fernzusteuern. Der Wissenschaftliche Leiter Jens van Duve, der an einem aggressiven Bauchspeicheldrüsenkrebs erkrankte Wissenschaftler hatte sich für einen Selbstversuch zur Verfügung gestellt. Sie hatten es geschafft sein Bewusstsein in den Rechner zu transferieren, jedoch konnten sie ihn nicht mehr zurückholen. Seitdem liegt sein Körper auf der Krankenstation im Koma.

Nachdem sie diverse Änderungen vorgenommen hatte, speicherte sie das Programm ab. Dann versuchte sie sich in den Cray Computer einzuloggen, um die geänderte Betriebssystemerweiterung VIGDIS aufzuspielen.

Nachdem sie ihre Anmeldedaten eingegeben hatte erschien die Meldung.

„ACCESS DENIED!"

Tarja fluchte, weil sie sich wieder vertippt hatte.

Sie gab ihre Anmeldedaten noch einmal ein und achtete darauf, dass sie sich nicht vertippte. Wieder erschien

„ACCESS DENIED!"

„Verdammt, was ist das nun schon wieder?"

Sie versuchte es noch einmal erfolglos, dann rief sie den IT- Service.

„Hallo, Tarja Tungsberg hier, ich kann mich nicht in die Cray einwählen. Könnt ihr mal nachsehen, ob das Hub abgestürzt ist. Vielleicht hängt es schon wieder, ansonsten fahrt den Rechner mal runter und wieder rauf, das habe ich letzte Woche auch schon Mal gemacht."

Der Mann am anderen Ende sicherte ihr zu direkt zwei Techniker darauf anzusetzen.

Die beiden Techniker machen sich auf den Weg und betraten den Computerraum. Sie checken die Hubs durch und können keinen Fehler finden. Dann verbinden sie ihr Laptop über ein Interface mit dem Großrechner.

„Na dann wollen wir ihn mal Neustarten," brummte einer der Techniker als er versuchte die Prozedur in Gang zu setzen.

„Wieso geht das nicht?" Fluchte der Techniker als der Computer den Befehl verweigerte. Sein Kollege versuchte es noch einmal. Währenddessen liefen die Lüfter des Cray Computers hoch. Die Wasserkühlung setzte sich in Gang.

Dann schrillte der Alarm, die Schotten zu dem Computerraum verriegelten sich automatisch.

In einem großen Versuchslabor steuerte einer der Techniker die neue Raptor Kampfmaschine. Der neuentwickelte Kampfroboter sollte per Gedankenübertragung gesteuert werden.

„OK, lass ihn drei Schritte geradeaus gehen," sagte Adrian Petersson.

Der Roboter machte einen Schritt und blieb dann zuckend stehen.

„Ich sagte drei Schritte soll er laufen, nicht einen, kann doch nicht so schwer sein,"

raunzte Adrian Peterson. Theo Sandqvist der die Gedankenhaube aufhatte, machte ein angestrengtes Gesicht.

„Er macht es einfach nicht," sagte Sandqvist gequält.

Plötzlich drehte sich die Maschine um, aktivierte ihr MG und feuerte in den Steuerstand. Glas splitterte, die Körper der beiden Techniker wurden von schweren Kalibern zerfetzt. Sie waren tot, bevor sie den Boden berührten. Trümmerteile der Einrichtung regneten auf die Leichen der beiden Techniker herab. Dann öffnete sich das Tor der Versuchshalle, der vier Meter hohe, wie ein Dinosaurier aussehende Roboter duckte sich nach vorne und setze sich geschmeidig in Bewegung und marschierte in die Anlage. Wer sich ihm in den Weg stellte wurde erschossen. Der Alarm schrillte. Menschen hetzten durch die Gänge zu den Notausgängen. Überall öffneten sich Schotten und speien hundeähnliche Roboter aus, die sofort Jagd auf die Menschen machen.

Tarja Tungsberg wurde durch den Alarm aufgeschreckt. Sie griff sich ihre Tasche und verließ hastig ihr Büro. Menschen rannten schreiend an ihr vorbei. Sie sah wie am andere Ende des Ganges eine Rotte der hundeähnlichen Roboter auftauchte. Sie rannte sofort los und hörte Schüsse und Schreie hinter sich. Sie stürmte die Treppen hinauf zum Ausgang.

Eine seelenlose Stimme zählte einen Countdown hinunter an dessen Ende die Abriegelung der Anlage stehen würde. Als sie ins Freie stürmte klingelte das Funktelefon in ihrer Tasche.

Während sie zum Wohntrakt rannte drückte sie die Sprechtaste.

„Hallo," rief sie in den Hörer. Am anderen Ende meldete sich eine ihr vertraute Männerstimme.

„Hier ist Ragnar Hellström, Tarja, du musst sofort fliehen, überall sind plötzlich Roboter die auf alles schießen was sich bewegt. Ich bin auf dem Weg zu dir. Beeil dich." Ehe sie ein Wort erwidern konnte legte er auf.

Ragnar Hellström war der Polizeikommissar, mit dem sie sich in letzter Zeit immer wieder traf. Sie eilte in den

Kindergarten und nahm ihren Sohn Finn in Empfang. Dann rannte sie wieder auf den Hof. Aus dem hinteren Teil der Kaserne erklangen Schüsse und Explosionen. Zwei Stridsvagn 105 Panzer ratterten vorbei. Wenig entfernt blieben sie stehen und schossen. Ein Soldat forderte sie hastig auf, in den bereitstehenden Transporter zu steigen. Kaum saß sie in dem Transporter, schlossen sich zischend die Türen und er fuhr in halsbrecherischer Fahrt los. Krachend schlugen Geschosse in den Bus, Sie duckte sich auf dem Boden und deckte ihren Sohn Finn mit ihrem Körper. Menschen schrien und wurden im Bus herumgewirbelt als der Fahrer in hohem Tempo eine Kurve nahm.

Am Nachmittag gab das Oberkommando der Streitkräfte General Viklund bekannt, dass der Schärengarten verloren sei. Die Maschinen hatten die Truppen überrannt und vernichtet. Sie hatten noch die meisten Menschen evakuieren können. Die Brücken zum Festland wurden gesprengt. Diejenigen, die es nicht geschafft hatten wurden von den Robotern gnadenlos gejagt und getötet. Einige Menschen schafften es sich in Militärstützpunkte zurückzuziehen. Sie versteckten sich und warteten auf Rettung.

1.Tag

Mein Name ist Ulf Kellerson und ich erzähle euch eine Geschichte wie sie mir passiert ist und ich wünsche keinem, dass er dasselbe durchmachen muss wie ich.

Ich war mit meinen Freunden auf einer Tour im Schärengarten. Wir hatten alle unser Abitur bestanden, das wollten wir feiern. Ich war der älteste von meinen Kumpels denn ich hatte nach dem Abitur meinen Wehrdienst absolviert und ihn erfolgreich beendet. Ich freute mich auf mein Studium was ich an der Universität in Stockholm absolvieren wollte. Dieses wollte ich nach den Sommerferien antreten. Darum waren wir mit unseren Kajaks rausgefahren und von Insel zu Insel gezogen. Haben campiert, geangelt und die gefangenen Fische überm Lagerfeuer gegart. Wir tranken Bier, hörten Musik und rauchten Joints. Wir lebten bei schönstem Sommerwetter munter in den Tag hinein und genossen die Freiheit. Wir bekamen von alledem nichts mit, wir hörten noch nicht einmal die Sirenen.

Als wir zurückkehren wollten, fuhren wir mit unseren Kajaks knapp unter Land nach Färvik unserem Heimathafen. Plötzlich wurden wir beschossen. Die Geschosse flogen uns nur so um die Ohren und aus dem Wald stiegen raketenähnliche Geschosse auf, die große Explosionen auf dem Wasser erzeugten. Wir ruderten verzweifelt vom Land weg. Ich hörte die Einschläge näherkommen und die ersten Geschosse pfiffen mir gefährlich nahe um die Ohren, einige schlugen krachend in meinen Kajak ein. Ich rollte mich mit dem Kajak herum und tauchte unter dem Boot hinaus. Das Wasser war kalt und ich spürte wie sich meine Muskeln verhärteten. Ich musste schleunigst ans Ufer, doch der Fähranleger von Färvik war zwar schon in Sichtweite, aber ich war bestimmt noch   500 m entfernt. Man nahm mich immer noch unter Feuer, meine Freunde hatte ich aus dem Blick verloren und ich hoffte, dass sie dasselbe wie ich gemacht hatten. Ich tauchte wieder unter meinen Kajak, der jetzt kieloben im Wasser trieb und schwamm in Richtung des Fähranlegers. Offensichtlich dachten die Angreifer sie hätten mich erschossen, weil ich auf dem Wasser nicht mehr zu sehen war. Ich schwamm weiter und tauchte nur gelegentlich wieder unter dem Kajak auf, um mich zu orientieren. Von meinen Freunden war nichts mehr zu sehen. Ich sah mich mehrmals nach ihnen um, wenn ich wieder unter meinem Kajak wegtauchte und neben ihm schwamm. Ich rief ihre Namen, aber keine Antwort. Der Beschuss ebbte ab und hörte schließlich ganz auf.

Bis nach Färvik hatte ich nur noch ca. 200 m zu schwimmen. Ich fror zum Gotts erbarmen. Als ich endlich unbehelligt noch 50m vom Fähranleger entfernt war tauchte ich noch einmal in den Kajak, um den Beutel mit meinen persönlichen Gegenständen herauszuholen. Das Boot würde schon irgendwann angeschwemmt werden. Mit letzter Kraft und vollkommen unterkühlt erreichte ich das Land. Autos standen verlassen auf der Wartespur der Fähre. Die Tür zum Kassenraum des Verwaltungsgebäudes der Fähre stand offen. Es war menschenleer. Dahinter war der Kiosk meiner Mutter, er hatte die Rollladen runter und war verriegelt. Niemand war zu sehen und es lag eine geisterhafte Stille über Färvik.

Ich zitterte und bibberte. Ich ging so schnell wie ich konnte zu meinem Elternhaus, um aus den nassen Sachen herauszukommen. Die Haustüre stand offen was unnormal war. Es wirkte so als wäre es in großer Eile verlassen worden wäre. Ich ging ins Haus und rief laut nach meiner Mutter und meinem Vater, aber ich bekam keine Antwort. Das Haus war leer.

Ich ging durch den Flur ins Wohnzimmer, dort lag in der Tür ein seltsames Gerät aus Stahl es war hellgrau lackiert und hatte an der Vorderseite eine rote Leuchte die einen scharf gebündelten Lichtstrahl in den Raum schickte. Es sah aus wie ein Laserstrahl. Das Wohnzimmer sah aus als hätte ein Kampf stattgefunden. Der Teppich hatte einen großen schwarzen Brandfleck oder war es Blut? Der Fernseher lag auf dem Fußboden und der Tisch, auf dem der Fernseher gestanden hatte, war umgekippt. Ich sah auf dem Boden die Walther PPK Pistole meines Vaters liegen.

Die Walther PPK ist eine kleine Polizeipistole die mein Vater noch aus seinem aktiven Dienst als Polizist hatte. Er hatte sie behalten als er in Pension ging. Ich hob sie auf und roch an ihr. Sie roch nach Kordit, also war mit ihr geschossen worden. Sie war geladen aber als ich das Magazin herauszog sah ich das nur noch wenige Patronen darin waren.

Auf dem Wohnzimmertisch stand das Fernglas meines Vaters. Ich nahm es wie die Pistole an mich und ging die Treppe rauf zum ersten Stock. Ich wollte mich umziehen und im Zimmer meines Vaters nach weiterer Munition für die Pistole suchen. Wer weiß, wer oder was hier rumlief. Ich zog mich zweckmäßig an, Jeanshose, Turnschuhe und meine grüne College Jacke. Ich zog auch eine Strickmütze an, denn der Tag neigte sich dem Ende zu und die skandinavischen Sommernächte sind kühl, auch wenn es nur ein paar Stunden dunkel ist.

Bevor ich die Treppe wieder hinunter gehen wollte ging ich in das Zimmer meines Vaters. Im Schreibtisch fand ich ein Paket mit Patronen für die Walther PPK Pistole ich füllte das Magazin der Pistole, lud sie durch und steckte sie in meinen Hosengürtel. Ich sah aus dem Fenster, das auf den Fähranleger gerichtet war und sah hinaus.

Hinter dem Kiosk meiner Mutter befand sich der Bungalow des Verwaltungsgebäudes der Färvikssund Fähre. Auf dem Dach konnte ich aufgeschichtete Sandsäcke erkennen und ich sah ein großes Bündel dahinter liegen. Vielleicht ein Mensch? Ich nahm mir das Fernglas und sah hinüber zu dem Bungalowdach. Ich konnte die Sandsäcke erkennen und dahinter sah ich die Beine eines Menschen. Offensichtlich ein Soldat, denn ich konnte die Stiefel und die olivgrüne Camouflage Hose eines Soldaten erkennen. Ich rief laut,

„Heeehhh hallooo, ich bin hier, im Haus der Kellersons!" Ich sah wieder mit dem Fernglas hinüber zu dem Bungalowdach und konnte keine Bewegung erkennen. Ob die Soldaten vielleicht tot waren? Und wenn ja warum? Das musste ich herausfinden.

Ich schloss das Fenster und ging hinüber in das kleine Wohnzimmer das meine Eltern im ersten Stock hatten. Ich ging auf den Balkon und sah die Straße hinauf die aus Färvik herausführte. Am Ortsausgang konnte ich ein Polizeiauto erkennen. Das Blaulicht leuchtete, aber ich sah keine Person dort herumlaufen. Dann fiel mir ein blutiger Handabdruck auf dem Balkongeländer auf. „Mein Gott, was ist hier passiert dachte ich mir. Als ich hinunter ging fielen mir weitere Blutspuren auf. Ich machte mir Sorgen, hoffentlich war keinem etwas Schlimmes passiert. In der Küche fand ich einen Brief, der von meinem Vater geschrieben war. Daneben lag die Zivilschutzbroschüre mit den Sirenensignalen und den Verhaltensweisen für den Kriegsfall.

Mein Vater schrieb „*Larmet gick och vi körde till Färvikssand kyrka. Oroa dig inte mamma och pappa.*"

(Der Alarm ging los und wir fuhren zur Färvikssand Kirche. Mach dir keine Sorgen, Mamma und Papa.)

Was war hier geschehen fragte ich mich langsam. Der Ort war menschenleer, auf dem Dach des Verwaltungs-gebäudes der Fähre lag eine Leiche, auf mich wurde geschossen, wo meine Freunde sind weiß ich nicht, vielleicht sind sie tot und liegen am Grund vom Färvikssund.

Ein Gefühl der Angst befiehl mich. Was sollte ich jetzt tun? Ich überlegte kurz, dann ging ich in mein Zimmer ich packte meinen Rucksack, steckte das Fernglas hinein mein Taschenmesser, einen Kompass, eine Angelschnur mit Haken. Die Patronen für die Walther PPK Pistole. Im Badezimmer sammelte ich noch einige Medipacks mit Pflaster Jod und Verbandszeug ein. Meinen Tabak und mein Feuerzeug steckte ich in meine Jackentasche. Im Zimmer meines Vaters fand ich noch eine Packung Zigaretten und eine Karte der Schärengartenregion. Ich fand noch eine Taschenlampe, die ich ebenfalls einsteckte.

Danach holte ich mir aus der Garage die Leiter und ging zum Verwaltungsgebäude der Fähre hinunter.

Ich lehnte die Leiter an und versuchte auf das Dach zu gelangen. Die Leiter reichte so gerade und ich musste auf den obersten Sprossen balancieren. Mit einiger Anstrengung schaffte ich es mich auf das Flachdach hochzuziehen. Auf dem Dach lagen die Leichen von zwei Soldaten, von ihnen ging ein übler Geruch aus also mussten sie schon eine Zeit hier liegen. Ich brauchte ein wenig Überwindung, um sie anzufassen. Aus Erfahrung wusste ich, dass Soldaten diverse Sachen, wie Medipacks und Patronen in der Uniform trugen. Ich fand eine Glock 17 Pistole, die schon Rost angesetzt hatte, weil sie wohl schon ein paar Tage draußen gelegen hatte. Sie war noch geladen und offensichtlich war mit ihr gekämpft worden. Die Glock war die Standardwaffe des schwedischen Militärs. Mit Kaliber 9mm und Stahlmantelgeschossen war sie eine leistungsstarke Waffe.

Ich dursuchte die Soldaten und mir fiel einiges an Munition und Medipacks in die Hände. Bei der Durchsuchung fiel mir auf, dass die Soldaten mit großkalibrigen Waffen erschossen worden waren. Einer starrte mich aus leeren Augen, die im Mondlicht gespenstisch leuchteten, an. Ich drückte sie ihm zu und fragte mich wieder was für schlimme Sachen hier passiert sind.

Vorsichtig schaute ich mich vom Dach des Verwaltungsgebäudes um, aber ich sah nichts. Ich kletterte wieder hinunter, lud die Glock Pistole und steckte die restlichen Patronen ein. Dann ging ich im Mondlicht zu den leeren Autos. Ich wagte es nicht meine Taschenlampe einzuschalten, um nicht auf mich aufmerksam zu machen. Ich dursuchte die Autos und fand Patronen, Medipacks, Feuerwerksraketen und Notsignalfackeln. Ich fand auch eine Campinggaskartusche. Ich dursuchte das Verwaltungsgebäude der Fähre. Es sah aus als hätten die Angestellten das Gebäude fluchtartig verlassen. Selbst die Kasse stand noch offen da. Ich schreckte hoch, denn plötzlich erklang ein helles Surren. Ich wirbelte herum und sah den Getränkeautomaten in der Ecke des Kassenraumes stehen. Seine Kühlung war angesprungen und hatte mich erschreckt. Ich hielt die Glock mit zitternden Händen im Anschlag. Mein Herz schlug bis zum Hals. Mein Atem ging stoßweise.

Langsam löste sich meine Anspannung. Der Apparat war intakt und er enthielt gekühlte Getränke. Ich griff in meine Hosentasche und holte ein paar Münzen hervor. Ich warf sie in den Münzschlitz und leise klackernd fielen sie in den Münzschacht des Automaten. Ich wählte ein Heineken Bier. Mir war gerade nicht nach Limonade. Ich brauchte etwas, um mich zu beruhigen. Klappernd fiel die Flasche in den Ausgabeschacht. Ich holte sie heraus, öffnete sie und trank mit durstigen Zügen. Das Bier rann kühl meine Kehle hinunter. Mit dem Handrücken wischte ich mir den Mund ab. Ich ließ mich auf eine der Wartebänke nieder und sah mich im trüben Licht des Getränkeautomaten um. Ich hielt die Bierflasche an meine Stirn. Ihre Kühle beruhigte mich langsam. Das Bier schmeckte hervorragend und ich bekam Durst auf eine zweite Flasche. Ich suchte in meiner Tasche nach und hatte gerade genug, um noch eine zweite Flasche zu kaufen. Ich öffnete sie, setzte mich wieder und entzündete eine Zigarette. Außer dem leisen Surren der Kühlung und dem Plätschern des Meeres draußen, war es mucksmäuschenstill.

Was war hier vor sich gegangen? Diese Frage stellte ich mir immer wieder. Als ich die Flasche geleert hatte verließ ich das Gebäude und trat hinaus in die kühle Dunkelheit. Vom Färvikssund wehte leicht ein kühler Hauch. Ich blickte mich um. Der Ort wurde durch das zuckende, geisterhafte, blaue Leuchten des Polizeiautos erhellt. Die Szenerie war unheimlich. Vorsichtig ging ich die Straße hinauf und näherte mich dem Polizeiauto.

Meine Sinne waren zum Zerreißen gespannt, ich war jederzeit darauf gefasst das mich jemand oder irgendetwas attackierte. Ich schlich mich in gebückter Haltung an das Fahrzeug. Das Blaulicht blinkte und tauchte die Gegend in ein gespenstisches, flackerndes Licht, dass in den Augen brannte. Vor dem Auto lag wieder so ein komischer, hellgrauer Apparat. Er lag zur Hälfte auf der Haube. Bei näherer Betrachtung sah er aus wie ein Hund und hatte eine Art Maschinenpistole am vorderen Ende. An der Pistole war ein Magazin und ich zog es heraus. Die Patronen, die darin waren, hatten Kaliber .30 und passten in die Walther PPK Pistole. Also konnte die Maschine nicht irgendetwas Außerirdisches sein. Auf der Patrone war am Boden ein schwedischer Hersteller eingeprägt. Die Komponenten der Maschine sahen auch nicht aus, als wenn Sie von der Wega kamen, sondern von der Erde. Was ging hier verdammt nochmal vor sich? In dem Auto saß die Leiche eines Polizisten. Das kreisrunde Loch in seiner Stirn stammte wohl von der Pistole des Gerätes das auf der Motorhaube lag. Ich dursuchte auch ihn und fand Patronen, die in die Walther PPK passten. Im Kofferraum waren ebenfalls Vorratsbehälter, die mir reichlich Munition bescherten. Mein Rucksack wurde schwerer. Darüber hinaus fand ich noch Patronen, die für eine Maschinenpistole geeignet waren, vielleicht fand ich eine in einem Polizeiauto. Die Kpist oder die HP 5 wurde nicht nur vom Militär verwendet.

Schwer beladen ging ich zum Haus zurück. Dort angekommen sortierte ich die Sachen, die ich gefunden hatte und packte meinen Rucksack vernünftig zusammen. Ich steckte noch einige Musikcassetten in die Seitentasche meiner Jacke, denn ich wusste nicht, wann ich wiederkommen würde. Ich beschloss die Nacht noch auszuharren und am nächsten Morgen zur Färvikssand Kirche zu gehen. Je nachdem wie lange der Alarm her war, konnten meine Eltern ja schon weitergezogen sein.

Ich plünderte den Kühlschrank und aß was mir in die Hände viel. Ich verriegelte die Türen und Fenster, im Erdgeschoß versuchte ich, ob im Fernseher irgendwelche Nachrichten kamen. Ich empfing aber nur weißes Rauschen. Mit dem Radio erging es mir auch nicht anders, nur

Rauschen, der Äther war tot. Für mich gab es einen Grund mehr, aufzubrechen und auf die Suche zu gehen.

2. Tag

Ich schlief unruhig einige Stunden und wurde immer wieder wach, weil mir vieles durch den Kopf ging. In aller Herrgotts Frühe machte ich mich auf den Weg und ging die Straße nach Färvikssand Kirche. Über dem Ort lag eine gespenstische Stille, ich dachte selbst die Vögel zwitschern nur verhalten. In der Ferne krähte ein Rabe. Ich ging an dem Polizeiauto vorbei und schaltete noch das Blaulicht aus, weil es mir auf die Nerven ging. Dann ging ich weiter. Als ich ein Stück gegangen war hörte ich ein merkwürdiges Geräusch.

Es klang ähnlich wie das Bellen eines Hundes, aber eben nur ähnlich. Dann hörte ich ein hohes Surren und ein metallisches Klirren, so als wenn eine Metallplatte auf den Boden trifft.

Ich zog die Glock und lud Sie leise durch. Dann nahm ich ein volles Magazin in meine linke Hand, um schnell nachladen zu können, denn ich wusste nicht was mir begegnen würde. Dann ging ich von der Straße seitlich ins Unterholz und hockte mich hin. Ich nahm das Fernglas und sah in die Richtung, aus der das Geräusch kam. Mir stockte der Atem, da kam so ein hellgrauer, hundeartiger Apparat die Straße entlang. Er lief auf vier Beinen wie ein Hund oder wie ein Wolf.

An der Vorderseite, wo ein Hund seinen Kopf gehabt hätte war eine Ansammlung von Sensoren befestigt. Daneben konnte man den Lauf einer Pistole erkennen. Aus der Vorderseite trat ein breitgefächerter gelblicher Lichtstrahl aus, ich dachte direkt an eine Art Laserstrahl. Das Gerät blieb zeitweilig stehen und scannte die Umgebung, indem es seinen Kopf schwenkte. Auf seinem Rücken war ein ballonartiger Gegenstand angebracht. Er sah ein wenig aus wie der Pressluft-tank eines LKWs. Von ihm gingen mehrere Leitungen ab, die in den Roboterhund hineinführten. Ich betrachtete diesen „Hund" näher durch das Fernglas und überlegte welches die schwächsten Stellen an dem Robot sein würden, falls ich mit ihm kämpfen musste. Ich entschied mich für den Kopf mit den Sensoren, die Halterung der Pistole und dem Tank auf seinem Rücken. Ich konnte mir vorstellen, dass dies die Energieversorgung des Roboters war.

Plötzlich geschahen mehrere Dinge gleichzeitig. Der Roboter blickte in meine Richtung, das gelbliche Licht wurde plötzlich Rot, der Roboter stieß ein bellendes Geräusch aus und schoss sofort auf mich. Ich duckte mich und ließ das Fernglas fallen. Dann nahm ich die Glock, rollte mich an Seite und schoss zurück. Ich hörte wie meine Kugeln mit klingendem Geräusch in den Roboter einschlugen, jedoch zeigte das keine Wirkung. Ich sah das der Roboter blitzschnell seine Position wechselte, indem er auf mich zulief.

Ich rappelte mich auf und lief seitlich weg, um aus seiner Schusslinie zu kommen und zielte auf den Behälter auf dem Rücken. Ich gab zwei Schüsse ab, beide trafen und der Roboter fing an Funken zu sprühen. Er lief weiter um mich herum und versuchte wieder auf mich zu schießen. Ich umrundete ihn ebenfalls, um ihm nicht die Gelegenheit zu geben. Und lief seitlich auf ihn zu dann feuerte ich wieder auf den Tank so wie ich es im Militärdienst gelernt hatte immer einen Doppelschlag d.h. zwei Schüsse hintereinander abgeben. Der Hund explodierte plötzlich in einer hellen Glutwolke. Trümmerteile flogen umher. Also hatte ich richtig getroffen. Ich sammelte mein Fernglas wieder ein und lud die Pistole wieder nach.

Danach untersuchte ich meinen Gegner. Es war exakt dasselbe Gerät wie das was im Wohnzimmer meiner Eltern lag und exakt das gleiche wie das über dem Polizeiauto.

Der Tank auf dem Rücken entpuppte sich als Brennstoffzelle, die mit Wasserstoffgas gefüllt war, deshalb auch die fulminante Explosion. Ich hatte auch die Sensoren an seinem Kopf getroffen, jedoch nicht vollends ausgeschaltet, denn er hatte ja noch gezielt auf mich geschossen. Auf einem der Sensoren konnte ich *X-Ray Sight Sensor* entziffern,

von dem Rest zeugten nur die roten Glassplitter davon das dies wahrscheinlich ein Infrarotsicht Sensor war. Einer von den Sensoren sah wie ein Nachsichtgerät aus. Dies hatte mein Treffer vollkommen zertrümmert. Hinter dem Kopf befand sich ein weiteres Gehäuse was aus Stahl bestand und offensichtlich gepanzert war. Hier musste die Steuerung drinstecken.

Wer zum Teufel hat diese Dinger gebaut, wer hat sie aktiviert und auf die Menschen losgelassen? Was ging hier vor sich? Wurden wir von einem anderen Land überfallen? Etwas außerirdisches konnte das auf keinen Fall sein, weil die meisten der Komponenten einen englischen oder schwedische Aufdruck trugen. An der Seite von dem Gerät fiel mir eine Zahl auf, wahrscheinlich die Serien- oder Registrierungsnummer. Ob hier ein Experiment des Militärs schiefgelaufen war und man hat nicht rechtzeitig den

Stecker gezogen. Oder waren es irgendwelche kriminelle Machenschaften einer Terrorgruppe.

Mir fiel das Attentat auf Olof Palme ein. Der schwedische Politiker war dabei getötet worden. Der Täter war ein Einzeltäter gewesen, aber man hatte damals nicht in Erfahrung bringen können, ob nicht doch eine Terrororganisation dahinter steckte. Vielleicht steckte die gleiche Organisation auch hier dahinter.

Auf jeden Fall waren diese Maschinen mordsgefährlich.

Ich ging die Straße weiter allerdings seitlich durch das Gras, um nicht von weitem gesehen zu werden. Etwa hundert Meter vor mir war eine Straßenkreuzung, auf ihr standen Autos und ich hört schon wieder das Geräusch was dieser Roboter vorhin ausgestoßen hatte. Ich ging noch etwas weiter von der Straße weg in das Unterholz des nahen Waldes. Ich versuchte mich geräuscharm zu bewegen, um eventuelle Roboter nicht auf mich Aufmerksam zu machen. Ich sah wieder durch das Fernglas. Vor mir auf der Kreuzung lag ein Auto auf der Seite und zwei andere standen verlassen dort herum. Dazwischen patrollierten fünf von diesen Maschinen. Ich würde an ihnen vorbeimüssen, wenn ich zur Kirche wollte. Ich könnte zwar versuchen Sie zu umgehen, aber was würde mich dann danach erwarten. Und dann hatte ich diese Roboter auch noch im Nacken. Nein, ich würde mich dem Kampf stellen müssen. Mir fiel die Gaskartusche in meinem Rucksack ein. Mit ihr konnte ich eine Sprengfalle bauen ich musste Sie nur dorthin locken. Ich ging ein Stück zurück und schlich mich auf die Straße. Die Roboter immer im Blick. Sie waren ca. 80 bis 100m von mir entfernt. Dann machte ich meine Pistolen fertig und sprang auf die Straße. Ich stieß einen Pfiff aus und rief laut „HIER BIN ICH, KOMMT UND HOLT MICH!!"

Die Leuchten an den Robotern wurden sofort rot und drei von ihnen kamen auf mich zugelaufen. Ich wich einige Schritte zurück. Mein Herz schlug bis zum Hals. Der Abstand zwischen den Robotern und der Gaskartusche wurde geringer ein Roboter eröffnete das Feuer aber die Kugeln pfiffen an mir vorbei. Ich wich etwas seitlich aus. Der vordere Roboter ging langsam und blieb über der Sprengfalle stehen. Ich hatte beobachtet das sie nur im Stehen schossen. Ich zielte kurz auf die Gaskartusche und gab mehrere Schüsse ab. Einer traf und es gab eine ordentliche Explosion. Der vordere Roboter wurde durch die Luft geschleudert und explodierte. Die anderen beiden wurden ebenfalls beschädigt und explodierten. Drei auf einmal, ich frohlockte. Dann lief ich auf der anderen Seite in den Wald. Die verbliebenen beiden Roboter kamen auf mich zugelaufen. Einer blieb stehen und feuerte auf mich. Seine Geschosse schlugen krachend in den Baum, hinter dem ich mich versteckte, ein. Der andere versuchte in meinen Rücken zu gelangen.

Da er seitlich an mir vorbeilief konnte er nicht auf mich schießen. Ich schoss sofort mehrmals auf ihn und traf den Tank der daraufhin explodierte. Damit hatte ich es nur noch mit einem Roboter zu tun, der allerdings wild auf mich schoss. Ich sprang hinter meiner Deckung hervor und rannte zum nächsten Baum. Mir fiel auf das der Roboter nicht so schnell zielen konnte. So konnte er nicht auf mich schießen, während ich lief. Ich wechselte schnell das Magazin der Glock und schoss wieder auf den Roboter. Ich arbeitete mich zu einem der Fahrzeuge vor, weil dies eine bessere Deckung boten. Dann nahm ich den Roboter noch einmal unter Feuer und auch er explodierte. Danach wurde es seltsam ruhig. Ich ging zu den zerstörten Robotern, um sie zu untersuchen und nachzusehen, ob sie passende Munition hatten. Ich holte die Patronen aus ihnen heraus. Sie passten allerdings überwiegend in die Walther. In der Ferne sah ich die Kirche von Färvikssand. In allen Fahrzeugen fand ich Munition und andere Dinge, die ich brauchen konnte. Mein Rucksack wurde immer voller und meine Taschen beulten sich auch aus. Allerdings hatte auch mein Vorrat an 9mm Patronen abgenommen. Ich würde wohl demnächst mit der Walther PPK kämpfen müssen. Eins der Fahrzeuge kannte ich. Es gehörte dem Jäger von Angsnäs, einem kleinen Haus an der nördlichen Küste von Färvikssand. Aus einem Brief, den ich auf dem Fahrersitz fand, ging hervor, dass er seine Jagdausrüstung auf Angsnäs hatte. Ich frohlockte. In der Hoffnung dort eine bessere Waffe zu bekommen machte ich mich auf den Weg dorthin. Es waren wenige Kilometer, die ich durch den Wald gehen musste.

Im Wald traf ich wieder auf zwei dieser Hunderoboter die, ich *Combatwolf* nannte, weil Sie sich wie Wölfe verhielten. Ich kämpfte Sie mit der Walther PPK Pistole nieder. Allerdings musste man sie öfter nachladen als die Glock, weil Sie nur 7 Patronen im Magazin hatte. Bei der Glock waren es 17.

Danach erreichte ich Angsnäs, ohne dass mich etwas attackierte. Die Tür des Hauses war verschlossen. Ich knackte das Schloss mit einer Haarnadel, die ich zufällig in meinem Rucksack fand. Die waren vielleicht noch von Ronja, meiner ehemaligen Freundin.

Im Haus fand ich ein Mauser 12 Jagdgewehr in einem guten Zustand, Kaliber .243 Munition Stahlmantelgeschosse, einen Schalldämpfer und ein Zielfernrohr, welches aber schon abgenutzt war. Ich baute alles zusammen und zielte mit dem Gewehr. Dann hörte ich im Garten schon wieder das verhasste Geräusch eines Combatwolfs. Siieeep, Siieeep, Siieeep Siieeep und das metallische Klirren seiner Fußplatten. Ich sah um die Hausecke. Er hatte mich noch nicht bemerkt. Ich betätigte den Ladehebel der Mauser 12 und hob sie hoch. Ich sah durch das Zielfernrohr und stellte es scharf. Ich zielte sorgfältig auf den Tank auf dem Rücken des Roboters. Als er stehenblieb war das sein Verderben. Ich betätigte den Abzug und traf den Tank. Der Combatwolf explodierte sofort. Mir war ein Killshot aus gut hundert Metern gelungen. Mit dieser Waffe fühlte ich mich gleich besser. Da der Tag schon weiter fortgeschritten war, beschloss ich die Nacht auf Angsnäs zu verbringen.

Ich durchsuchte das Haus nach etwas Essbarem und fand einige Konserven. Zugegeben, kalte Ravioli schmecken zwar nicht besonders, machen aber trotzdem satt. Warmmachen ging nicht, da das Gas am Herd abgestellt war. Ich fand zwar drei Gaskartuschen, aber keinen Campinggaskocher oder eine Lötlampe, damit hätte man die Dose wenigstens erhitzten können. Die restlichen Sachen steckte ich ein. Unter der Treppe fand ich einige Bierflaschen. Ich genehmigte mir eine davon, denn ich hatte ziemlichen Durst. Das Bier schmeckte nicht besonders, weil es kaum gekühlt war. Aber wie war das mit der Not und dem Teufel?

Ach, ja in der Not frisst der Teufel Fliegen. Die standen zum Glück noch nicht bei mir auf dem Speiseplan. Als ich im Obergeschoss auf dem Bett lag, überdachte ich meine Lage. Ich würde noch einmal nach Hause zurückkehren und die Küche nach Proviant durchsuchen, dann würde ich wieder in Richtung Kirche aufbrechen. Ich überlegte, ob ich quer über den Berg durch den Wald gehe sollte, oder besser die Straße nahm, die um die Insel herumführte und in Färvik endete.

Mir fiel ein, dass auf dem Weg noch ein Haus war. Es war eine Fischerhütte, die sich Angsnäskogen nannte. Vielleicht finde ich da noch ein paar brauchbare Sachen. Mir fiel auch der kleine Lagerbunker ein, der in der Nähe von Angsnäskogen stand. Da könnte vielleicht Munition und auch noch bessere Waffen drin sein. Diese Bereitschaftslager waren über das ganze Land verteilt und konnten so groß wie eine Garage sein, oder die Größe eines Lagerhauses haben. Ich entschied mich den Weg nach Färvik zu nehmen. Das beständige Whoosh der Brandung und das Bier lullten mich ein und so schlief ich tief und traumlos.

3.Tag

Ich wachte am späten Morgen auf. Die Sonne war schon höher am Himmel als gestern und die Möwen kreischten draußen vor dem Fenster. Ich vergaß fast in welch gefährlicher Situation ich steckte und wollte schon einfach auf den kleinen Balkon gehen, der dem Meer zugewandt war. Die Pistole auf dem Nachttisch holte mich aber schnell auf den Boden der Tatsachen zurück. Ich zog mir wieder meine Jacke und die Schuhe an, steckte die Pistolen wieder in den Hosenbund und prüfte Sie vorher darauf, dass sie durchgeladen und gesichert waren. Manch einer hatte sich schon die Kronjuwelen weggeschossen, weil er am Hammer der Pistole hängengeblieben war. Ich schulterte das Jagdgewehr und schaute erstmal vorsichtig aus dem Fenster, bevor ich das Haus verließ. Mit gezogener Waffe schritt ich durch die Tür und schaute mich rechts und links um. Ich blieb im Garten stehen und lauschte. Außer der Brandung und Mövengekreisch war nichts zu hören. Langsam ging ich zur Straße hinauf und schaute wieder nach links und rechts. Selbst mit dem Fernglas konnte ich nichts entdecken, also machte ich mich auf den Weg Richtung Färvik. Neben mir ragte eine Felswand auf, links von mir war das Ufer. Ich ging vorsichtig an der Felswand entlang um eine Kurve und sah etwa 300 m von mir entfernt den kleinen Lagerschuppen und einige Autos. Eines davon brannte. Um die Autos herum lungerten einige Combatwölfe. Ich beobachtete Sie eine Weile und zählte drei Stück. Ich wechselte schnell auf die andere Straßenseite und sprang in die Uferböschung die mir mehr Deckung bot. Ich ging langsam an der Böschung entlang näher an die Stelle, um ein besseres Schussfeld zu haben. Ich nahm die Jagdflinte von meiner Schulter, ohne ein Geräusch zu machen. Dann legte ich mich auf die Lauer. Ich beobachtete Sie durch das Zielfernrohr. Sie patrouillierten rund um die Autos ich wartete bis zwei davon mir ihren Rücken zukehrten. Bei diesen Maschinen kannte ich keine Skrupel ich schoss auf den ersten, der auf der rechten Seite neben einem der Fahrzeuge stand. Der in der Mitte bekam gar nicht mit, dass sein Kamerad explodierte. Er blieb stehen und noch bevor er sich umdrehen konnte brachte ich auch seinen Tank zur Explosion. Der dritte drehte sich um und stieß diesen merkwürdig bellenden Laut aus. Er lief auf mich zu und ich hatte Mühe ihn im Visier zu behalten. Aber als er stehenblieb und schoss, hatte ich ihn bereits sicher im Fadenkreuz meines Zielfernrohrs und erledigte auch ihn. Dann spritze Dreck vor mir auf. Verdammt… da schoss noch einer. Ich zog mich etwas mehr in die Uferböschung zurück, während die Kugeln über mich hinweg zischten und versuchte den Schützen ausfindig zu machen. Vorsichtig lugte ich noch einmal in die ungefähre

Richtung, aus der die Schüsse gekommen waren. Wieder zischte eine Geschossgarbe über mich hinweg, jedoch sah ich jetzt, dass sie aus einem Busch neben einem der Autos kam. Ich schlich mich weiter vor, weil dort ein Begrenzungsstein am Straßenrand lag. Ihn wollte ich als Deckung nutzen. Vorsichtig schob ich das Gewehr über den Rand der Böschung und visierte den Busch an. Ich konnte den Roboter dahinter erkennen. Durch eine Lücke im Blattwerk sah ich seine rotleuchtenden Sensoren. Ich zielte einen Handbreit darüber da musste sein Tank in etwa sein. Ich zielte und schoss. Der Schuss fehlte dann kam der Roboter nach vorne gestürmt. Ich konnte sehen das er Funken versprühte, also hatte ich ihn beschädigt Er zielte wieder auf mich und ich drückte ab. Er explodierte in einer grellen Wolke. Danach war es sehr still. Das Wasser hinter mir plätscherte und ich hörte entfernt ein paar Möven kreischen. Ich lud das Gewehr nach, zog die Pistole und verließ vorsichtig meine Deckung. Dann untersuchte ich die zerstörten Roboter und nahm ihre Patronen an mich. Ich wandte mich dem Militärschuppen zu. Das Schloss brach ich wieder mit einer meiner Haarnadeln auf. Leider fand ich keine Waffe in dem Raum, dafür aber fünf Handgranaten. Ich schraubte die Zünder hinein und machte sie damit gebrauchsfertig. Man musste lediglich die Granate in die Hand nehmen, natürlich den Handgriff an der Seite drücken, den Sicherungsstift mit dem Ring rausziehen und dann das Ding weit genug werfen. Es gab dann eine heftige Explosion mit einem Splitterregen der 20 m im Umkreis tötete oder zumindest schwer verletzte. Eine furchtbare Waffe, wenn man Sie gegen Menschen einsetzte.

Ich fand auch noch diverse Munition, die den Weg in meine Taschen fand. Die Autos draußen waren auch ergiebig. Eines davon war ein PKW, der vom Militär genutzt wurde. Ich durchsuchte sie in fliegender Eile denn ich wusste nicht wann die nächsten Roboter hier aufkreuzten. Dann ging ich mit gezogener Waffe die Straße weiter Richtung Angsnäskogen. Ich lief durch das Schilf auf die kleine Insel hinüber. In der Hütte gab es nichts was ich brauchen konnte. Am Ufer stieß ich auf ein Zeltlager. Im Sand des Strandes war mit Steinen ein Herz gelegt worden. Hier hatte wohl ein Liebespärchen einige romantische Stunden verbracht. Aber es war keiner zu sehen, noch nicht einmal ihre Leichen. Vielleicht konnten Sie fliehen.

Als ich wieder zurückging stockte mir fast der Atem. Auf der Straße lief ein fast vier Meter hoher, merkwürdig aussehender Roboter. Er lief annähernd aufrecht auf zwei Beinen. Seine Beine waren groß und lang . Die Knie waren nach hinten gerichtet, sodass sie wie die Beine eines Dinosauriers anmuteten. Er bewegte sich geschmeidig darauf. An der Vorderseite des quaderförmigen Rumpfes hatte er Arme. Da wo beim Menschen in etwa die Schulter war, saß ein großes MG. Der Kopf des Roboters saß auf der Oberseite des länglichen Rumpfes und hatte eine keilförmige Form. An seiner Vorderseite leuchteten gelblich Sensoren. Einer davon sandte einen scharf gefächerten Strahl aus. Es sah aus wie Laserlicht. Er schwenkte beständig hin und her und schien die Umgebung zu scannen. Er sah aus wie ein Dinosaurier.

Jeder Schritt der Maschine wurde von einem hellen Djiieep, Djiieep, Djiieep, Djiieep begleitet und das Knirschen schwerer Schritte, wenn seine Fußplatten den Boden berührten.

Ich duckte mich im Schilf und hoffte darauf, dass er mich nicht erfasste. Ich glaubte, dass ich mit dem Jagdgewehr keine Chance gegen ihn hatte.

An seinem linken Arm befand sich anstatt einer Hand eine großkalibrige Waffe. Aus seinem linken Arm fuhr zeitweilig zischend ein langes Schwert aus. Dieser Killerrobot war eine Bestie. Ich bewegte mich nicht und versuchte keine Aufmerksamkeit zu erregen. Ich ging im Geiste mein Waffenarsenal durch. Ich hatte die Handgranaten, meine Pistolen, die aber bei dem Roboter nicht viel Wirkung hatten, je nachdem wie stark er gepanzert war. Mein Jagdgewehr, wobei ich annahm, dass es nicht stark genug war. Es hatte von allen Waffen das kleinste Kaliber. Dann hatte ich noch meine Gaskartuschen, die Notsignalfackeln und die Feuerwerkskörper.

Ich überlegte, auf einen Pistolenkampf konnte ich mich nicht mit dieser hochgefährlichen Maschine einlassen. Die Handgranaten wären eine gute Wahl aber was, wenn eine nicht reicht. Dann wusste er, wo ich war und dann Sayonara (*jap. Tschüss*). Im Schilf darauf zu warten, dass er mich erfasste und auf mich schoss war auch keine Lösung. Also musste ich mir was einfallen lassen.

Der Roboter drehte sich plötzlich um und ging Richtung Färvik. Aus der Richtung war er gekommen. Ich schlich ihm durch das Schilf hinterher und versuchte möglichst keine Geräusche in dem knietiefen Wasser zu machen. Meine Füße froren und ich spürte sie kaum noch. Ich hielt den Roboter immer im Auge, um mich schnell ducken zu können, wenn er sich umdrehte. Ich hatte Glück und erreichte die Uferböschung. Ich kroch durch das feuchte Gras die Uferböschung hinauf, um aus der Froschperspektive einen Blick auf die Straße erhaschen zu können.

Den Roboter konnte ich im Moment nur hören. Leise schlich ich an der Böschung entlang hinter ihm her. Wenn ich ihn nicht sehen konnte, dann konnte er es vielleicht auch nicht. Ich überlegte, der Roboter kann im Röntgenbereich, im Infrarotbereich und mit Restlichtverstärker sehen. Mit Sicherheit hatte er auch ein Klarsichtgerät. Mir fiel die Bilderkennung ein, die ich in einer Maschine gesehen hatte. Diese konnte in Bruchteilen von Sekunden Bilder erkennen. Vielleicht hatte dieser Robot auch so was. Dann überlegte ich im Infrarot konnte er mich vielleicht nicht sehen, da ich im Wasser keine Wärmespuren hinterlassen hatte und auch in der Böschung für ihn nicht zu sehen war, denn der gebündelte Scanner Strahl, den er aussandte, konnte auch nur einen bestimmten Bereich abdecken. Ich hatte die Temperatur des Bodens angenommen, weil ich schon so lange im Gras lag. Im Röntgenbereich konnte er meine Knochen sehen, die sich natürlich von der Umgebung abhoben. Wenn ich regungslos liegen blieb und flach atmete, müsste ich für ihn wie ein Leichnam aussehen und uninteressant sein. Im sichtbaren Licht war ich ebenfalls für ihn unsichtbar denn er konnte den Kopf nicht weit nach unten neigen, das war mir bereits aufgefallen.

Ich hörte die Schritte wieder näherkommen. Das unheilvolle Djiieep, Djiieep, Djiieep, Djiieep wurde langsam lauter. Der Roboter stieß einen lauten Brummton aus, der durch Mark und Bein ging. Psychologische Kriegsführung dachte ich, du willst mich einschüchtern. Als der Roboter mich passierte blieb er unvermittelt stehen.

Mir gefror das Blut in den Adern. Hatte er mich schon auf dem Schirm? Sah er mich vielleicht? Ich atmete ganz flach und presste mich in das Gras Der Scanner Strahl leuchtete gelb auf und schwenkte über mich hinweg. Mein Herz schlug mir bis zum Hals und ich zwang mich zur Ruhe. Insgeheim betete ich, dass er weiter ging. Der Scanner schwenkte zweimal über mich hinweg. Das Schwert fuhr immer wieder zischend und klackend aus seinem

Arm aus und ein. Wahrscheinlich wollte er mich nervös machen und mich aus meiner Deckung locken. Ich blieb liegen und bewegte mich nicht.

Dann ging er unvermittelt weiter. Und zwar in die Richtung wie ich gehofft hatte. Wahrscheinlich ging er Patrouille und würde bis zu seinem Endpunkt gehen, den ich gerade gesehen hatte als ich im Schilf war.

Ich linste vorsichtig über den Böschungsrand und sah ihn weggehen. Natürlich würde er an seinem Endpunkt wieder umkehren und zurückkommen. Ich holte vorsichtig zwei Gaskartuschen aus meiner Tasche und rollte Sie auf die Straße. Sie blieben etwa in der Mitte liegen. Ich schlich rückwärts ein Stück weiter in Richtung Färvik. Ich lauschte dabei immer noch auf das Surren seiner Motoren. Nach etwa zehn Schritten spähte ich vorsichtig über den Rand der Böschung, nahm das Jagdgewehr leise von der Schulter. Ich hatte es bereits durchgeladen und brauchte nur noch den Sicherungshebel umzulegen und den Hahn zu spannen. Die Glock legte ich neben mich entsichert ins Gras.

Der Roboter, der wie ein Dinosaurier vornübergebeugt lief blieb stehen und richtete sich auf seinen zwei Beinen hoch auf. Er stand fast senkrecht wie ein Mensch. Jetzt erst konnte ich erkennen, dass sein Rumpf zweigeteilt war und er seinen Oberkörper drehen konnte. Er scannte die Gegend ab.

Ich blickte durch das Zielfernrohr der Mauser 12 und erkannte deutlich die Gaskartuschen. Ich spannte vorsichtig den Hahn des Gewehres. Leise klickend rastete er ein.

Sofort drehte sich der Roboter um. Seine Lampen leuchteten plötzlich rot und ein scharf gebündelter, roter Lichtstrahl fuhr über mich hinweg. Dann schoss er. Die großen

Geschosse zischten über mir und schlugen dicht hinter mir ein. Er musste mich erkannt haben. Ich hatte die Büchse der Pandora geöffnet.

Aus seinem Arm- MG schoss ebenfalls eine Garbe, die vor mir den Dreck aufspritzen ließ, ich duckte mich hinter der Böschungskante. Die Querschläger pfiffen nur so über mich hinweg. Zum Glück traf er nicht die Gaskartuschen, denn dann wäre ich nahezu wehrlos gewesen. Gut, ich hatte noch die Handgranaten. Dann hörte ich einen lauten löwenähnlichen Schrei. Den hatte wohl der Roboter ausgestoßen. Ich hörte schnelle Schritte die auf mich zu kamen. Ich lugte über die Böschungskante und sah den Roboter sehr schnell auf mich zulaufen. Für das Jagdgewehr war es zu spät bis ich gezielt hätte, wäre er an mir dran gewesen. Ich riss die Glock hoch, denn er hatte die Gaskartuschen schon fast erreicht. Die Glock bellte Bamm, Bamm, Bamm, Bamm, Bamm, Bamm, Bamm. Der Dreck spritzte vor den Gaskartuschen auf und einer meiner Schüsse traf.

Eine der Gaskartuschen explodierte und fast zeitgleich die zweite. Der Roboter wurde angehoben und im vollen Lauf von seinen Beinen gerissen. Eine gewaltige Explosion zerriss ihn und seine Trümmer fielen brennend zu Boden.

Trümmerteile regneten auf mich herab und ich riss meine Arme über den Kopf. Mein Herz pochte wild und erst jetzt merkte ich, dass ich am ganzen Körper zitterte. Ich schnappte nach Luft und schmeckte bitteres Adrenalin. Ich war gespannt wie eine Feder. Ich bückte mich langsam mit vorgehaltener Waffe und hob die Mauser 12 wieder auf.

Ich untersuchte den Roboter. Er war gewaltig. Er hatte neben Pistolenmunition auch Großkalibrige an Bord. Ich entnahm sie und steckte Sie in meinen Rucksack. Dann untersuchte ich den Roboter auf potenzielle Schwachpunkte. Links und rechts unterhalb des Kopfes befanden sich Lüftungsgitter hinter denen Ventilatoren saßen. Dahinter befand sich auf der linken Seite, da wo der Waffenarm mit der Kanone saß, ein Munitionsbehälter, aus dem ein Gurt in das MG hineinführten. Dieser Behälter war nicht besonders gepanzert. Ich konnte mir vorstellen, dass wenn man dort mit einem Stahlmantelgeschoß hineinschoss eine schwere Explosion ausgelöst werden konnte. Wenn man von vorne hineinschoss, dann konnte das Geschoss nach hinten durchdringen und den Tank treffen. Der sah ähnlich aus wie der von den Combatwölfen nur viel größer. Auf der Rückseite innerhalb eines Rohrgestells befand sich der Tank. Ich dachte mir, dass wenn man ihn mit einem Gewehr traf dieser Explodieren würde. Ob das mit einem Schuss klappen würde blieb noch zu klären. Auf der rechten Seite hatte er einen ähnlichen Lüftungsschacht. Hier saß auch ein Ventilator. Ich überlegte mir, wenn man beide zerschoss konnte das dem Roboter großen Schaden zufügen. Die Sensoren waren ähnlich wie bei den Combatwölfen. Nachtsicht, Infrarot, Röntgen und Normalsicht. Ich hatte richtig vermutet.

Das Schulter MG war gewaltig. Auch hier saß auf der Schulter ein gering gepanzerter Munitionsbehälter, der eine große Explosion verursachen konnte, wenn man ihn beschoss. Die Aufhängungen der Waffen waren nicht besonders stark. Ich konnte mir vorstellen, dass wenn man diese mit einer großkalibrigen Waffe beschoss diese gesprengt werden konnte und das MG abfiel. Dasselbe galt für das Arm MG.

Einige schnelle Pistolenschüsse aus der Glock oder aus einem Sturmgewehr konnten diesen Roboter entwaffnen.

Das pneumatisch ausfahrende Schwert war besser befestigt und schien die Nahkampfwaffe zu sein. Ihm sollte man nicht zu nahekommen, wenn man nicht als Sushi enden wollte. Ich schätzte, dass der Roboter bestimmt eine Tonne wog.

Die Gelenke der Beine waren ebenfalls stabil, konnten aber sicher durch Beschuss zerstört werden. Die Knie waren wie bei einem Menschen im unteren Bereich hatten sie ein zweites Gelenk das wie bei einem Dinosaurier nach hinten gerichtet war. Dies deutete für mich darauf hin, dass der Roboter ziemlich schnell sprinten und springen konnte.

Nachdem ich meine Untersuchungen abgeschlossen hatte ging ich weiter und erreichte kurz darauf Färvik. Erleichtert betrat ich mein Elternhaus. Ich verriegelte die Tür, denn ich hatte keine Lust mehr auf Gesellschaft. Ich durchsuchte das Haus und plünderte die Speisekammer. Im Kühlschrank standen noch zwei Flaschen Bier, die ich nacheinander trank. Ich ging ins Obergeschoß entkleidete mich und legte mich auf mein Bett. Die geladene Glock und die Walther PPK legte ich an mein Bett. Ich würde hoffentlich wach werden, wenn jemand ins Haus einbrach. Es war totenstill und eine bleierne Müdigkeit senkte sich über mich. Mir fielen die Augen zu und ich schlief ein.

4. Tag

Ich wachte morgens gut ausgeruht auf und überlegte nun was ich weiter tun sollte. Ich beschloss zunächst die Vorratskammer zu plündern und so viel mitzunehmen, wie ich tragen konnte. Auch Werkzeug wie Dosenöffner, Flaschenöffner, mein Survival Messer mit Angelzeug, Feu-

erzeug und Streichhölzer mussten mit. Dann Verbandszeug und sofern vorhanden, Medikamente. Ich durchsuchte sämtliche Räume im Haus und sammelte das gefundene in der Küche. Ich packte meinen Rucksack mit
den Dingen, denn ich ging davon aus, dass es eine lange
Wanderung würde und ich wahrscheinlich vorerst nicht
hierhin zurückkehrte.

Dann fiel mir meine Ausrüstung ein, die ich vom Wehrdienst mit nach Hause bekommen hatte. Die Stiefel waren
jetzt wohl das bessere Schuhwerk als die Turnschuhe. Socken und Unterwäsche nahm ich ebenfalls mit und auch
den Parka rollte ich zusammen und band ihn am Rucksack
fest. Meine Feldflasche füllte Ich mit Wasser und befestigte
sie ebenfalls. Nachdenklich wog ich mein Rasierzeug in
der Hand, aber ich steckte es dennoch ein. Ich hatte zwar
vor mich nicht jeden Tag zu rasieren, aber vielleicht bot
sich mal hier und da die Gelegenheit und ich stopfte es in
eine kleine Seitentasche des Rucksackes.

Ich reinigte und ölte meine Waffen. Dann lud ich alle
Magazine. Das Waffenreinigungsset, welches aus dem
Zimmer meines Vaters stammte, packte ich dann ebenfalls
ein. Ich verstaute die restliche Munition so gut es ging in
meinen Taschen. Die Munition, die ich nicht so oft
brauchte, verstaute ich teilweise im Rucksack. Die Ringe
der Handgranaten fädelte ich auf meinen Hosengürtel, um
sie direkt griffbereit zu haben. Ich brauchte nur noch den
Griff zu drücken und fest an der Granate ziehen, damit der
Sicherungsstift hinausgezogen wurde. Das war zwar nicht
ganz ungefährlich, weil man irgendwo hängenbleiben
konnte. Wenn dann der Stift unbemerkt rausgezogen
wurde, würde das letzte was man hört ein dicker Knall
sein.

„Wird schon schiefgehen", dachte ich mir und schnürte meinen prall gefüllten Rucksack zu. Ich prüfte das Gewicht und stellte fest, dass ich noch damit ordentlich laufen konnte. Bevor ich endgültig abmarschierte sah ich noch einmal an dem Polizeiwagen vorbei, denn ich wollte einmal nachsehen, ob ich nicht ein Holster für meine Pistolen ergattern konnte, der tote Polizist konnte vielleicht so etwas an sich haben. Also ging ich noch einmal zu dem Polizeiwagen. Der Geruch war bestialisch, aber er hatte ein solches Holster an seiner Uniform. Ich öffnete beide Türen des Autos, damit der Gestank ein wenig abziehen konnte. Der frische Wind half ein wenig dabei. Dann hielt ich die Luft an und schnallte dem Polizisten so schnell ich konnte das Holster ab. Dann ging ich zurück zum Haus.

Der Tag neigte sich schon dem Nachmittag zu und plötzlich fielen mir meine Freunde wieder ein. Was war wohl aus ihnen geworden. Hatten Sie es ans Ufer geschafft? Als ich mein Elternhaus erreichte sah ich hinüber zu dem anderen Arm der Bucht von Färvik. Ob Sie da vielleicht angekommen und sich vor den Maschinen versteckt hatten? Vielleicht waren dort einige Roboter und sie saßen fest. Das musste ich herausfinden und so beschloss ich zu der Halbinsel herüberzugehen. Ich nahm nur die Glock, die Walther PPK und die Jagdflinte mit. Ich steckte mir noch etwas Munition in meine Taschen und machte mich auf den Weg.

Ich ging am Ufer entlang. Nach kurzer Zeit sah ich am Strand das zerstörte Boot von Ole. Ich erkannte es an der Farbe. Knuts Boot lag kieloben am Ufer. Ein wenig weiter fand ich Nils Boot, es hatte einige Einschüsse war aber ansonsten unversehrt.

Ich fand Spuren, die vom Strand wegführten. Ich folgte ihnen. Ein wenig weiter im Wald fand ich Knut und wenige Meter weiter Nils. Ihre Körper waren von Kugeln durchsiebt. Sie hatten keine Chance gehabt gegen diese Bastarde. Eine unbändige Wut überfiel mich.

Ich ging noch einmal zum Haus zurück, um einen Spaten zu holen. Der Waldboden war weich und ich wollte die beiden wenigstens begraben. Ich wollte nicht, dass ihre Leichen von wilden Tieren zerrissen würden. Später, wenn ich noch einmal zurückkehren sollte würde ich Ihren Eltern Bescheid geben, wo sie sind, damit sie ihre Überreste exhumieren und auf den Friedhof von Uppeby umbetten konnten.

Obwohl der Waldboden weich war, dauerte es eine Weile, bis ich eine Grube ausgehoben hatte, die groß genug für die beiden war. Dann legte ich sie mit Tannenzweigen aus und rollte ihre Körper hinein. Sie rochen schon sehr unangenehm. Ich hatte einen Kloß im Hals, als ich meine Freunde in der Grube liegen sah. „Ich werde Euch rächen" schwor ich und neben der Trauer merkte ich wie eine Wut in mir kochte, Wut auf diese verdammten Maschinen und Wut auf diejenigen die sie losgelassen hatten. Ich bedeckte ihre toten Körper mit Tannenzweigen und schaufelte das Grab zu. Ich sammelte Steine am Ufer und legte sie darauf, damit nicht Tiere Sie wieder ausgruben.

Ich wollte die Halbinsel noch weiter untersuchen, da sich der Tag dem Ende zu neigte und der Himmel schon eine rötliche Farbe angenommen hatte. Ich steckte den Spaten am Kopfende des Grabes tief in den Boden, damit es leichter zu finden war. Ich nahm das Jagdgewehr und ging durch das Gestrüpp den Berg hinauf. Ich wusste, dass in der Mitte der Halbinsel eine Holzfällerhütte stand. Also ging ich dorthin. Je tiefer ich in die Halbinsel eindrang umso mehr verstärkte sich ein übler Gestank. Er hing wie eine düstere Glocke über dem dämmerigen Wald. Es war Verwesungsgeruch, also mussten noch mehr Leichen in der Nähe sein. Vielleicht meine restlichen Freunde oder ein Militärposten.

Zwischen dem Bäumen sah ich plötzlich ein Licht aufblitzen. Ich duckte mich ins Unterholz und nahm langsam und ohne Geräusch das Jagdgewehr von der Schulter.

Ich legte sie an und sah durch das Zielfernrohr.

In der Ferne lag die Holzfällerhütte und ich sah einen Combatwolf der mit seinem gelblichen Lichtstrahl die Umgegend scannte. War es nur einer? Ich glaubte nicht daran.

Ich pirschte mich langsam und geräuschlos näher heran und nahm das Fernglas, weil es Lichtstärker war. Ich zählte drei Combatwölfe die ständig um die Hütte patrouillierten. Ein paar Schritte gingen, die Umgegend scannten und dann weitergingen. Ich suchte mir eine Stelle, von der ich ein gutes Schussfeld hatte, die Combatwölfe mich aber nicht sehen konnten.

Ich legte das Gewehr an und visierte den ersten Combatwolf an. Ich verfolgte ihn mit dem Fadenkreuz und als er stehenblieb explodierte er. Der Schuss war nahezu geräuschlos, da ich den Schalldämpfer auf das Gewehr aufgeschraubt hatte. Die beiden anderen Roboter liefen an die Stelle wo der eine Combatwolf explodiert war und scannten eifrig die Gegend. Ich nahm den nächsten ins Visier und zerstörte auch ihn. Der letzte kam mit rotleuchtenden Sensoren in meine Richtung gelaufen. Er blieb unvermittelt stehen und schoss in die falsche Richtung. Die Dinger hatten mich nicht Orten können. Ich zerstörte auch ihn.

Ich blieb ein wenig in meiner Deckung falls noch irgendwo ein Roboter lauern würde. Außer dem Windrauschen hörte ich nichts. Ich sah noch einmal mit dem Fernglas zur Hütte hinüber, aber ich konnte nichts entdecken. Dann sah ich mich noch einmal um, blickte in alle Richtungen und vergewisserte mich das mich nichts aus dem Hinterhalt attackieren konnte. Dann zog ich die Pistole und näherte mich dem Lager. Ich fand einige tote Soldaten. Ich dursuchte Sie und fand eine Menge Armeemunition. Auch Munition die ich brauchen konnte. Ich fand einiges an 7,62 mm Munition, die ich trotzdem einsteckte, denn ich hoffte ein Automatgevär 4 zu finden. Das war die deutsche G3 von Heckler & Koch. Mit diesem Gewehr hatte ich in der Ausbildung geschossen.

Darüber hinaus fand ich noch einige Medipacks und einen Medizinkoffer. Alle diese Dinge nahm ich mit. Auf einem Tisch war eine provisorische Funkstation eingerichtet, jedoch war diese zerstört ich suchte auch nach Notizen des Funkers, konnte aber nichts finden. Ich fand noch einige Wurstkonserven, die ich ebenfalls an mich nahm. Das war mein Abendessen. Ich blickte mich noch einmal um. Wieviel Menschen hatten diese Maschinen auf dem Gewissen? Wer hat das zu verantworten? Ich ging zum Ufer, das dem offenen Meer zugewandt war, denn ich konnte den ekelhaften Leichengeruch nicht mehr ertragen. Ich ging am Ufer entlang und kam an das kleine Strandbad, wo ich als Kind schon gebadet hatte. Am Anleger lag ein Ruderboot. In der Dämmerung sah ich einen Menschen darinsitzen. Als ich näher kam bemerkte ich, dass das Boot voll Wasser gelaufen war. Einige Medi Kits und eine Munitionskiste waren in dem Boot. Ein toter Soldat saß im Heck. Ich nahm alles an mich und wollte zum Haus zurückgehen.

Als ich mich dem Strandwärterhäuschen näherte, hörte ich ein merkwürdiges Geräusch. Es war klickend und schnarrend. Ich zog die Pistole, nahm die Taschenlampe in die linke Hand und fasste die Pistole im Combat Griff mit beiden Händen. Aus dem Strandwärterhäuschen kam ein roter Lichtschein. Ich schlich mich nahezu lautlos an das Häuschen heran und sprang mit einem Satz vor die offene Tür. Ich sah zwei rote Lampen, die sich in Bewegung setzten. Im Licht der Taschenlampe kam ein Krabben bzw. Spinnenähnlicher Roboter auf mich zugelaufen, der plötzlich hochsprang. Ich feuerte meine Glock gleich mehrfach ab und das Biest explodierte in der Luft. Ein zweites Krabbelvieh kam ebenfalls gelaufen und sprang hoch. Es stieß dabei einen hohen, kreischenden Laut aus. Ich konnte ihm gerade noch ausweichen. Ich drehte mich blitzschnell um und erwischte es am Boden. Die Glock bellte laut auf und der kleine Roboter explodierte.

Ich untersuchte die Überreste und fand heraus, dass sie eher wie ein Skorpion aussahen. Sie hatten sechs Krabbelbeine. Ähnlich wie bei einem Hummer oder bei einem Skorpion. An den Enden der Krabbelfüße waren scharfe Klingen befestigt. Deshalb vielleicht die Sprungattacke, um sich am Kopf festzukrallen oder einen zu verletzen. Der Stachel war eine Spritze die bestimmt mit Gift gefüllt war. Die starke Explosion rührte von dem Sprengsatz her, der auf dem Rücken montiert war. Ein ziemlich gemeines kleines Krabbelvieh. Wenn man nicht schnell genug weg war, konnte es einen töten. Ich nannte sie Scorpions, weil sie einem Scorpion nicht unähnlich waren.

Ich ging wieder zu meinem Elternhaus. Dort angekommen lud ich meine Fracht ab. Ich suchte nach dem Schlüssel für den Kiosk am Fähranleger. Der wurde von meiner

Mutter betrieben. Ich hoffte darauf noch ein Bier oder etwas anderes dort zu finden. Ich hatte Glück es war noch einiges da, der Kühlschrank lief und so konnte ich den Tag mit einem guten Abendessen beschließen. Es würde das letzte vorerst in meinem Elternhaus sein. Morgen würde ich endgültig aufbrechen und mich auf die Suche nach meinen Eltern machen.

5.Tag

Ich war am frühen Morgen marschbereit. Ich sah mich nochmal um im Haus. Ich schloss alle Fenster und Türen und schloss die Eingangstüre ab. Den Schlüssel legte ich an eine Stelle, die alle unserer Familienmitglieder kannten.

Ich sah mich noch einmal um, vom Meer kam ein frischer Wind, der nach Salzwasser roch. Einige Möven kreisten über mir und kreischten.

Das Sonnenlicht wechselte von einem orange ins gelbliche und so machte ich mich auf den Weg nach Runmarö. Ich zog die Pistole. Das wurde mittlerweile schon zu einer gewohnten Bewegung. Ich ging links neben der Straße lang, um sofort Deckung suchen zu können, wenn mich etwas attackierte. Bis zur Kreuzung mit den verunfallten Autos war nichts zu sehen. Es blieb ruhig. Dann wurde der Wald links von mir etwas dichter und die Bäume standen bis an die Straße. Zur rechten Seite öffnete sich das Gelände und nicht weit von mir ragte der Kirchturm der Färvikssand Kirche auf. Dort würde ich entweder Überlebende oder weitere Hinweise über deren Verbleib finden.

Ich ging hinter der dritten, vierten Baumreihe durch den Wald, um nicht gesehen zu werden. Langsam näherte ich mich der Kirche. Ich nahm mein Fernglas und sah immer wieder hinüber zu dem Kirchengelände. Ich sah auf dem rückwärtigen Wiesengelände der Kirche drei von den hundeähnlichen Robotern herumlaufen einer war vorne, wo das Hauptportal war, ein weiterer patrouillierte auf dem seitlich von der Kirche liegenden Friedhof. Ich ging weiter, um einen Blick auf den Vorplatz der Kirche werfen zu können. Ich sah keine Menschenseele und auch nicht das irgendwo Bewegung war außer den Robotern.

Noch ein Combatwolf befand sich auf dem Vorplatz, also waren dort zwei Combatwölfe.

Ich zählte insgesamt sechs Combatwölfe. Eine ganze Menge, um mit denen allein fertig zu werden. Ich überlegte welche ich zuerst abschießen sollte. Ich entschied mich zuerst für die Roboter des Hauptportals. Dann den vom Friedhof und am Schluss den Rest.

Ich sah mich um, denn ich wollte einen Fluchtweg haben, wenn mein Plan nicht aufging. Etwas weiter im Wald befand sich ein großer Findling, hinter dem ich stehen konnte. Ich bereitete meine Waffen vor und zielte auf den ersten Roboter am Haupteingang. Da die Mauser 12 nur fünf Patronen im Magazin hatte, musste ich zwischendrin nachladen. Daher hatte ich mir einige Patronen in die linke Hand genommen.

Die beiden Roboter am Haupteingang explodierten kurz hintereinander. Beide Schüsse saßen perfekt. Der auf dem Friedhof wurde nervös und rannte zwischen den Grabsteinen herum. Ich fehlte beim ersten Mal aber als er sich in meine Richtung drehte landete ich eine Volltreffer und er explodierte ebenfalls. Die drei verbliebenen Roboter waren schon nähergekommen und galoppierten über die Wiese. Es war schwieriger zu Zielen, aber ich hatte den vordersten schnell im Visier und zerstörte ihn. Die anderen beiden zielten auf mich wahrscheinlich hatten sie das Mündungsfeuer meiner letzten Schüsse gesehen. Ich lud schnell nach. Einige Querschläger pfiffen jaulend davon als die ersten Schüsse in den Stein einschlugen. Dann hatte ich die Mauser 12 wieder schussbereit und zielte auf den nächsten Gegner. Ich musste schnell zielen, da die Roboter noch immer auf meine Stellung schossen. Da fiel mir ein Spruch meines Ausbilders ein. „Tu das Unerwartete" also ging ich links um den Findling herum und tatsächlich schoss der Roboter immer noch auf meine alte Position ich zielte und zerschoss den ersten der beiden Angreifer. Der zweite kam daraufhin näher gelaufen und ich zog die Pistole und schoss mehrmals auf ihn und auch er explodierte.

Schnell untersuchte ich die Roboter und barg die Munition.

Als ich auf der Wiese angelangt war ertönte ein markerschütternder Schrei. Ich blickte auf und sah das einer der großen, saurierähnlichen Roboter auf mich zugelaufen kam. Ich sprang sofort auf und lief in Richtung Friedhof. Die ersten großen Kaliber krachten hinter mir in die Wand der Kirche, Splitter und Putzbrocken spritzten umher.

Ich rannte im Zickzack über den Friedhof und suchte Deckung hinter den Grabsteinen. Die Schüsse kamen näher und ich musste das Hauptportal erreichen, sonst war ich verloren. Ich zog eine der Notsignalfackeln aus der Tasche, riss Sie an und warf Sie in die Richtung, in der ich den Roboter vermutete. Ich hoffte das er von ihr geblendet wurde. Ich lief weiter, hechtete durch eine Lücke in der Hecke, die den Friedhof umgab, rechts von mir war das Hauptportal, aber ich musste noch den Gang zwischen der Hecke und der Kirche überbrücken und in ihm schien der große Roboter auf mich zu lauern. Ich hörte Schüsse. Ich lugte vorsichtig um die Hecke und tatsächlich stand der große Roboter im Gang um ihn herum liefen einige Combatwölfe und schossen auf die Notsignalfackel. Ich riss noch einen Feuerwerkskörper aus der Tasche zog die Zündvorrichtung und warf ihn auf den großen Roboter. Der Feuerwerkskörper explodierte und erzeugte einen grellen Funkenregen. Ich lief los. Keiner der Roboter schoss auf mich. Ich erreichte das Hauptportal, das zum Glück nicht verschlossen war, öffnete die Tür hechtete hinein, denn ich hatte aus dem Augenwinkel eine Bewegung gesehen. Ich rollte mich auf die rechte Seite und sofort zischten Schüsse durch den Mittelgang der Kirche. Mit den Füssen trat ich das Tor zu. Es flog krachend in sein Schloss und blieb dort. Ich hörte noch einige Einschläge in die schweren Eichenbohlen des Portals aber keiner der Schüsse ging durch.

Ich hatte es zwar in die Kirche geschafft, saß aber nun fest. Ich ging langsam durch den Vorraum der Kirche, rechts von mir hatte jemand mit Kreide an die Wand geschrieben. Als ich einige Schritte von der Wand wegging konnte ich die Handschrift meines Vaters erkennen. Er hatte geschrieben, „Sind zum Bauernhof Andersholm weitergegangen, dort sind noch mehr Überlebende."

Ich untersuchte die Kirche weiter. Ich entdeckte im Kirchenraum einige Schlafsäcke und leere Konservendosen. Dann stieg ich langsam die Stufen zur Orgelempore hinauf. Hier lagen auch Schlafsäcke herum. Hier mussten wohl einige Leute übernachtet haben. Ich ging um die Orgel herum, dahinter führten die Stufen zum Glockenturm. Langsam und vorsichtig stieg ich sie hinauf. Sie knarzten vernehmlich. Ich fühlte schon den kühlen Luftzug der durch die offene Luken des Glockenturmes hereinwehte.

Auf den Stufen des letzten Treppenaufganges lag die Leiche des Pfarrers. Seine toten Augen starrten mich klagend an. Auf dem Treppenabsatz lag eine Schrotflinte. Ich hob sie auf und untersuchte sie. Es war eine Beretta Selbstladeflinte. Ich roch an ihr. Sie roch nach Kordit. Dann lud ich sie durch, indem ich den Ladehebel betätigte. Eine leere Patronenhülse flog heraus und fiel klackernd zu Boden. Es war eine leergeschossene Hülse für Postenmunition.

Die Leiche des Pfarrers verströmte einen üblen Geruch. Sein Gesicht hatte rote Flecken. Das mussten Leichenflecken sein. Er musste schon seit Tagen hier liegen. Mit gerümpfter Nase durchsuchte ich seine Taschen und fand Munition für die Schrotflinte in ihnen. Nacheinander steckte ich die Patronen in das Magazin der Flinte. Mit denen die nun im Gewehr waren, das Magazin der Beretta fasste 5 Patronen und den Patronen, die ich in der Hand hielt, hatte ich 10 Stück Postenmunition. Weiter fand ich nichts bei dem Pfarrer. Dann stieg ich die Treppe hinauf in den Glockenturm. Einige gurrende Tauben saßen auf der großen Glocke. Der Wind wehte frisch in den Glockenstuhl. Ich sah etliche leergeschossene Patronenhülsen am Boden liegen. Von hier musste der Pfarrer gekämpft haben und war dann letztlich selbst erschossen worden. In der Wand waren mehrere Einschüsse aus einer großkaliberigen Waffe. Die Glocke wies ebenfalls Spuren von Geschosseinschlägen auf.

Auf einem Stuhl der in einer Ecke des Glockenturmes stand, fand ich weitere Munition für die Beretta

In der Kiste die auf dem Stuhl stand, fand ich weitere 20 Schuß Munition 10 Stück Vogeldunst und 10 Stück Slugs

Mit Postenmunition war sie ein richtiges Biest. Sie konnte einem Bären oder einem großen Elch gefährlich werden. Die Postenmunition hatte dickere Kugeln als der Vogeldunst und konnte höhere Beschädigung anrichten.

Die Slugs waren auch nicht zu verachten. Sie enthielten eine schwere Kugel. Damit konnte man dem großen Roboter bestimmt zu Leibe rücken. Vielleicht hatte ich damit eine Chance.

Ich schaute vom Kirchturm herunter und sah die Bescherung. Unten tummelten sich sechs Combatwölfe und der große Robot der immer wieder zischend und klackend sein Schwert aus und einfuhr. Er machte immer noch diesen markerschütternden Raubtierschrei. Ich ging langsam wieder herunter, denn ich wollte die Kirche untersuchen.

Ich ging durch den Mittelgang zur Sakristei. Kaum hatte ich die Nase an der Türe hereingesteckt krachte es, Glas- und Putzsplitter flogen umher und Querschläger flogen jaulend durch den Raum. Ich ließ mich direkt zu Boden fallen. Kaum war ich unten jagten schon Geschoßgarben über mich hinweg. Verdammt nochmal dachte ich, der hat dich durch das Fenster gesehen. Ich rutschte auf dem Boden rückwärts aus dem Schussbereich und zog mich in den Kirchraum zurück.

Ich hatte noch nicht einmal die Gelegenheit zurück zu schießen. Ich dachte das hat auch gar keine Zweck, denn ich konnte den Roboter ja noch nicht mal richtig treffen.

Ich ging noch einmal zum Hauptportal und lugte vorsichtig durch einen Türspalt. Sofort kam der große Roboter gelaufen und zielte auf die Tür. Kaum war er da, wurde ich in einen roten Lichtstrahl getaucht und sofort beschossen. Ich schlug das Portal wieder zu. Zum Glück waren die Eichenbohlen so dick, dass sie dem Beschuss standhielten.

Ich ging wieder zurück in den Altarraum und untersuchte die Kirche. Es hatten wohl Leute hier campiert, denn ich sah noch einige Luftmatratzen herumliegen, ansonsten war aber nichts da. Ich überlegte was ich nun machen sollte. Und je mehr ich überlegte umso verzweifelter wurde ich. Der Roboter konnte jede meiner Bewegungen in der Kirche verfolgen. Er wusste immer, wo ich war. Schaute ich vorsichtig um die Ecke in die Sakristei, schon stand er am Fenster und wartete darauf, mich vor seine Flinten zu bekommen.

Ich verhielt mich still und die Stunden krochen dahin. Ich hatte die Hoffnung, dass er das Interesse verlieren würde. Jedoch wurden sie zunichte gemacht, denn ich hörte immer wieder das Djiieep, Djiieep, Djiieep, Djiieep und das metallische Klirren seiner Fußplatten. Ab und an stieß er wieder den Raubtierschrei aus. Er wollte mich weichkochen.

Was sollte ich tun? Es wurde langsam dunkel draußen und ich saß immer noch in der Kirche fest. Das könnte tagelang so weitergehen, bis ich verhungert oder verdurstet war oder im Wahn vor die Tür lief. Ich überlegte mir langsam einen Plan. Verzweifelt wie ich war, kniete ich mich in eine der Kirchenbänke.

Ich sah das Bild des Gekreuzigten am Altar und betete. Ich betete um Schutz und Hilfe in dieser ausweglosen Situation. In meinem Kopf klang die Musik „The End" von den Doors.

Ich hatte Jim Morissons träumerische Stimme in meinen Ohren.

Ich bereitete mich auf den Kampf vor. Ich ging meinen Plan mehrmals im Kopf durch, während ich auf das Altarbild schaute.

Wie musste sich ein Delinquent vor seiner Hinrichtung fühlen? Der Morgen zog herauf und kündigte sich durch die bunten Kirchenfenster an. Ich fühlte mich, als wenn ich zu meiner eigenen Hinrichtung ging, aber ich war ein Schwede, ein Wikinger, ich würde einen ehrenvollen Tod sterben, mit einer Waffe in der Hand.

Ich war bereit zu sterben.

Ich schnürte noch einmal meine Stiefel

Jim Morisson sagte sein Poem auf, als ich mich noch einmal zum Altar umsah, mich verbeugte und bekreuzigte.

Mit der ruhigen Orgel Musik von den Doors in den Ohren ging ich durch das Mittelschiff der Kirche in Richtung Hauptportal.

Ich wusste der Roboter würde mir folgen.

Ich bog seitlich ab in den Treppenaufgang zur Orgel

Ich belud meine Waffen, lud die Pistolen durch, zog die Magazine heraus und vergewisserte mich, dass die Magazine voll waren.

Ich prüfte, ob ich die Munition in der richtigen Tasche und griffbereit hatte. Ich überprüfte die Handgranaten, dass sie leicht erreichbar waren.

Ich versicherte mich noch ob die Gaskartuschen griffbereit waren, denn sie wollte ich gegen den großen Roboter einsetzen.

Ich lud die Beretta Flinte durch

Ich holte tief Luft, meine Nerven zum Zerreißen gespannt.

Ich ging zum Portal und legte die Beretta an.

Ich schrie und stieß die Tür mit einem gewaltigen Tritt auf. Der große Roboter stand mir direkt gegenüber, groß, mächtig, überlegen, furchteinflössend....

Sein roter Lichtstrahl schwenkte schon in meine Richtung, doch ich schoss sofort, die Beretta brüllte, ich sah, wie die erste Ladung Postenmunition in den linken Luftschacht über seinem Waffenarm einschlug. Funken sprühten. Der Roboter schwankte. Ich schoss noch einmal, wieder stoben Funken auf und es explodierte etwas an dem Roboter.

Auch bei diesem Schuss schwankte er, ich feuerte den nächsten Schuss ab, diesmal explodierte wieder etwas in dem Luftschacht.

Ich sah aus dem Augenwinkel eine Bewegung und schoss gleich noch einmal und traf den Waffenarm. Es gab wieder eine kleine Explosion und der Roboter schwankte wieder.

Die Musik der Doors steigerte sich zu einem Crescendo in meinem Kopf und eine seltsame Leere breitete sich in mir aus. Ich zog mich in den Gang zurück und wich in den Treppenaufgang zur Orgel.

Es zischten wieder Schüsse ins Gebäude, Querschläger und Putzbrocken flogen umher. Ich lud die Beretta in fliegender Eile, lud durch, lugte um die Ecke und nahm den Combatwolf unter Feuer der seitlich in den Kirchengang feuerte. Ich traf ihn und er explodierte. Dann federte ich wieder zurück. Ich nahm eine Gaskartusche in die Hand, wartete eine Feuerpause ab, sprang in den Mittelgang und warf eine Gaskartusche gegen den großen Roboter, der groß und drohend wie der Leibhaftige vor dem Portal stand.

Ich sprang sofort wieder in den Treppenaufgang und sofort kam eine Salve aus einem schweren MG. Die Kugeln fuhren krachend in die Kirchenbänke. Holzteile spritzten in die Luft. Dann nahm ich die zweite Kartusche und warf Sie ebenfalls gegen den Roboter und zog mich sofort wieder zurück. Mit einem KLONK prallte sie gegen ihn.

Dann wartete ich.

Ich rannte blitzartig auf die andere Seite in den gegenüberliegenden Treppenaufgang. Ich konnte aus einem Winkel einen weiteren Combatwolf sehen und nahm ihn sofort unter Feuer. Der zweite Schuss brachte auch ihn zur Explosion. Es folgte wieder eine schwere MG Salve des großen Roboters.

Das Crescendo von „The End" beruhigte sich in meinem Kopf, ich duckte mich und lugte vorsichtig um die Ecke. Ich sah die Gaskartuschen vor dem Roboter liegen. Ich legte wieder die Flinte an, zielte und schoss. Ich traf den Fuß des Roboters, der zur Seite zuckte. Ich fluchte, denn ich hatte nicht mit dem Rückschlag der Beretta gerechnet.

Nach der MG Salve sah ich wieder vorsichtig um die Ecke und hatte wieder freien Blick auf eine der Gaskartuschen. Ich zielte, hielt etwas tiefer und traf.

In einem grellen Feuerball explodierte die Kartusche und es folgte noch eine gewaltigere Explosion, Ich sah, wie der große Roboter in der Luft zerrissen wurde, Trümmerteile wurden in die Kirche geschleudert. Ich zog mich zurück und belud die Beretta wieder. Ich lud sie durch und ging zum Kirchenportal, die Musik von den Doors schwoll in meinem Kopf wieder zu einem Crescendo an, dann sprang ich aus der Kirche heraus und läutete die Höllenglocken für die restlichen Roboter. Ich schoss auf alles was sich irgendwie bewegte. Ich lief umher, versteckte mich hinter Mauern und Steinen, schoss mit der Beretta, bis sie leer war dann ließ ich sie fallen und zog die Glock. Sie spie ihre Geschosse heraus und zerstörte die Combatwölfe.

Ich war wie ein Höllensturm über Sie gekommen und hatte alle vernichtet, im Licht der aufgehenden Sonne stand ich inmitten brennender Trümmer, die noch rauchenden Pistolen in meinen Händen und schrie meinen Triumph laut heraus. Ich schmeckte bitteres Adrenalin auf der Zunge, atmete schwer, schwitze und zitterte am ganzen Leib.

Ich schrie noch einmal und feuerte auf den großen Roboter, was eigentlich vollkommener Blödsinn war. Doch ich war so aufgedreht, ich war im Killmodus.

Ich zählte sechs Combatwölfe und den großen. Ich nannte ihn Raptor, weil er wie ein Dinosaurier aussah und mich gejagt hatte wie ein Wild und einen Raubtierschrei ausstieß. Der Showdown war gelaufen, ich hob die Schrotflinte wieder auf, barg die Munition aus den Combatwölfen und aus dem großen Raptor. Der hatte sogar Postenmunition, die ich eilig in meine Taschen steckte. Dann ging ich wieder in die Kirche. Ich trat vor den Altar, kniete nieder und sprach ein Dankgebet. Ich betete für die armen Seelen der getöteten und bat um Schutz für meinen weiteren Weg.

Danach nahm ich meine Waffen an mich, lud den Rucksack auf, schulterte die Mauser 12, lud die Beretta durch und schritt aus der Kirche.

Von nun an war ich nicht mehr der Ulf Kellerson, sondern ich nannte mich „Helldiver"

Niemand sollte meinen wahren Namen erfahren, denn ich wollte meine Angehörigen schützen. Ich versteckte meinen Personalausweis unter einem Stein in der Kirchenmauer.

Ich nahm mir vor, die Apokalypse für die Roboter zu sein.

6.Tag

Ich ging vom Kirchplatz hinüber zu dem angrenzenden Wald. Ich wollte am Strand entlang unter Land zum Bauernhof Andersholm gehen. Wenn ich die Straße entlanggegangen wäre, hätte ich zu viel offenes Gelände gehabt und ich wusste nicht was mich noch erwartet.

Die Sonne stieg höher, das Meer war wie blankgeputzt und eine salzige Brise blies mir ins Gesicht. Es wäre wunderschön gewesen, wenn nicht diese tödliche Bedrohung gewesen wäre.

Ich blieb einen Moment am Ufer stehen und genoss das Licht, das Meer und die Luft. Ich sah mich kurz mit dem Fernglas um und konnte aber keine Roboter entdecken.

Ich ging an der felsigen Küste lang, der Weg war beschwerlicher aber, wie ich glaubte, sicherer. Ich orientierte mich immer wieder auf der Karte. Als ich unterhalb von Andersholm war, stieg ich die Uferböschung hinauf.

Als ich an der Hangkante ankam lugte ich vorsichtig hinüber nach Andersholm.

Wie zu erwarten, liefen einige Combatwölfe und auch ein Raptor auf dem Bauernhof herum. Keine Menschenseele war zu sehen. „Vielleicht sind sie alle schon weitergezogen," dachte ich. „Aber vielleicht finde ich Hinweise, wohin sie gegangen sind."

Leise schlich ich mich höher und näher heran. Ich spähte immer wieder mit dem Fernglas zu dem Bauernhof hinüber. Vielleicht konnte ich mich in eine Scheune schleichen und dann weiter ins nächste Haus. Eine Scheune war nicht weit von mir entfernt. Die Tür war nur angelehnt. Etwas weiter hinten war eine Stall mit einem Heuboden. Eine Rampe führte dort hinauf. So ohne weiteres würde ich es nicht bis dorthin schaffen. Ich überlegte, wie ich weiter verfahren sollte.

Die Combatwölfe wären kein Problem aber der Raptor. Bis jetzt hatten die Roboter mich nicht registriert. Ich schlich im Bogen weiter herum und beobachtete die Situation. Die Roboter liefen nur auf dem Hof herum. Hinter der Scheune waren keine Roboter zu sehen. Das Gutshaus lag mir gegenüber. War aber zu weit entfernt und ich konnte nicht sehen, ob die Tür offen war. Ich entschied mich dafür, mich in die Scheune hineinzuschleichen.

Sie war keine 50 m von mir entfernt und die würde ich schaffen. Die Roboter brauchten nämlich eine Weile bis sie ihr Ziel erfasst hatten, Die Roboter hatten Schwierigkeiten ein bewegliches Ziel zu erfassen. Das schaffte selbst ein Raptor nicht. Nur, die jagten einen, bis einem die Puste ausging. Wie schnell so ein Raptor rennen konnte hatte ich gesehen. Die Combatwölfe liefen etwas Plan und Ziellos herum, während der Raptor immer dieselbe Route ablief. Als er mir den Rücken kehrte und wegging, lief ich los und war binnen weniger Sekunden an dem Scheunentor.

Ich schlüpfte hinein und wartete nur auf das bellende Geräusch eines Combatwolfs. Aber nichts tat sich. Ich hatte die Roboter übertölpelt. Ich sah mich in der Scheune um. Sie war leer. Auf der anderen Seite war eine Tür. Ich ging zur rückwärtigen Wand der Scheune, denn ich hoffte das die Röntgensichtgeräte nicht so weit reichen würden. Ich schlich mich leise zur Tür. Ich öffnete sie vorsichtig und steckte den Kopf hinaus. Keine 10 m entfernt war die Stalltür und sie war nicht verschlossen. Ich nahm die Schrotflinte von meiner Schulter. Sie war geladen aber nicht durchgeladen. Ich brauchte nur einmal den Ladehebel zu betätigen das war ok.

Ich lief los. Aus dem Augenwinkel sah ich eine Bewegung. Etwas silbriges flog rechts von mir durch die Luft. Ich rannte schnell in den Stall. Das Ding draußen machte ein sausendes, schwirrendes Geräusch was entfernt an einen Hubschrauber erinnerte. Ich lief die Treppe zum Heuboden hinauf und fand ein Lager vor. Viele Luftmatratzen, Konservendosen, Vorrats- und Munitionskisten lagen herum. Draußen hörte ich das Schwirren des fliegenden Apparates.

Ein Piepton erklang und mir schwand plötzlich die Sicht. Einige Sekunden später konnte ich wieder klarsehen. Das kam bestimmt von diesem fliegenden Drecksding da draußen. Ich lud die Beretta durch. Das war jetzt genau das richtige Mittel für so ein Vögelchen. Ich drückte das Tor auf was zur Rampe führte und zog mich direkt seitlich aus dem Eingang zurück. Das Geräusch kam von der linken Seite und kam langsam näher. Ich ging in die Hocke und konnte das Ding am Himmel sehen. Es sah aus wie ein Käselaib mit etwa einem halben Meter Durchmesser und ca. 15- 20cm hoch. In der Mitte war es Zylinderförmig und obendrauf saßen vier Presslufthörner, die aussahen wie kleine Megafone. An der Seite hatte es zwei kleine Düsen, aus denen eine hellblaue Flamme austrat. Sie sah aus wie eine Gasflamme. Die Düsen drehten sich immer wieder hin und her. Damit wurde das Ding wohl gesteuert. Das helle Ping ertönte wieder und meine Sicht verschleierte sich für einen kurzen Moment. Ich schlich ein wenig in den Eingang und das Ding sendete sofort einen lauten Heulton aus. Das war wohl der Zweck der vier Pressluft Hörner am oberen Ende.

Eine Drohne, ich hob die Beretta und zielte auf das Ding Nach dem ersten Treffer flog das Ding mit hoher Geschwindigkeit zur Seite, wobei es eine Rauchfahne hinter sich herzog und kam aber wieder zurück. Der zweite Schuss ließ das Ding in der Luft explodieren.

Der Raptor sandte wieder seinen Raubtierschrei aus und erste Schüsse kamen an der Tür reingeflogen und krachten in die Wand hinter mir. Ich nannte das Ding Drohne, weil es offensichtlich dafür gebaut war Leute aufzuspüren und die anderen Roboter herbeizurufen. Ich richtete mich langsam auf und spähte an dem Torpfosten vorbei. Der Raptor stand auf dem Hof und zielte offensichtlich auf meine Position. Ich feuerte auf das Hand MG und eine kleine Explosion zeigte meinen Treffer. Ich zog mich direkt hinter den Torpfosten zurück. Die Antwort kam prompt. Eine MG Salve pflügte durch den Raum. Holzsplitter regneten auf mich herab. Dann lugte ich nochmal vorsichtig an dem Torpfosten vorbei und feuerte schnell zwei Schüsse auf sein MG ab. Ich hatte noch einen Schuss in der Flinte.

Es kam keine Antwort. Also sprang ich nochmal hervor und feuerte noch einmal auf das MG was daraufhin krachend zu Boden fiel. Ich hatte noch Flintenlaufmunition sogenannte Slugs.

Das sind dicke Geschosse mit bis zu 28 Gramm Gewicht. Die konnten schon ziemliche Verwüstung anrichten. Ich lud die Slugs in die Beretta, lud durch und sprang in den Toreingang. Es kam keine Gegenwehr, der stand einfach nur still da.

Das Schulter MG konnte er wohl nicht einsetzen, denn es war starr angebracht und konnte nur einen Bereich am Boden vor dem Roboter abdecken. Um damit zu zielen musste er sich mit dem ganzen Körper drehen. Ich sprang schnell wieder zurück, denn ich wollte mein Glück nicht überstrapazieren. Aber kein Schuss fiel. Das waren interessante Neuigkeiten.

Ich sprang nochmal hervor und feuerte eine Schuss auf seinen linken Ventilationsschacht ab. Ich hatte das Gefühl von einem Pferd getreten worden zu sein. Die Beretta hatte einen fürchterlichen Rückschlag. Der ganze Roboter explodierte in einer grellen Wolke.

Ich frohlockte. Nach dem schweren Kampf mit dem Raptor bei der Kirche war das relativ einfach gewesen. Nur nicht übermütig werden dachte ich mir. Ich versuchte noch einmal einen Schuss an einem Combatwolf. Der wurde von dem Einschlag fast zerrissen. Ich musste nur den Rückschlag der Waffe beachten, wenn Sie mit den Slugs beladen war. Ich nahm die Mauser 12, denn für Sie hatte ich mehr Munition und so konnte ich die wertvolle Posten- und Slugmunition aufsparen.

Nacheinander schoss ich die Combatwölfe mit der Mauser 12 ab. Es gab mir ein Gefühl von Überlegenheit. Es war wie beim Tontaubenschießen.

Als nur noch rauchende Trümmer auf dem Hof lagen spähte ich mit dem Fernglas die Umgebung ab. Etwas hinter dem Bauernhof sah ich ein Blaulicht leuchten. Ich sah auch ein Zelt. Vielleicht war das ein Militärlager. Das musste ich erforschen. Ich nahm die Glock in die Hand und verließ langsam den Heuboden. Dann ging ich zu den Robotern und holte mir ihre Patronen. Meine Taschen füllten sich. Ich freute mich über die Schrotmunition, die mir der große Roboter lieferte. Dann schlich ich mich um den Gutshof herum um eine bessere Sicht auf das Militärlager zu erhalten. Ich sah noch aus der Ferne zwei Combatwölfe. Ich schlich mich näher an sie heran und robbte durch das hohe Gras, bis ich eine günstige Schussposition hatte.

Dann zerstörte ich die Roboter mit meinen Killshots. Danach stürmte ich das Lager. Ein Militärauto stand mit leuchtendem Blaulicht herum, auch noch ein Militär LKW. Tote Soldaten lagen am Boden. Es stank bestialisch nach Verwesung. Aus einem Käfig, der neben dem Zelt stand, kamen tickernde Geräusche und ein rotes Leuchten.

In dem Dunkel des Zeltes war ebenfalls ein rotes Leuchten zu erkennen. Ich nahm meine Taschenlampe in die linke Hand und nahm sie in den Combatgriff. Ich leuchtete in das Zelt hinein, der Lichtstrahl riss die Dunkelheit auf und eins von diesen Krabbelviechern hockte im Zelt. Da ich so etwas vermutet hatte, schoss ich sofort. Der Scorpion explodierte. Ein zweiter kam auf seinen kurzen Beinen angerannt und sprang hoch. Er explodierte in meinem Kugelhagel. Dann ging ich zu dem Käfig.

Offensichtlich hatten die Soldaten einen Scorpion gefangen und eingesperrt. Ich zerstörte ihn. Dann inspizierte ich das Zelt.

Drinnen lag ein toter Soldat der blutüberströmt war. Er hatte eine Glock Pistole in der Hand. Ich nahm sie ihm aus den Fingern und steckte sie in meine Tasche. Auf dem Gelände fand ich noch weitere Kisten mit Munition und Signalfackeln. Auf einem Tisch war eine Funkstation aufgebaut. Auf einem Zettel fand ich eine Nachricht aus der hervorging, dass die ersten Roboter bei der Burg von Färvikssand auf die Armeeverbände gestoßen waren und man davon ausging, dass sie am Strand unterhalb der Burg einen Brückenkopf haben mussten.

Als ich alles durchsucht hatte ging ich zurück zum Heuboden. Dort fand ich eine Nachricht von meinem Vater. Sie waren vor zwei Tagen von der Armee nach Uppeby evakuiert worden. Sie sollten sich im Uppeby Bunker versammeln.

Von da aus sollte die Evakuierung weitergehen.

Ich beschloss auf Andersholm zu bleiben und am nächsten Tag die Burg zu untersuchen. Ich wollte herausfinden, was am Strand passiert und wer dafür verantwortlich war.

Ich ging hinüber zum Gutshaus, verriegelte die Türen hinter mir und ging hinauf ins Obergeschoß. Ich fand einige Medi Kits, die ich einpackte. Auch einige Konserven fand ich. In der Küche gab es einen funktionierenden Elektroherd. Ich freute mich. Endlich konnte ich mir eine Konserve wärmen. Heiße Ravioli schmecken wirklich besser. Ich schlief im Obergeschoß auf einer Couch.

7. Tag

Ich nahm nur die nötigsten Sachen mit, allerdings auch eine leere Tasche, um eventuelle Beute mitnehmen zu können. Ich ging den Waldweg zur Burg hinauf. Ich sah ein verunfalltes Polizeiauto auf dem Waldweg und wich sofort in den Wald aus. Ich beobachtete die Szenerie durch das Zielfernrohr meiner Mauser 12. Ein Combatwolf hielt sich im Gebüsch versteckt. Durch das Zielfernrohr sah ich deutlich seinen Tank.

Ich machte kurzen Prozess mit ihm.

Als ich die Burgmauern durch den Wald sehen konnte nahm ich die Beretta. Ich hatte im Bauernhof die Slugmunition gegen Postenmunition ausgetauscht. Langsam schlich ich in die Burgruine. Ich sah einige Combatwölfe im Burghof. Als Kind hatte ich hier oft gespielt. Ich kannte hier jeden Winkel. Ich änderte meine Waffenwahl und nahm die Mauser 12. Ich kletterte in die Wände der Ruine und sah einen einzelnen Combatwolf. Ich legte auf ihn an und eliminierte ihn. Dann verzog ich mich sofort in einen anderen Winkel. Zwei Combatwölfe kamen in den Burghof gelaufen, auch Sie eliminierte ich. Dann lief ich wieder in eine andere Position. Ich sah auf dem Ausflugs Parkplatz vor der Burg drei weitere Combatwölfe rumlungern. Bis sie begriffen hatten was los war, lagen sie als rauchende Schrotthaufen herum. Als ich keinen mehr von den Combatwölfen sehen konnte, arbeitete ich mich langsam zu dem Militärposten vor. Ich durchsuchte das Gebäude, fand aber nur Munition und keine weiteren Waffen. Auf einem Zettel stand eine gekrizelte Botschaft, dass unten am Strand ein Brückenkopf der Roboter existierte und die Roboter von dort aus die Insel in Besitz nahmen.

Der latente Leichengeruch schwebte über der Burg. Ich ging den Waldweg zum Strand. Ich kannte einen Weg, der durch einen Tunnel führte und unten in einer Höhle endete. Diese Höhle hatte einen Ausgang zum Strand.

Dorthin wollte ich gehen, als der durchdringende Brummton eines Raptors ertönte. Der Roboter kam gerade über den Rundweg der Burg gestapft. Seine Lampen wechselten sofort auf Rot und ich lief in die Böschung. Der Raptor schoss auf mich, doch ich war unter der Böschung abgetaucht. Ich hörte schwere, schnelle Schritte.

Der Raptor stand am Böschungsrand und hatte offensichtlich Schwierigkeiten die Balance zu halten. Ich nahm die Schrotflinte von der Schulter und zielte auf den Munitionsbehälter neben seinem Schulter-MG. Der Roboter explodierte und stürzte den Hang hinunter. Ich hatte Mühe aus dem Weg zu kommen und wurde fast unter dem Roboterwrack begraben. Er rutschte den Hang hinunter, ich stolperte und rutschte hinterher. Ich konnte meine Waffen so grade noch festhalten.

Wir rutschten endlos lange und als das dichter werdende Gebüsch das Wrack des Raptors aufhielt, rutschte ich auch nicht mehr weiter. Ich nahm die Munition des Roboters an mich. Ich kletterte den Hang wieder herauf und erreichte wieder den Waldweg. Dann ging ich zu der Abzweigung, die zum Strand führen würde. Langsam ging ich den Weg hinunter und schaltete die Taschenlampe ein. Ich nahm die Flinte in Anschlag und ging langsam in den Tunnel Als ich näher an die Höhle herankam sah ich wieder das unheilvolle rote Leuchten. Bestimmt lauerten dort wieder ein paar Scorpions. Ich rückte langsam vor und als sie in den grellen Schein der Taschenlampe gerieten zerstörte ich sie sofort mit einem Schuss aus der Schrotflinte. In der Höhle befand sich auch ein Lager. Ich fand viele Notsignalfackeln. Dann ging ich vorsichtig aus der Höhle.

Am Strand sah ich einige Landungsboote stehen, ihre Rampen waren heruntergelassen. In einigen standen sauber aufgereiht Combatwölfe, einige waren leer. Mehrere Combatwölfe lungerten herum. Einer davon in meiner Nähe, der reagierte auch sofort und schoss, ich konnte so gerade noch hinter einen Stein springen. Die beiden anderen kamen auch angerannt und gingen in Stellung. Ich schoss auf den Roboter, der mir am nächsten war. Er explodierte als er eine volle Ladung Schrot abbekam. Dann nahm ich die beiden anderen unter Feuer. Ich rannte los und schoss auf den ersten, der sofort einen Funkenregen aussandte. Dann nahm ich den zweiten unter Feuer. Er explodierte als ich ihn aus nächster Nähe traf. Die Flinte war leergeschossen. Ich zog die Glock und feuerte auf den letzten Roboter. Er explodierte ebenfalls.

Dann war es still, noch nicht mal eine Möve kreischte. Aus dem Lauf meiner Glock zog eine dünne Rauchwolke. Ich lud beide Waffen nach, dann inspizierte ich den Strand. Ein mächtiger, spinnenförmiger Roboter lag in der Nähe der Boote. Er hatte einige Runner unter sich begraben, die über Tentakel mit dem großen Spinnenroboter verbunden waren. Auf seinem Rücken befanden sich mächtige Raketenwerfer. Ihre Abschussschächte waren leer. An der Unterseite seines Körpers befanden sich zwei mächtige MG. Ich untersuchte die Munitionsbehälter. Sie waren leer. Dann untersuchte ich die Boote. Sie waren ferngesteuert, denn es befand sich kein Steuerhaus an ihnen, lediglich ein großer, schwarzer Kasten, von dem eine armdicke Leitung ins Innere des Bootes führte. Ich war baff, als ich in den anderen Booten funkelnagelneue Combatwölfe sah. Nacheinander untersuchte ich die Boote. In jedem befanden sich acht Stück. Vier der Boote waren noch mit Combatwölfen beladen. Also waren das zweiunddreißig von diesen Metallhunden. Warum waren sie nicht aktiviert? Die Antwort lieferte ich mir selbst. „Weil Sie keinen Sprit hatten, der große Spinnenroboter musste wohl ihre Tankstelle gewesen sein und das Militär hatte ihn zerschossen. So wie er zerstört war musste es eine gewaltige Explosion gegeben haben. Die Boote, die am nächsten an dem Spinnenähnlichen standen, waren schwarz verbrannt und ihre Fracht weitgehend zerstört. Ich musste unwillkürlich lachen, „die haben ihre Tankstelle vernichtet ," prustete ich und lachte laut. In einem der Boote fand ich eine Blaupause der Combatwölfe. Die steckte ich ein. Ich würde sie heute Abend studieren. Ich untersuchte die Roboter. Sie waren nicht aufmunitioniert.

Ich fand heraus, dass diese Roboter ein schwedisches Produkt waren Strijdsvarg stand auf einigen. Die Boote trugen Abzeichen der schwedischen Marine und waren außen mit arabischen Zahlen beschriftet.

Wer war dafür verantwortlich? Das diese Dinger keine Aliens waren oder von außerirdischen ausgesetzt wurden war jetzt klar. Es war ein irdisches, ein schwedisches Produkt.

Verdammt, wer steckte dahinter und hatte das alles hier zu verantworten? Dann kam mir der Gedanke die Dinger zu vernichten. Das sind 32 Roboter weniger dachte ich. Ich ging einige Schritte weg und legte mit der Schrotflinte auf die Roboter an. Ich nahm die Reihe in der Mitte des Landungsbootes und schoss. Ich sah den Einschlag in dem Tank des Combatwolfs aber nichts passierte. Dann nahm ich eine der Handgranaten, die eigentlich meine letzte Verteidigung waren. Ich dachte, dass ich eine entbehren konnte. Ich zog die Granate von meinem Gürtel ab, nahm sie in meine Hand, drückte den Handgriff und zog den Sicherungsstift. Dann warf ich die Granate in das Boot.

Es gab eine gewaltige Explosion. Die Druckwelle fegte über den Strand und warf mich von den Beinen. Ich musste wohl bei den nächsten Booten mehr Abstand halten.

Ich vernichtete die verbliebenen Boote, hielt genug Abstand und vollendete mein Zerstörungswerk. Als ich den Strand verließ hatte ich ein Gefühl der Genugtuung. Ich hatte sie in den Arsch getreten und hatte ihnen einen empfindlichen Verlust beigebracht.

Ich ging durch den Wald in nördlicher Richtung, denn ich wollte den nördlichen Teil der Insel inspizieren. Als ich aus dem Wald kam, sah ich einen gelben Blitz in der Nähe der alten Fischerhütte. Ich schlich mich durch das hohe Gras näher heran. Ein hohes Fiepen ertönte, ich sah ein hohes, quaderförmiges Gebilde an dessen oberen Ende sich ein Parabolspiegel befand. Der schwang hin und her und drehte sich, sodass die ganze Gegend mit dem was er Versendete überdeckt war.

Das konnte nur so etwas wie ein Relaissender sein, der die Funksignale zu den Robotern schickte. Den musste ich zerstören. Und so legte ich mit der Schrotflinte auf ihn an. Unterhalb des Parabolspiegels befanden sich zwei orangefarbene, Zylinderförmige Gegenstände. Das musste die Energieversorgung wie bei den Robotern sein. Ich schoss und die Antenne explodierte. Hinter mir erklang der markerschütternde Schrei eines Raptors. Offenbar der Wächter der Antenne.

Mir blieb keine andere Wahl als weiter runter zum Strand zu laufen, denn da war das Gelände unwegsam und würde den Raptor vor ein Problem stellen. Ich saß unter der Brücke nach Uppeby und überlegte wie ich weiter vorgehen sollte. Ich ging weiter. Ich wusste das vor mir Havsnäs lag. Ein Fischerhaus. Vielleicht konnte ich mich da hineinschleichen und von da aus nach Andersholm zurück. Kurze Zeit später erreichte ich Havsnäs und fand das Haus verlassen vor. Ich öffnete die Tür und ging hinein.

Vom Obergeschoss aus spähte ich die Gegend mit dem Fernglas aus. Der Raptor schien wohl meine Spur verloren zu haben und so zog ich weiter nach Andersholm ich ging weiter am Strand entlang, um vor Überraschungen geschützt zu sein. Als ich in der Nähe von Andersholm war hörte ich wieder in der Ferne den Schrei des Raptors.

Ich rannte sofort los und erreichte das Gutshaus. Kurze Zeit später erreichte auch der Raptor den Bauernhof.

Er lief um das Haus herum, und blieb vor dem Küchenfenster stehen. Ich ging in die Hocke und löschte das Licht im ganzen Haus. Ich schlich in den Flur. Ich hatte wieder Slugs in die Beretta geladen.

Vorsichtig sah ich um die Ecke. Ich sah den Roboter vor dem Fenster stehen. Der Grund das er nicht schoss, bestand wohl darin, dass sein Schulter MG zu hoch und sein Arm MG zu niedrig hing, um mich zu erfassen. Oder er konnte mich nicht orten, weil sein Strahl mich nicht erfassen konnte. Ich visierte seinen rechten Ventilationsschacht an und feuerte. Es gab eine Explosion, der Roboter wankte, aber er stand immer noch. Ich feuerte ein zweites Mal auf dieselbe Stelle. Es gab eine große Explosion und der Raptor kippte zur Seite. Ich hatte ihn erledigt.

Vorsichtig schaute ich durch die Tür, doch in der Dämmerung war kein Raptor zu sehen. Auch kein Combatwolf ließ sich blicken. Ich nahm mir die Munition aus dem Roboter und ging wieder ins Haus. Ich suchte in der Speisekammer des Hauses nach etwas Essbarem und wurde fündig. Selbst ein paar Dosen Bier fand ich. Nach dem Essen ließ ich sie mir schmecken. Als ich auf der Couch des Gutshauses lag war ich zufrieden. Ich hatte denen heute eine empfindliche Schlappe beigebracht. Langsam fand ich Gefallen daran.

8.Tag

Ich frühstückte und studierte dabei die Blaupause, die ich am Strand gefunden hatte. Es war eine detaillierte Zeichnung eines Combatwolfs. Ich fand heraus, dass ich die Schwachpunkte des Roboters gut eingeschätzt hatte. Die Zeichnung gab mir letzte Gewissheit. Als Konstrukteur zeichnete sich ein gewisser Van Duve verantwortlich.

Den Namen hatte ich schon mal irgendwo gehört.

Am späten Morgen machte ich mich auf nach Uppeby. Wenn der Raptor den ich gestern zerstört hatte, nicht der war, der die Antenne und vielleicht auch die Brücke bewachte, musste ich mit Feindberührung rechnen.

Ich fiel in einen leichten Trab und lief die Straße Richtung Brücke. Als ich die Brücke sehen konnte, sah ich auch sofort den Raptor der groß und drohend auf der Straße stand. Ich schoss sofort auf ihn und traf. Dann rannte ich wieder runter nach Havsnäs.

Der Raptor hinter mir her. Ich erreichte das Haus und sprang schnell in den Eingang. Ich lief die Treppe hinauf und blieb in der Hälfte des Treppenhauses stehen.

Der Roboter erreichte das Haus, das konnte ich an dem gelben Lichtstrahl erkennen, der in den Flur fiel. Ich ging in die Hocke und schlich mich vorsichtig die Treppe herunter. Der Roboter stand wieder wie gestern nah am Fenster. Kein Schuss fiel. Nur die Schwertklinge fuhr wieder zischend aus und ein. Ich beobachtete den Roboter. Er rührte sich nicht stand da wie ein Zinnsoldat. Leise schlich ich mich in der Hocke in die Küche. Hier hatte ich etwas mehr Deckung. Wenn es zum Feuergefecht kam.

Ich legte auf ihn an. Der Roboter konnte nur den Lauf erkennen der direkt neben dem Türpfosten der Küchentür war. Er stand seitlich von mir. Ich hatte eine gute Sicht auf den Munitionsbehälter seines Arm MG. Ich zielte sorgfältig und drückte ab. Der Roboter explodierte und fiel zur Seite um.

Wow!! ich hatte ihn mit einem Schuss erledigt. Ich ballte die Faust wie der deutsche Tennisstar, wie hieß der nochmal ich glaube irgendwas mit Becker.

Ich ging langsam auf die Veranda von Havsnäs. Außer dem Raptor hatte mich nichts verfolgt.

Ich ging wieder, um ihn auszubeuten. Dann machte ich mich auf den Weg nach Uppeby.

Die Brücke lag vor mir Ich spähte mit dem Fernglas, denn die Brücke war 500 m lang und ich war auf ihr ziemlich ungeschützt. Ein paar verlassene Autos standen auf der Brücke. Zur Not eine Deckung. Hoffentlich lauerte auf der anderen Seite nicht auch ein Raptor. Da die Brücke frei zu sein schien, machte ich einen Sprint bis zum ersten Auto. Ich sah nach vorn und nach hinten. Die Luft war rein. Ich lief weiter vor. Schließlich lag das Ende der Brücke nur noch 50m entfernt Ich spähte wieder mit dem Fernglas.

Ca. 500 m entfernt liefen ein paar Combatwölfe über die Straße. Die konnten mich nicht erfassen, da die Entfernung zu groß für ihre Sensoren war.

Als ich sicher war, dass mir nichts auflauern konnte wagte ich einen Vorstoß. Mein Plan war in den Ort reinzulaufen und in irgendein Haus eindringen. Mich dann neu orientieren und mich dann Haus für Haus zum Bunker vorzuarbeiten. Ich lief gleich in die erste Straße nach der

Brücke. Da kam so ein silbernes Ding geflogen. Ich suchte in einer Bushaltestelle Deckung und feuerte mit meiner Pistole auf das Ding. Ich holte es mit zwei Schüssen vom Himmel herunter. Ich war gerade losgelaufen, da kam eine zweiter Drohne aus einer Straße geflogen und gab sofort ein lautes Sirenensignal von sich, dann brach die Hölle los.

Mehrere Combatwölfe kamen von allen Seiten. Ich schoss mit der Beretta und konnte zwei von ihnen vernichten. Dann war sie leer. Ich wechselte auf die Pistole, die konnte ich schneller nachladen. Ich schoss und schoss. Ich beschädigte einige Combatwölfe. Ich konnte hinter einem Auto Deckung finden und wechselte das Magazin der Glock.

Ich saß ganz schön in der Scheiße. Dann ertönte der Brummton eines Raptors. Ich konnte wieder zwei Combatwölfe niederkämpfen, was mir Luft verschaffte die Beretta nachzuladen. Ich sprang hinter dem Auto vor und schoss auf den Raptor. Ich gab zwei Schüsse ab und rannte weiter. Ich suchte fieberhaft nach einem Hauseingang wo die Tür vielleicht offen war ich sprang in einen Hauseingang und versuchte die Tür zu öffnen.

Ich fluchte, sie war verschlossen. Ich schoss noch einmal auf den Raptor, der gerade stehengeblieben war, um auf mich zu schießen. Als ich aus dem Eingang rannte, schlugen hinter mir schwere Projektile in die Wand und Putzbrocken sirrten durch die Luft. Ich lud im Laufen die Beretta wieder nach. Ich dachte nur in Bewegung bleiben. Solange kann er nicht auf dich schießen.

Aus dem Augenwinkel sah ich eine Bewegung hinter einem Fenster. Ich hatte mich hinter ein Auto geduckt und schoss wieder auf den Raptor. Mehrere Combatwölfe kamen die Straße hinaufgelaufen ich wechselte zur Pistole und schoss auf sie. Der Raptor kam näher. Als ich zu dem Haus gegenüber sah bemerkte ich, dass sich die Gardine bewegt hatte. Ich schoss wieder auf den Raptor.

Dann ging eine Tür in dem Haus auf. Ein großer, bärtiger Mann winkte mir heftig und ich rannte, aus meiner Pistole feuernd zu ihm. Ich feuerte auf die herannahenden Combatwölfe. Einer davon explodierte. Auch der Raptor bekam einige Schüsse ab. Eine Geschossgarbe schlug neben mir in die Gartenmauer des Hauses. Dann hechtete ich in den Hauseingang und rannte den Mann über den Haufen. Wir kamen beide in dem Hausflur zu Fall. Ich rappelte mich hoch und feuerte meine letzten Schüsse auf den Raptor der mir nachgelaufen war.

Ich warf die Tür ins Schloss und schrie „unten bleiben!!!" Gleich darauf krachte eine MG Salve auf die Haustür und durchlöcherte sie. Geschosse schlugen in die Flurwand ein. „Ich rief schnell raus hier, in einen anderen Raum". Der Mann schaltete sofort und kroch auf allen vieren so schnell er konnte in einen Nebenraum. Er kroch nach links und ich nach rechts von der Türe. Die Wand bot genug Platz, sodass ich aus der Schusslinie war.

Plötzlich klirrte Glas in dem gegenüberliegenden Raum und Kugeln fegten durch die Türe und schlugen in die Wand des Raumes ein. Ein hoher Schrei ertönte. Als sich der Staub gesenkt hatte konnte ich meinen Retter sehen.

Ein junger, rothaariger, bärtiger Mann mit dicken, muskulösen Armen, die tätowiert waren.

Daneben auf dem Boden rappelte sich eine junge, blonde Frau hoch. Sie trug ein buntes Sommerkleid mit einer Jeansjacke darüber und hatte modische Sandalen an den Füssen. Ihre blonden Haare waren kurz und nach der neuesten Mode geschnitten. Sie hatte ein sehr hübsches

Gesicht und große, angstvoll blickende Augen. Sie weinte, denn Tränen rollten ihre Wangen hinunter.

„Ich hab Angst" sagte sie.

„Hi, ich bin Thort sagte der Mann zu mir.

„Helldiver" antwortete ich knapp.

„'n komischer Name" sagte er.

„Hat seinen Grund" antwortete ich. „Danke, dass du mir geöffnet hast. Das war knapp, du hast mir den Arsch gerettet."

„Keine Ursache Alter" sagte er. „Du hast es den Blechbüchsen ja ganz schön gegeben."

„Das tu ich schon die ganze Zeit" Wieder fegte eine Geschossgarbe durch die Tür, als sich das Mädchen bewegte. Sie schrie laut auf kugelte sich auf dem Boden zusammen verschränkte die Hände über dem Kopf und schrie HILFE!!!!, HILFE!!! AUFHÖREN!!!!! HILFE!!!!AUFHÖREN !!!!!!BITTE AUFHÖREN!!!!!! Dabei schluchzte sie laut. Sie hatte einen französischen Slang.

„Ich würde an deiner Stelle noch lauter schreien, dann wissen die wenigstens, wo du genau bist, damit sie dich abknallen können," sagte ich barsch.

Ich sah vorsichtig um den Türpfosten, aber sofort kam wieder eine Salve. Die junge Frau lag wie ein Bündel Elend auf den Boden, schluchzte herzzerreißend

„Bitte aufhören ich hab Angst ich hab Angst," weinte sie:

Sie tat mir leid.

„Thort, am besten ziehst du sie ein wenig zurück ihr habt noch Platz und dann halt sie fest. Eine falsche Bewegung und sie ist tot."

Sie beruhigte sich ein wenig und rutschte etwas mehr nach hinten in den Raum.

Sie richtete sich auf und schlug mit ihrer Faust nach Thort

„Warum ‚ast du ihn überhaupt ‚ineingelassen. Wegen ihm schießen diese Monstres (franz. Ungeheuer) auf uns.

„Hey du Zicke sollte ich etwa zugucken, wie man ihn abknallt." Vielleicht kann er uns helfen in den Uppeby Bunker zu kommen." Er ist wenigstens bewaffnet."

„Habt ihr keine Waffen"

„Nee ham wa nich" sagte er im breiten schwedischen Akzent.

„Alter wir waren auf ‚ner Radtour. Bin mit ihr," dabei deutete er die junge Frau „von Örskärs Fyr auf Runmarö unterwegs gewesen, als der Alarm los ging. Meine Eltern ham ‚ne Pension. Sie kommt aus Frankreich und hat mit ihren Eltern immer Urlaub bei uns gemacht, daher kenn' wir uns schon von Kind an. Sie wollt nach'n Sommerferien studiern in Stockholm. Irgendsoen quatsch mit Economy. Sie hat nach einer Bleibe gesucht. Als wir wieder ankam waren meine Eltern schon weg. Ham Brief hinterlassen, sollten im Uppeby Bunker sein. Wir wollten auch dahin, aber da wa'n die Maschinen. Die Hundedinger haben uns gejagt. Ich bin Dachdecker un' hatte zuvällich den Schlüssel von dem Haus hier. Da sin' wir dann reingelaufn. Und wo kommst Du her?"

„Ich komme von Färvikssand, habe da schon 7 Tage gegen die Maschinen gekämpft. War vorher mit meinen Freunden im Schärengarten auf ‚ner Kajaktour. Wir haben von dem ganzen Alarm nichts mitbekommen und sind beschossen worden als wir nach Färvikssand zurückkamen. Ich habe als einziger überlebt. Meine Freunde sind alle tot.

„Das is schade" sagte Thort.

„Wie lange sitzt ihr hier schon fest?" Fragte ich.

„So zehn elf Tage, ich weiss nich genau. Hier is ‚ne ganze Horde Roboter durchmarschiert un hat alles umgenietet was sich bewegt hat. Selbst die Armee hat's nich auf die Reihe gebracht. Ham alle evakuiert. Vielleicht sin' die alle schon wech." Sagte Thort.

Die junge Frau saß in der Ecke und sagte keinen Ton. Sie schaute mich aus ihren großen dunklen Augen böse an.

„Ich habe mich erst auf Färvikssand herumgetrieben und habe mich da mit den Robotern rumgeschlagen. Zum Glück habe ich ein paar Waffen gefunden. Ich legte die Beretta beiseite. Ich suche auch nach meinen Eltern. Meine letzte Information war, dass sie zum Uppeby Bunker sollten. Ich will da auch hin, also wenn ihr wollt können wir ja zusammen dahin gehen. Wir werden uns den Weg vielleicht frei schießen müssen.

„Ich will aber nicht. Ich habe Angst."

„Mademoiselle sie können auch gerne hierbleiben, wenn sie wollen. Ich bekomme das auch allein hin, aber gemeinsam sind wir stärker."

Ich fing mir einen bösen Blick von ihr ein. Obwohl sie mich böse ansah, war sie sehr hübsch, hatte einen schönen geschwungenen, schmallippigen Mund und große, fast schwarze Augen, die mich böse ansahen. Mit ihren strubbeligen, blonden Haaren sah sie ein wenig aus wie die jüngere Ausgabe von Roxette, dem weiblichen Teil des schwedischen Pop Duos.

Ich zog meine Glock aus dem Holster nahm meinen Rucksack ab und holte die Schachteln mit Patronen hervor. Im Rucksack hatte ich auch noch die Glock, die ich in der Nähe von Andersholm in dem Militärlager gefunden hatte. Ich befüllte das Magazin. Dann schob ich sie über den Boden hinüber zu Thort.

„Hier, kannst Du damit umgehen?"

„Nee, noch nich, war nich' bei der Armee."

„ Dann gibt es jetzt einen Schnellkurs.

Ich munitionierte auch die Walther PPK auf und schob sie über den Boden zu der jungen Frau rüber.

„Die sieht zwar anders aus wie meine" sagte ich „aber die Bedienung ist dieselbe."

Sie runzelte die Stirn „Na los Mademoiselle. So können sie sich wenigstens verteidigen."

Widerwillig nahm sie die Waffe in die Hand.

„Also herhören und zugucken!"

Ich hielt meine Waffe hoch, zeigte den Druckknopf, den man betätigen musste, um das Magazin aus der Waffe zu nehmen und ließ sie es nachmachen. Wir übten das zwei dreimal. Dann zeigte ich ihnen wie man die Waffe durchlädt. Ich zeigte ihnen die Funktion des Sicherungshebels der Waffe. Dann bat ich sie, die Waffen an die Decke zu richten und den Hahn mit dem Daumen festzuhalten, den Abzug zu betätigen und den Hahn vorsichtig nach vorne zu lassen. Die junge Frau stellte sich etwas linkisch an und ein Schuss löste sich. Putz rieselte auf uns hinunter.

„Sind sie verletzt?" Fragte ich

„Nein antwortete sie" verängstigt.

„Dann machen wir das nochmal Mademoiselle" ich zeigte ihr wie man den Hahn spannt

„Bitte die Waffe zur Decke richten falls wieder was schief geht." Sie entspannte den Hahn und diesmal schaffte sie es, ohne die Waffe abzufeuern

„Gut Mademoiselle," sagte ich

„Mademoiselle hat auch einen Namen," antwortete sie mir patzig

„Sie haben ihn mir bis jetzt noch nicht genannt."

„Ich heiße Amelie," sagte sie.

„Angenehm Helldiver," antwortete ich.

Sie sah mich nur böse an.

„Habt ihr das soweit verstanden mit den Waffen?"

„Na klar Alter, echt gut jetzt könn wa wenigstens zurückschießen."

Ich suchte in meinem Rucksack nach weiterer Munition und packte die Konserven aus, die ich mitgenommen hatte.

„Hey Alter du hast was zu Essen. Wir ham seit zehn Tagen nichts gekriegt, sitzen seitdem hier fest un, wenn du in die Küche gehst schießen die Biester auf ein. Trinken ging ja noch am Waschbecken auf 'm Klo."

Der Treppenaufgang war hinter ihnen und in einem fensterlosen Raum. Ich reihte meine Konserven auf.

„Naja ist zwar nicht die französische Creme de Cuisine, aber ich hätte Ravioli, Nudeln in Tomatensauce, Gulasch mit Sauce, Thunfisch in Öl; Hering in Tomatensauce; Rote Bohnen; gebackene Bohnen uuuuund Grünkohl mit Wurst. Was wollt ihr haben. Ich kann es euch leider nur kalt anbieten.

„Die Dose Ravioli," sagte Thort „sieht verführerisch aus, ich hab so'n Hunger"

„Ihr könnt auch gern jeder eine Dose haben ich denke im Bunker wird noch weitere Verpflegung sein."

„Amelie, wie sieht es mit dir aus?" Fragte ich sie. Sie starrte die Dosen an. „Was möchtest du denn, such' dir was aus!" sagte ich aufmunternd.

„Nudeln mit Tomatensauce." Piepste sie leise.

„Ok und du Thort die Ravioli?"

„Mensch Alter, du weißt gar nicht wie hungrig ich bin"

„Na dann nur zu." Ich machte mich daran die Dosen zu öffnen

„Wer will die Gabel und wer den Löffel" Fragte ich

„Gib mir die Gabel," sagte Thort, ich steckte sie in die offenen Dose Ravioli, den Löffel in die Nudeln, dann schob ich erst Amelie die Dose mit dem Gewehrlauf rüber.

Zum Glück kam keine Geschoßgarbe. Dann schob ich Thort die andere Dose zu.

Ich packte die restlichen Konserven weg und Thort fragte

„Du nich' ?"

„Ich habe schon heute Morgen etwas gegessen."

Amelie löffelte erst zögerlich, aber dann aß sie hungrig. Sie warf mir einen Blick zu. Ich senkte die Augen, denn ich wollte sie nicht anstarren. Mit ihrer mit Tomatensauce verschmierten Schnute sah sie richtig süß aus.

Thort löffelte erst hastig, dann etwas bedächtiger.

„Mensch Alter, wenn Du zehn Tage nichts gegessen hast ist das ein Festmahl, dich hat der Himmel geschickt. Mann Danke."

„Zu Amelie gewandt sagte er „Hey du Zicke du kannst ihm wenigstens mal Danke sagen dafür das Du ihn in den Tod schicken und rausschmeißen wolltest. Der hat uns Waffen un' Essen gegeben und holt uns auch noch hier aus der Scheiße raus, könnst ruhig ma netter zu ihm sein."

„Ist schon gut wimmelte ich ab." „Sie hat es bestimmt nicht so gemeint," sagte ich und schaute ihr in die Augen.

Sie schlug die Augen nieder und piepste „Danke."

Als die beiden die Dosen geleert hatte gaben sie mir mein Essbesteck wieder. Ich kramte noch Papiertücher aus den Tiefen meines Rucksackes und gab sie ihnen rüber. Ich sah noch einmal vorsichtig um die Ecke und sah den großen Roboter am Fenster stehen.

„Um den kümmere ich mich gleich," sagte ich. Könnt ihr vielleicht zur Treppe rüber krabbeln, dann kann ich auch zu euch kommen wir müssen jetzt mal sehen, wie wir auf dem kürzesten Weg zum Bunker kommen."

Sie taten was ich ihnen sagte und ich sprang schnell durch den Türeingang. Der Roboter schoss nicht. Auf schnelle Bewegungen konnten sie nicht reagieren, dafür waren sie zu träge. Ich breitete meine Karte aus. Thort kannte sich gut aus und wusste genau, wo der Bunker war. Ich fragte noch in die Runde ob jemand was Süßes wolle, dabei hielt ich einige Schokoriegel in der Hand. Amelie nahm sich einen und schenkte mir ein schmales Lächeln. Ich zeigte ihnen noch auf der Blaupause des Combatwolfs wo die Schwachpunkte waren und worauf sie schießen sollten.

„Wenn ein Raptor auftaucht, das ist der große draußen, immer in Bewegung bleiben, auf seine Mitte schießen bzw. rechts oder links davon. Da ist er am empfindlichsten."

Dann schärfte ich den Beiden meinen Plan ein.

„Möglichst schnell die Straße runterlaufen. Wenn eine Drohne auftaucht diese sofort abschießen. Auf jeden Fall weiter Laufen."

„Thort, du übernimmst die Spitze, danach du Amelie und ich am Schluss. Egal was passiert, ihr lauft zum Bunker. Ich werde sie solange aufhalten, bis ihr drin seid also bitte zügig. Und schlagt mir nicht die Türe vor der Nase zu," dabei sah ich Amelie an.

Sie schlug die Augen nieder und wich meinem Blick aus. Ich ließ sie den Plan dreimal wiederholen. Ich holte meine Zigarettenpackung hinaus und bot allen eine an. Auch Amelie nahm sich eine Zigarette und rauchte sie. Ich kontrollierte noch einmal meine Waffen. Ich rauchte schweigend und konzentrierte mich auf den bevorstehenden Kampf. Ich drückte meine Zigarette auf dem Fußboden aus. Und sagte,

„können wir?"

„Von mir aus kanns losgehen," sagte Thort und spannte den Hahn seiner Waffe.

Ich sah Amelie an und sie nickte und nahm die Pistole in die Hand. Ich spannte ihr den Hahn.

„So geht's besser mit dem Schießen pass nur bitte mit dem Abzug auf. Ich richtete mich langsam auf und ging zur Tür des Flures langsam schob ich die Beretta vor und zielte auf den Roboter. Er stand genauso wie in Havsnäs am Fenster. Ich zielte auf den Munitionsbehälter seines Arm MG.

Dann drückte ich ab. Glas splitterte eine grelle Glutwolke kam aus dem Roboter und er fiel zur Seite. Ich ging zur Türe öffnete sie vorsichtig. Ein Combatwolf stand auf der Straße ich schoss ihn sofort ab. Dann sagte ich „LOS". Thort lief los und Amelie trippelte auf ihren hoch hakigen Sandalen hinterher. Ich ging rückwärtsgehend hinter ihnen her. Und stieß sie an, weil sie so langsam war

„Geht das nicht ein wenig schneller," drängelte ich.

„Verdammt wir müssen voran machen, also leg mal einen Zahn zu" drängelte ich

„Ich kann nicht" kam ihre weinerliche Antwort.

Ich packte sie am Arm und zog sie mit mir.

„Nicht so schnell ich falle gleich."

„Wenn wir nicht schneller machen haben wir gleich ,ne Menge Gesellschaft."

Ich sah schon einige Schatten in den Nebenstraßen huschen. Aus irgendeiner Ecke tönte das hundeähnliche Bellen eines Combatwolfs. Eine Drohne kam geflogen ich schoss sie direkt ab. Amelie stieß einen spitzen Schrei aus und hoppelte die Straße lang. Thort hatte das Gittertor vor dem Bunker schon erreicht und öffnete es. Ein Combatwolf kam um die Ecke einer Straßenkreuzung. Ich schoss sofort und er explodierte.

„Los lauf Mensch" herrschte ich Amelie an und sie versuchte etwas schneller zu laufen.

Ich war dicht hinter ihr. Noch ein Combatwolf kam gelaufen, ich nahm ihn sofort unter Feuer, dann waren wir am Bunkergelände.

„Lauf zum Bunker," rief ich, „los!"

Ich feuerte auf den Combatwolf, zwei weitere kamen hinzu einer sprühte Funken der andere explodierte. Dann hörte ich hinter mir ein fleischiges Aufklatschen und ein Geheul

„Auuuuuaaaaaa; Auuuuuuaaaaaa, mein Knie."

Ich sah mich schnell um und sah Amelie am Boden liegen. Ich fluchte, meine Pistole war leergeschossen. Ich wechselte hastig das Magazin und feuerte auf die Combatwölfe die uns einzukreisen versuchten.

„Schießt doch verdammt!" brüllte ich und versuchte verzweifelt zu verhindern das die Roboter mich und Amelie einkesselten.

„Nimm deine Waffe Amelie!" brüllte ich.

Ich schoss noch schnell auf einen Combatwolf, dann zog ich sie hoch. Sie weinte, hatte aber die Waffe in der Hand ein Combatwolf versuchte uns den Weg zum Bunker abzuschneiden.

„Schieß auf ihn," sagte ich, während ich auf einen anderen Combatwolf schoss der uns unter Feuer nehmen wollte.

Amelie schoss und traf den Combatwolf, der lief daraufhin weiter. Thort stand in der geöffneten Bunkertüre und nahm einen weiteren Combatwolf unter Feuer. Ich zog Amelie mit mir in Richtung der Bunkertüre. Meine Glock war leergeschossen ich schob sie ins Holster und nahm die Beretta und feuerte auf die Combatwölfe die auf das Bunkergelände eindrangen. Ich schob Amelie mit dem Rücken weiter und deckte Sie. Thort feuerte ebenfalls und traf. Die Waffe verschwand fast in seiner Pranke.

Dann waren wir endlich an der Bunkertüre. Wir warfen sie hinter uns zu. Zunächst war es düster wie im Sack, weil kein Licht brannte. Ich knipste die Taschenlampe an. Dann luden wir unsere Waffen nach. Ich half Amelie, die ein wenig schniefte und greinte und immer wieder „Auuuaaaaa" sagte. Ich sah das Blut ihr Bein runterlief.

„Geht es einigermaßen," Fragte ich sie. Sie nickte.

„Ok. Dann weiter, wir müssen zur Schaltzentrale, um das Licht einzuschalten."

Ich ging vor Ich nahm die Beretta und arbeitete mich langsam vor. An der ersten Gangbiegung lag ein toter Soldat. Amelie heulte auf und schlug sich die Hand vor den Mund. Auf dem Boden lag ein Gewehr ich hob es hoch und Hurra! es war ein Automatgevär 4. Ich hängte es mir sofort um. Trotz des üblen Geruches untersuchte ich den Soldaten nach Munition und nahm sie an mich. Sie passte zu dem Automatgevär.

Wir gingen weiter An der nächsten Gangbiegung leuchtete es unheilvoll rot. Hier lauerte sicher ein Scorpion ich ging vorsichtig um die Ecke, bereit jeden Moment zu schießen. Kaum war ich um die Ecke gebogen da kam auch schon das erste Krabbelvieh gelaufen ich machte einen Schritt zurück und stieß gegen jemanden. Ich hörte mehrere spitze Schreie hinter mir die nur von Amelie kommen konnten ich wollte schießen, doch sie riss mich am Arm, so dass ich verzog und danebenschoss. Ich hatte keine Chance Thort schoss ebenfalls und fehlte, der Scorpion sprang hoch und landete auf meinem Kopf. Ich konnte ihn so gerade mit Thort's Hilfe herunterschlagen und mit der Beretta vernichten, wobei Amelie mich schreiend am Arm hielt und mich vor sich schieben wollte um mich als Deckung zu benutzen. Ich drehte mich um und stieß sie heftig beiseite.

„Verdammt nochmal wenn du dich schon hinter mir verstecken willst, dann lass wenigstens die Finger von mir. Nochmal und ich hau' dir eine rein:"

Ich war ziemlich wütend, weil ich wusste, wie gefährlich diese Dinger waren. Ich merkte, dass mir etwas Warmes in den Nacken ran. Mein Kopf brannte. Ich lud die Beretta nochmal nach und ging weiter. Der nächste Scorpion lauerte etwas weiter im Gang. Ich erledigte ihn sofort. Ich hörte Amelie hinter mir schluchzen und greinen. Ich war stinkwütend auf sie. Langsam arbeiteten wir uns bis zur Schaltzentrale vor. Ich fand den Lichtschalter und schaltete das Licht ein. Dann gingen wir durch die weiteren Räume. In der Krankenstation lauerte ein Combatwolf. Thort und ich erledigten ihn. Auch der Scorpion, der in einer Ecke lauerte, wurde von uns zerstört. Dann hatten wir den Bunker gesichert.

Ich fragte in die Runde,

„bist du verletzt Thort?" Er verneinte.

„Aber du Amelie" Sie stand da mit gesenktem Kopf und schlaff herunterhängenden Armen.

Ich nahm ihr die Pistole aus der Hand entspannte sie. Dann entlud ich sie, drückte die Patrone wieder in das Magazin und gab ihr die Waffe wieder zurück. Sie stand weiter mit gesenktem Kopf da.

„Du bist verletzt Amelie, das muss behandelt werden, komm mit zur Krankenstation,"

ich nahm sie am Arm und zog sie sanft mit mir. Willig trottete sie neben mir her. Ich drückte sie auf einen Stuhl dann sah ich mich in den Schränken um und fand Jod, Pflaster, Mullbinden, Gaze Pads, Auch ein Waschbecken war da. Das Wasser lief. Ich ließ den Wasserhahn laufen, weil ich nicht wusste wie lange das Wasser schon in der Leitung gestanden hatte. Dann machte ich ein Stück Mullbinden nass. Ich rückte mir eine Stuhl zurecht. Dann sagte ich zu ihr,

„komm, gib mir Mal dein verletztes Bein."

Sie hob es hoch und ich legte es bei mir auf die Knie. Ich sah sie an. Sie schaute scheu zurück eine Träne lief ihr die Wange herunter.

„Ich muss das jetzt Saubermachen sagte ich, das kann ein bisschen wehtun. Aber das müssen wir machen, damit es sich nicht entzündet, Ok?"

Sie nickte. Ich machte mich an die Arbeit und reinigte die Wunde so gut es ging. Vorsichtig tupfte ich sie ab. Dann nahm ich die Jodtinktur.

„Achtung jetzt brennt es ein wenig," sagte ich und tupfte die Wunde mit dem Jod ab.

Sie verzog ihr Gesicht und zog die Luft scharf durch die Zähne aber fing nicht schon wieder an zu weinen.

Dann faltete ich etwas Mull zusammen, drückte etwas Wundsalbe darauf und legte es vorsichtig auf ihre Wunde. Danach klebte ich ein Pflaster darüber. Mir waren während der Behandlung ihre Füße aufgefallen, die einige rote Druckstellen hatten, wo die Riemen der Sandalen verliefen.

„Darf ich?"

Fragte ich und öffnete den Verschluss ihrer Sandale, ohne eine Antwort von ihr abzuwarten. Ich zog sie ihr vorsichtig vom Fuß. Sie hatte eine ordentliche Blase auf dem Spann. Ich tastete vorsichtig ihren Fuß ab und fragte

„Bist du umgeknickt als du gefallen bist?"

„Nein, piepste sie ich bin hängengeblieben."

„OK, du hast keine Schmerzen in deinem Fußgelenk?"

„Nein"

Ich tastete noch einmal vorsichtig ihre Knöchel ab.

Ich säuberte die Blase, strich etwas Salbe darüber und klebte ihr ein Pflaster darauf.

„Gibst Du mir auch mal den anderen Fuß?" Fragte ich.

Ohne widerstreben nahm sie das eine Bein herunter, nachdem ich ihr vorsichtig die Sandale wieder angezogen hatte. Sie legte mir ihr zweites Bein auf die Knie. Ich öffnete ihre Sandale wieder und zog sie ihr vorsichtig vom Fuß, ich tastete ihre Knöchel ab und behandelte ihre Blasen. Dann zog ich ihr wieder vorsichtig die Sandale an. Sie nahm das Bein herunter und sagte, „Danke," dabei lächelte sie ein wenig.

„Wie sehen deine Hände aus? Sie hielt sie mir hin und ich untersuchte ihre Handflächen, die linke war etwas aufgescheuert. Ich reinigte sie und strich etwas Wundsalbe darauf. „Das musst Du einziehen lassen, morgen ist es wieder besser. Sie sah mich mit ihren großen Augen an. Dann sah ich ihr tief in die Augen und sagte

„Hör mal, dass in dem Gang gerade tut mir leid, aber es war eine gefährliche Situation, diese Dinger sind tödlich und sie haben messerscharfe Krallen, mit denen sie dir schlimme Verletzungen beibringen können. Ich war gerade sauer, weil du mich festgehalten hast. Es tut mir leid, dass ich dich so grob angegangen habe."

„Es ist schon gut, du hattest ja recht," sagte sie „ich habe furchtbare Angst, besonders im Dunklen."

Sie sah mich mit einem entschuldigendem Blick an. Dann weiteten sich ihre Augen

„Ohhh mon Dieu, (franz Ohhh mein Gott) du bist ja auch verletzt."

„Ja, wo denn ?"

„An deine Kopf. Ohh mon Dieu du blutest. Das muss ich mir ansehen," sagte sie und stand auf.

Langsam und vorsichtig zog sie mir die Mütze vom Kopf ich hatte dabei stechende Schmerzen.

Sie hauchte wieder „mon Dieu, mon Dieu, das ist alles meine Schuld."

Ich sagte nichts. Sie säuberte meine Wunden und tupfte sie mit Jod ab. Ich hatte einige Schnittwunden am Kopf die wie Feuer brannten. Amelie strich Heilsalbe darauf und legte mir einen Kopfverband an, dabei war sie sehr geschickt. Sie strich mir mit ihrer Hand sanft über die Wange und sagte zu mir,

„es tut mir leid."

„Das ist schon ok. Wir machen alle mal Fehler, du kennst dich nicht mit den Viechern aus, aber ich werde euch alles über sie beibringen."

Sie lächelte mich an als ich ihre Hand sanft in meine nahm

„Ist jetzt alles wieder ok mit Dir?" Fragte ich.

„Oui," sagte sie und lächelte.

Erst jetzt konnte ich sehen, welch hübsches Gesicht sie hatte. Ihre großen Augen sahen mich mit einem warmen Blick an. Ihr schön geschwungener Mund bildete beim Lächeln, süße Grübchen in den Wangen. Sie hatte eine kleine feine Nase in ihrem schmalen Gesicht.

„Allez, wir suchen die Küche, dann mach ich euch was zu essen" sagte sie und zog mich von dem Stuhl hoch.

Wir suchten den Gang ab und fanden eine Kantine. Ich drückte vorsichtig die Türe auf und sprang mit gezogener Pistole hinein. Dann untersuchte ich den Raum auf eventuell lauernde Scorpions. Die Kantine war sauber. Thort war indessen im Bunker etwas herumgelaufen und hatte die Mannschaftsräume gesichert. Er hatte einen Vorratsraum neben der Kantine gefunden. Ich sicherte ihn zusammen mit Thort. Er lachte als er die Konserven sah. Ein wahres Schlaraffenland.

Wir luden einige Konserven auf unsere Arme und gingen zur Kantine. Indes hatte Amelie den Herd in Gang gebracht. Wir suchten uns einen Tisch. Ich zog meine Pistole aus dem Holster legte die Gewehre ab. Dann setzte ich mich und machte mich daran mein Gewehr auseinander zu montieren um es zu Reinigen. Thort sah mir zu. Ich zeigte ihm wie das funktionierte. Dann unterwies ich ihn im Reinigen der Glock Pistole. Bald duftete es aus der Küche und der Appetit regte sich.

Thort sagte," Hmmmmmm, hier riecht es gut. Endlich, warmes Essen."

Ich hatte ja auf Färvikssand einmal geschafft mir etwas aufzuwärmen, aber so ausgehungert wie die beiden waren, konnte ich mir vorstellen, dass dies ein Festessen für sie war.

Die beiden aßen hungrig, besonders Thort. Der aus verschiedenen Konserven zusammengerührte Eintopf schmeckte nicht schlecht.

Thort hatte Bierdosen gefunden, die kellerkalt waren. Es war das typisch schwedische Leichtbier. Mit irgendwas musste man ja die Truppe bei Laune halten. Ich kannte es von meiner Armeezeit her. Pripps Bla war eben besser als gar nichts. Selbst Amelie trank eine Dose davon in durstigen Zügen. Als wir aufräumten und den Abwasch machen wollten, warf Amelie uns aus der Küche. Wir würden ihr im Weg stehen und die drei Teller wären nun nicht die größte Arbeit.

"Geht lieber Duschen oder macht sonst was," sagte sie.

Thort war schon vorher ein wenig herumgegangen und hatte neben der Speisekammer auch die Bekleidungskammer gefunden und sich schonmal mit Wäsche versorgt.

„Hab noch nie ,ne Uniform getragen, sagte Thort.

„Dann probier' sie aus," sagte ich sie ist in unserer Situation sehr zweckmäßig.

„Ich geh' mal duschen," sagte Thort.

„Mach', dass mal, ihr riecht nämlich beide ein wenig streng."

„Konnten uns ja nich' wasch'n, wär'n ja gleich erschossen worden."

„Na dann ab mit dir unter die Dusche."

Ich ging mit ihm und brach die Spinde im Waschraum auf, dort waren frische Badetücher und Seife untergebracht.

Ich ging in den Schlafraum und machte mir ein Bett fertig. Sie bestanden aus Doppelstockbetten. Typische Armeebetten eben. Amelie kam an der Türe auf ihren hoch hakigen Sandalen hineingestöckelt.

„Möchtest du hier bei uns schlafen oder möchtest du lieber einen separaten Raum? Hier gibt es noch kleinere Schlafräume für Unteroffiziere."

„Nein ich möchte nicht allein sein. Ich `ab Angst im Dunkeln allein und in ungewohnter Umgebung."

Ich fragte Sie, welches Bett sie haben wolle und rückte es ihr zurecht, gab ihr Bettwäsche und sagte ihr, dass sie ihr Gepäck auf das obere Bett legen solle.

„Wo `ab isch denn Gepäck?" Fragte sie.

„Du wirst morgen welches haben, wenn wir dich neu einkleiden. Dein Sommerkleidchen sieht zwar sehr hübsch an dir aus, ist aber wenig zweckmäßig und deine Sandalen wirst du auch gegen anderes Schuhwerk tauschen müssen.

Vor allem schützt die Militärkleidung dich vor Verletzungen," dabei zeigte ich auf ihr Knie.

Ich half ihr beim Bettenbau. Dann setzte sie sich darauf. Sie roch wirklich ein bisschen streng.

„Wie sieht es aus mit Duschen?" Fragte ich sie.

„Isch würde ja gerne, aber womit soll isch in die Bett gehen. Isch `ab nur die Sachen, die isch auf meine Leib `ab."

„Ich kann Dir ein T-Shirt von mir geben," bot ich ihr an.

„Schau mal ich habe noch frischgewaschene in meinem Rucksack. Die sind dir zwar viel zu groß, aber du kannst dir einen Knoten an der Seite reinmachen, dann passt es vielleicht." Sie nickte zustimmend.

„Aber isch ‚ab kein´ Unterwäsche nur das was isch schon seit Tagen anhab'."

Ich breitete meine frischgewaschenen Shorts vor ihr aus und bot ihr eine an.

„Wenigstens für heute Nacht, das wird wohl gehen, dann hast du wenigstens ein paar frische Klamotten am Leib."

Sie nahm eine Shorts mit kritischem Blick hoch,

„die ist mir ja viel zu groß, die wird mir so vom Leib fallen.

„Wenn du sie links und rechts mit einer Sicherheitsnadel enger machst," sagte ich ihr und hielt die Shorts links und rechts etwas enger am Bund.

„'ast du welche?" Fragte sie.

Ich gab ihr mein Nähzeug. Sie nahm es lächelnd an. Thort kam in den Schlafraum. Er hatte eine Militärhose und ein grünes T-Shirt an.

„Ach ist das gut mal endlich wieder sauber und geduscht."

Ich sagte zu Amelie, „dann kannst du ja jetzt gehen. Ich komm gerade mit und zeige dir, wo alles ist."

Sie stand auf und schlüpfte mit schmerz verzerrtem Gesicht in ihre Sandalen, die sie vorher abgestreift hatte. Die Blasen an ihren Füssen machten sich wieder bemerkbar. Ich holte meine College Schuhe aus dem Rucksack und bot sie ihr an.

„Die sind dir natürlich viel zu groß aber zum Rumschlurfen in die Dusche müssten sie gehen."

Sie fragte noch „und was machst du?"

Ich hielt ein Paar Chucks in die Höhe. Dann stieg sie um in meine Schuhe und ging dankbar lächelnd los.

Ich ging noch mit zum Duschraum und band ein kleines Handtuch an die Türklinke. Sie schaute verwundert und ich sagte Ihr,

„damit wir Jungs wissen, dass du da drin bist."

Sie lächelte. Ich gab ihr meinen Kulturbeutel und sagte „du kannst alles benutzen, lass ihn einfach stehen. Ich gehe, wenn du fertig bist auch unter die Dusche."

Ich zeigte ihr noch, wo sie frische Handtücher und Seife finden konnte, dann ließ ich sie allein.

In der Zeit packte ich meinen Rucksack aus und legte meine Sachen auf das obere Bett. Ich nahm das Automatgevär 4 in Augenschein. Sie zeigte deutliche Gebrauchs-spuren, sie roch nach Kordit. Als ich mit meinem Finger in den Auswurfschlitz fasste hatte ich schwarze Verbrennungsrückstände an dem Finger. Mit dieser Waffe war geschossen worden. Ich holte mein Reinigungsset hervor und baute die Waffe auseinander. Thort sah mir interessiert zu.

„Was'n das für'n Gewehr?" Fragte er.

„Ein Automatgevär 4, das ist ein schwedischer Lizenzbau einer deutschen Heckler & Koch G3. Sie hat Kaliber 7,62 mm und kann 80 Schuss in der Minute verschießen. Wenn du sie schnell genug nachgeladen bekommst," sagte ich ihm.

Ich reinigte alle Teile des Gewehrs, schubberte mit einer feinen Messingbürste die Tombak-Rückstände aus dem Lauf. Danach ölte ich die Waffe ein und belud sie mit Munition. Thort staunte als er die fingerlangen Patronen sah.

„Hähä, mit denen kannst du die Blechbüchs'n mal so richtich aufmisch'n.

„Ich denke schon," sagte ich.

Ich ging in den Gang und feuerte einen Schuß ab. Die Waffe bellte und funktionierte einwandfrei. Am Ende des langen Ganges konnte man den Einschlag sehen.

„Was war das?" Fragte Amelie hinter uns und steckte ihren Kopf aus dem Duschraum.

„Nichts Schlimmes ich habe nur die neue Waffe ausprobiert," sagte ich.

Sie verschwand wieder im Duschraum. Es dauerte recht lange bis sie aus dem Duschraum zurückkam.

„Ob die vielleicht mit runtergespült worden ist?" Frot-
zelte Thort.

„Nein ich glaube nicht," sagte ich „Frauen brauchen eh
immer ein bisschen länger."

Kurze Zeit später hörten wir eine Türe aufklappen und
schlurfende Schritte auf dem Flur. Amelie erschien auf ein-
mal in der Tür. Sie hatte ihre Haare gekämmt, mein   T-
Shirt trug sie mit einem Knoten an der Seite, eine ihrer
Schultern stand nackt hervor. Es reichte ihr bis über die
Oberschenkel und mit einem Gürtel hätte sie es glatt als
Minikleid anziehen können. Sie sah sehr hübsch darin aus.
Dann ging sie mit ein wenig Hüftschwung den Gang an
den Betten lang. Es sah ein wenig komisch aus mit den viel
zu großen Schuhen.

„Na, Jungs gefall' isch eusch."

Wir applaudierten zum Spaß. Als sie an ihrem Bett ankam warf sie ihre Sachen auf das obere Bett, drehte mir den
Rücken zu und warf kess das T-Shirt hinten in die Höhe,
so dass ich meine Shorts an ihr sehen konnte.

„Isch `ab sie etwas enger genäht, das war besser als die
Sicherheitsnadel."

„Ok sagte ich, du kannst sie behalten, wenn du möchtest."

„Merci (franz. danke)," sagte sie und gab mir mein
Nähzeug zurück.

Als sie sich vorbeugte roch ich, dass sie nach Parfüm
duftete. Der Geruch kam mir bekannt vor.

„Isch `ab mir ein kleines Tröpfchen von deine Rasier-
wasser stibitzt, dass roch so gut. Ohne Parfüm bin ich nackisch."

„Das wollen wir ja nicht, dass du nackisch bist," lachte ich und sie lachte zuckersüß zurück.

Überhaupt hatte sie ein süßes Gesicht, wenn sie lachte. Es bildeten sich zwei Grübchen in Ihren Wangen, die ihr Lächeln besonders süß aussehen ließen.

Als ich aus der Dusche kam und mich für mein Bett umzog, saß sie noch auf ihrem. Thort schlief bereits, ich wünschte ihr eine gute Nacht.

„Merci et bonne nuit (franz. Danke und Gute Nacht)," sagte sie leise und formte einen Kuss mit ihrem Mund.

Lächelnd schlüpfte sie unter die Bettdecke. Ich legte mich ebenfalls hin und schlief nach einiger Zeit ein, meine Glock durchgeladen auf meinem Nachttisch.

9.Tag

Ich wachte am Morgen auf, Thort war sich am Anziehen, Amelie war schon unterwegs, ihr Bett war leer. Ihre Sandalen standen immer noch davor aber meine College Schuhe waren wohl mit ihr unterwegs.

Ich ging zum Duschraum, um mich ein wenig frisch zu machen. An der Türlinke war kein Handtuch befestigt, also war die Dusche frei. Im Duschraum hing Amelies Sommerkleid und ihre Unterwäsche. Also war sie in meinem T-Shirt unterwegs. Ich putzte meine Zähne und wusch mich. Danach zog ich mich an, schlüpfte in meine Chucks und ging zur Kantine.

Amelie werkelte in der Küche herum. Sie hatte sich einen meiner Hosengürtel geklaut und ihn sich um die Hüfte geschnürt. Sie sah in dem viel zu großen T-Shirt aus als hätte sie ein Kleidchen an.

„Guten Morgen!" begrüßte ich sie.

„Bon jour (franz. Guten Morgen)," sagte sie und drehte sich zu mir um.

Sie posierte und sagte „Na, wie seh isch aus."

„Schick!" sagte ich.

„Meine Kleid war noch nass."

„Ich hab es gesehen," sagte ich, „war gerade Duschen." „Wir kleiden dich gleich neu ein."

„Nimm die Kaffeekanne mit und setz dich schon mal."

Ich nahm mir die Kaffeekanne und ging in den Speiseraum. Es gab nicht viel, Haferflocken und Cornflakes, dazu Milch die aus Milchpulver angerührt war. Ich war sowieso kein ausgiebiger Frühstücker. Meistens trank ich nur eine Tasse Kaffee. Heute nahm ich mir ein paar Haferflocken, kippte Milch drüber und einen Teelöffel Zucker und würgte das ganze hinunter. Der Kaffee war eher meins.

Wir überlegten beim Frühstück, was wir heute machen sollten. Ich machte den Vorschlag zunächst mal den Bunker zu erkunden. Die Bekleidungs-kammer aufzusuchen und der Waffenkammer einen Besuch abzustatten. Vor allem ging es darum Amelie einzukleiden. Zunächst gingen wir nach dem Frühstück in die Bekleidungskammer.

Wir suchten zunächst ein paar passende Stiefel für sie aus. Ich gab ihr noch den Tipp ein Paar Socken anzuziehen.

„Du darfst nicht darin herumrutschen beim Gehen, sonst läufst du dir Blasen. Wenn wir eine weite Wanderung machen müssen, dann müssen die absolut passen," sagte ich zu ihr.

Sie ließ sich von mir helfen und wir probierten geduldig mehrere Paare aus, bis wir das richtige gefunden hatten.

„Das sind zwar keine schicken Modeschühchen," sagte ich zu ihr „aber sie sind zweckmäßig."

Dann suchte ich ihr eine passende Hose. Sie probierte hin und her und betrachtete sich im Spiegel. Ich hatte ihr mit Thort zusammen eine provisorische Umkleidekabine gebaut, indem wir eine Decke zwischen zwei Regale spannten. Sie probierte verschiedene Zwischengrößen, bis ihr die Hose an sich gefiel. Thort verdrehte die Augen. Ich lachte nur. Die Bekleidung war eben auf Männer ausgelegt und nicht auf zierliche Frauen. In einer Jacke versank sie fast und wir lachten ein wenig. Aber auch hier fand sie das passende. Ich fragte sie, ob ich sie berühren dürfe, um ihr bei dem richtigen Anlegen der Uniform zu helfen. Sie willigte ein. Ich machte sie darauf aufmerksam, dass sie die Kleidung nicht zu eng wählen sollte, denn sie sollte in der vollen Montur auch schießen können.

Sie fragte mich, warum sie einen Parka bräuchte. Ich sagte ihr, dass es in Schweden schon mal regnet und im Winter saukalt währe. Ich suchte mir selbst einen passenden aus, da mein alter Parka auch nicht mehr der beste war. Ich deckte mich ebenfalls mit einer Uniform ein.

Als sie die Unterwäsche sah rümpfte sie die Nase,

„Nein, dass zieh isch nich' an, igitt die ist ja `ässlich."

Ich redete mit Engelszungen auf sie ein. Ich konnte sie gerade noch dazu bewegen eine lange Unterhose zu nehmen, da es sehr kalt werden konnte und ich nicht wollte, dass sie fror. Die Feinripp Herrenunterhosen lehnte sie partout ab. Schließlich bot ich ihr meine Shorts an

„Die kannst Du wegen mir alle haben und sie dir enger nähen, allerdings drei davon müssen noch gewaschen werden. Die habe ich in den letzten Tagen angehabt."

Sie lachte, das ist nicht schlimm, die wasche isch mir schon."

Mir war das peinlich, eigentlich wollte ich nicht, dass sie meine Unterwäsche wischt. Aber sie versicherte mir, dass es für sie vollkommen in Ordnung wäre. Meine Shorts gefielen ihr. Ich hatte mich dann entsprechend mit Militärunterwäsche eingedeckt.

„Du kriegst wohl alles was du willst?" Fragte ich sie

„c'est la vie isch bin eine Frau," antwortete sie lachend.

Thort stöhnte und ich schüttelte lachend den Kopf. Ich stattete beide dann auch noch mit einer Gasmaske, kleiner und großer Kampftasche, sowie einem Rucksack aus. Am späten Nachmittag gingen wir dann in die Waffenkammer. Wir fanden eine ganze Menge Munition und einige Glock Pistolen, von denen ich die besten heraussuchte. Es gab Berge von 7,62mm und 9mm Munition in Wegwerf Magazinen. Damit konnte man sehr schnell nachladen. Es gab auch noch normale Stahl Magazine die mit losen Patronen geladen werden konnten. Ich entschied zunächst die losen Patronen zu verwenden und später, wenn wir nach draußen gehen würden, die Wegwerf Magazine. Amelie stöhnte über das Gewicht der Ausrüstung. Ich sagte ihr aber, wenn wir nach draußen gingen, dass wir nicht alles mitnehmen müssen. Sie meckerte über das Gewicht der schweren Glock Pistole. Ich entgegnete ihr, dass sie sich daran gewöhnen müsse.

Dann entfernte ich mit Thort den toten Soldaten aus dem Gang der zur Bunkertür führte. Es stank schon schlimm. Bevor wir ihn hinaustrugen, öffneten wir die Tür und sicherten das Gelände. Wir hatten nur die Glock Pistolen dabei. Während wir ihn hinaustrugen , hielt ich die Luft an. Neben der Pförtnerbude war ein Schuppen. Dort legten wir ihn ab. Es tat mir leid, dass wir ihn nicht begraben konnten. Das wäre zu gefährlich gewesen, es trieben sich zu viele Roboter in Uppeby herum.

Als es Zeit zum Abendessen war, gingen wir in die Kantine, Thort und ich durchsuchten die Speisekammer und kamen mit Konserven wieder. Wir fanden Zwieback und „Panzerplatten". So nannte ich das in Tüten eingeschweißte Dauerbrot. Als Notverpflegung war es nicht so schlecht wie sein Ruf.

Auch in Alubehälter eingeschweißte Wurst fanden wir. NATO-Verpflegung die ich kannte.

„Das ist was fürs Frühstück sagte ich zu Thort.

Wir nahmen die Schätze die wir fanden an uns und gingen zur Kantinenküche. Ich fand sogar einige Pakete mit Flüssig-Ei, dessen Haltbarkeitsdatum noch nicht abgelaufen war. Amelie zauberte daraus einen köstlichen Eierbrei. Wir wollten ihr in der Küche helfen, aber sie warf uns kurzerhand raus. Da war sie eisern drin.

Wir tranken nach dem Essen noch Bier und rauchten einige Zigaretten. Ich erläuterte ihnen, dass wir Morgen mit den Waffen üben würden. Thort war schon ganz aufgeregt. Als wir ins Bett gingen sah Amelie verwundert zu mir hinüber, als ich meine Glock durchlud und sie auf meinen Nachttisch legte.

„Das solltest du auch tun" sagte ich zu ihr.

„Die ist mir zu schwer," maulte sie und nahm die kleinere Walther PPK, die ich ihr gegeben hatte.

Sie lud sie mit etwas linkischen Bewegungen durch. Ich wünschte allen eine Gute Nacht und schlief ein.

10.Tag

Nach dem Frühstück bat ich alle in den Schulungsraum. Ich verbrachte den Tag damit, den Beiden bei zubringen, wie man die Glock auseinander und wieder zusammenbaut. Ich ließ sie das einige Male wiederholen, damit ihnen das in Fleisch und Blut überging. Besonders Amelie brauchte immer wieder Hilfe, weil sie zu ungeschickt in der Beziehung war.

Nach dem Essen saßen wir im Gemeinschaftraum zusammen. Wir tranken Bier und rauchten. Amelie saß auf einer Couch und nähte meine Shorts enger an den Seiten, damit sie ihr passten. Sie summte ein Lied dabei. Sie war sehr geschickt bei dieser Arbeit. Mit kundiger Hand setzte sie Stich für Stich und nähte das sehr sauber. Als ich sie fragte, sagte sie

„Mein' Maman arbeitet bei einem großen Pariser Couturier. Sie `at als Schneiderin angefangen und ist nun Assistentin der Geschäftsleitung. Isch könnte mir eine Shorts selber nähen, wenn ich genug Stoff hätte."

11.Tag

Ich ließ die beiden noch einmal die Glock Pistolen auseinander und wieder zusammenbauen. Amelie fragte

„warum machen wir das dauernd?"

„Damit ihr das könnt und eure Waffe besser kennenlernt. Ihr müsst in der Lage sein sofort heraus zu finden, wenn eure Waffe nicht richtig funktioniert. Das müsst ihr wie im Schlaf beherrschen."

Thort ging es leicht von der Hand und obwohl er wahre Pranken als Hände hatte, entwickelte er eine gute Fingerfertigkeit beim Montieren der Waffe.

Bei Amelie lief es nicht sehr gut, sie brauchte immer wieder Anleitung.

„Du kannst doch so gut nähen," sagte ich zu ihr, das ist eine Feinarbeit die ein Mann nicht so gut hinkriegt, also solltest du auch eine Pistole auseinander und zusammen gebaut bekommen."

Entweder flog die Schlittenfeder quer durch den Raum oder sie bekam den Schlitten nicht auf die Pistole.

Am Nachmittag gingen wir in einen größeren Lagerraum. Ich hatte dort eine provisorische Schießbahn eingerichtet. Eine leere Holzkiste, auf die ich einen Combatwolf aufgemalt hatte, sollte als Ziel dienen. Ich machte ihnen vor was sie tun sollten, Die Pistole möglichst schnell aus dem Holster ziehen und auf den Combatwolf zwei Schüsse abgeben und möglichst den Combatwolf so treffen, dass er beschädigt war.

Thort erledigte das mit Leichtigkeit. Bei Amelie wurde es zum Desaster. Zunächst zog sie die Waffe, hatte aber vergessen durchzuladen. Dann zog sie, versuchte durchzuladen, stellte sich aber ungeschickt an, weil sie zu langsam an dem Schlitten zog. Daraufhin ließ ich sie mit Exerzierpatronen üben. Sie hatte nachher schwitzige Hände und rutschte ständig an dem Schlitten ab. Sie zog zu langsam. Normal macht man das mit einer einzigen schwungvollen Bewegung. Oft zog sie den Schlitten nicht bis ganz nach hinten. Ich hätte nie geglaubt, dass dies so dermaßen ausarten konnte.

Ich gab am späten Nachmittag entnervt auf. Ich riet ihr mit den Exerzierpatronen zu üben.

12.Tag

Ich gewann den Eindruck, dass sie sich extra dumm anstellte. So als wollte sie nicht mit der Waffe umgehen. Als ich sie endlich soweit hatte, dass sie die Waffe aus den Holster bekam und durchlud, vergaß sie den Sicherungshebel umzulegen. Nach der Aufforderung den Sicherheitshebel umzulegen fiel das Magazin der Pistole krachend zu Boden. Sie hatte den Magazinauslöseknopf anstatt des Sicherungshebels gedrückt. Ich hatte Mühe ruhig zu bleiben. Dann hielt sie die Pistole mit zitternder Hand.

„Sie ist mir zu schwer, isch kann das nicht," meckerte sie.

Auch nachdem ich ihr den Combat Griff zeigte, wobei man die Pistole mit zwei Händen hält, wurde es auch nicht besser. Schließlich gab ich entnervt auf.

13.Tag

Heute hatte ich Mühe meine Fassung zu bewahren. Sie hatte alles vergessen, was ich ihr am Vortrag beigebracht hatte. Irgendwie wurde ich das Gefühl nicht los, dass sie mich veräppelte. Soviel Fehler auf einmal kann kaum einer mit solch einer Waffe machen.

Am Nachmittag passierte es dann. Sie fragte lautstark, „warum machen wir diesen Blödsinn hier. Wir können doch im Bunker bleiben, `ier sind wir doch sicher und brauchen die blöde Schießerei nicht. Wegen mir kannst Du allein losgehen und dich draußen totschießen lassen," schnauzte sie mich an.

Thort machte große Augen. Ich schnappte nach Luft. Da sah ich das im rückwärtigen Teil des Lagers ein Scorpion aus dem Luftschacht gekrochen kam. Ich hatte seine rot leuchtenden Sensoren erkannt. Ich nahm ihr die Waffe aus der Hand und sagte

„OK. dann lass es eben und bleib hier." Sie lächelte siegessicher.

Ich sah den Scorpion herankommen. Zu Amelie gewandt sagte ich dann,

„Wenn du hier sicher bist und keine Waffe braucht, dann kannst du ja ,mal sehen, wie du mit dem kleinen Freund da fertig wirst."

Dabei zeigte ich auf den schnell herankrabbelnden Scorpion.

Amelie stieß einen spitzen Schrei aus und suchte Deckung hinter mir. Ich ging beiseite und sagte.

„Gewöhn dich dran, dass ich nicht mehr da bin."

Sie schrie immer weiter. Der Scorpion war noch weit genug weg, aber er kam schnell näher. Ich drehte mich um und machte keine Anstalten, den Scorpion zu zerstören.

„Du brauchst ja nicht schießen nimm meinetwegen eine Konservendose und wirf sie nach ihm."

Dabei schubste ich sie beiseite und ging zum Ausgang.

„Helldiver, Thort, Hilfe, Hilfe, der Scorpion kommt."

„Ja und," sagte ich „du bist doch so sicher im Bunker."

Ich hatte den Scorpion im Auge, wollte ihr aber eine Lektion erteilen. Sie rannte an mir vorbei und wollte mich aufhalten.

„Was versteckst du dich hinter mir. Du musst mit dem Scorpion fertig werden," sagte ich in ruhigem Ton und drückte sie zur Seite.

Thort stand mit offenem Mund da und rührte sich nicht. Er hatte offenbar begriffen, was ich vorhatte. Der Scorpion war schon nahe ran.

„Helldiver, bitte !!" schrie sie. Ich drehte mich blitzschnell um zog ihre Glock aus meinem Gürtel, lud durch und schoss auf den Scorpion. Er war so nahe heran, dass er seine Sprungattacken startete. Ich zerstörte ihn in der Luft.

Dann wandte ich mich zu Amelie um die wimmernd hinter mir stand. Ich drückte ihr die noch rauchende Waffe in die Hand, schaute sie böse an und sagte

„Lern mit dieser verdammten Pistole zu schießen. Das ist deine Lebensversicherung."

Sie sah mich mit schreckgeweiteten Augen an. Dann stieß ich sie auf Seite und verließ den Lagerraum. Ich war stocksauer. Beim Abendessen vermied sie es mir in die Augen zu schauen.

14. Tag

Sie schaffte es wenigstens mit der Waffe die Holzkiste zu treffen. Bei jedem Schuss zuckte sie zusammen und

102

schrie. Ich versuchte nochmal mit Geduld ihr den Bewegungsablauf bei zu bringen. Entweder hatte sie Angst vor der Waffe oder sie wollte einfach nicht lernen. Langsam verlor ich die Nerven und herrschte sie mitunter schon einmal an. Ich erinnerte mich daran, wie unsere Ausbilder mit uns umgegangen waren, während des Militärdienstes, um uns die Dinge zu vermitteln die wir brauchten. Sie strengte sich ein wenig an als ich sie anblaffte. Jedes Mal, zog sie den Kopf ein und sah mich verängstigt an.

15. Tag

Heute hätte ich ihr am liebsten den Hals herumgedreht. Sie machte Schießübungen und ich stand mit Thort hinter ihr, um ihr zuzusehen. Sie sollte ihre Waffe aus dem Holster ziehen, durchladen entsichern und schießen. Sie lud durch und wollte schießen, doch die Waffe funktionierte nicht.

„Sicherungshebel" sagte ich

Sie fummelte irgendetwas an der Waffe herum und drehte sich plötzlich mit der scharfen Waffe um

„die geht nicht,"

sagte sie und ein Schuß löste sich die Kugel fegte zwischen mir und Thort durch und schlug in die Wand hinter uns ein.

Putzbrocken wirbelten durch den Raum und trafen Thort und mich, der Querschläger pfiff jaulend umher. Zum Glück wurde niemand verletzt. Thort und ich waren starr vor Schreck.

Ich gewann als erster meine Fassung wieder

Thort rief „Eiiih, bist du bekloppt!"

Ich nahm ihr die Waffe aus der Hand und sicherte sie. Ich sah sie streng an und hatte Mühe nicht gleich laut loszubrüllen.

„Sag mal, bist du noch zu retten?" Fragte ich sie. Was habe ich euch von Anfang an gesagt, wie ihr euch verhalten sollt, wenn ihr mit einer scharfen Waffe hantiert.

„Ich, … ich… weiß nicht," sagte sie.

Mir flog die Sicherung raus und ich brüllte sie an.

„Eine scharfe Waffe richtet man nicht einfach auf einen Menschen verdammt, besonders nicht auf dem Schießstand. Du hast beinahe einen Menschen umgebracht, weil du so fahrlässig mit einer scharfen Waffe hantierst. Ich habe das zigmal gesagt. Die Waffe bleibt auf die Zielscheibe gerichtet."

Polterte ich sie an und ging wie ein gereizter Tiger vor ihr hin und her. Sie hielt den Kopf gesenkt.

„Wie oft habe ich das gesagt?"

Sie schaute zu Boden

„Ich will eine Antwort! Wie oft habe ich es euch gesagt?"

Sie hob den Kopf und sah mich frech an.

„Du musst dich `ier nicht wie ein Kommandant aufführen und rumkommandieren. Du `ast mir überhaupt nichts zu sagen."

Das schlug dem Fass den Boden aus. Sie produzierte einen Schießunfall und hatte noch die Frechheit Widerworte zu geben. „Ich ging auf sie los

„Du kannst froh sein, dass du eine Frau bist, einem Kerl hätte ich längst schon eine geschmiert."

Ich wandte mich um ehe ich vollkommen die Fassung verlor, denn ich war sehr zornig auf sie. Thort sagte noch

„sachmal bist du plemmplemm?"

Da schrie sie frech,

„Vor Frauen kannst du dich aufplustern was? Schlag doch zu, ist doch so einfach für euch starken Kerle eine schwache Frau zu schlagen."

Ich blieb wie angewurzelt stehen. Das war eine bodenlose Frechheit so zu reden, vor allem wenn fast Menschen zu Tode gekommen wären.

„Na los, was ist? Schlag doch zu du Waschlappen," rief sie frech.

Ich wollte eigentlich den Raum verlassen, um die Situation nicht eskalieren zu lassen. Sie hatte einen eklatanten Fehler begangen und hatte nicht die Einsicht es zuzugeben. Und jetzt bezeichnete sie mich als Waschlappen. Das war einfach zu viel. Ich drehte mich auf dem Absatz rum, war in zwei Schritten bei ihr und packte sie am Kragen ihrer Jacke. Ich war so aufgebracht, so zornig wie seit langem nicht mehr. Ich hatte genug von ihren Frechheiten.

Ich hob sie an, sodass sie nur noch auf ihren Zehenspitzen stehen konnte.

„Du nennst mich noch einmal einen Waschlappen und ich prügele dich Windelweich. Das ist der Gipfel der Unverschämtheit. Durch deine Fahrlässigkeit sind fast zwei Menschen zu Schaden gekommen und du hast noch die Frechheit hier jemanden Waschlappen zu nennen? Du solltest sehr gut darauf achten was du zu wem sagst, oder es könnte böse für dich ausgehen. Treib es nicht auf die Spitze."

Sie sah mich aus angsterfüllten, schreckgeweiteten Augen an. Sie wollte noch etwas zu mir sagen, doch ich warf sie wie eine Schlenker Puppe durch den Raum. Sie fiel krachend zu Boden.

Ich drehte mich um und verließ den Raum. Ich hörte hinter mir wie Thort auf sie losging. „Du blödes Weibsstück, du hast mich fast erschossen. Ich sollte die Scheiße aus dir rausprügeln. Wenn Helldiver nich' der feine Kerl wäre der er is' dann hättest du jetzt 'ne Tracht Prügel von ihm bekommen müssen, und zwar eine das dir hören un' sehen vergeht. Du schießt noch einmal auf mich und ich polier dir deine Visage un' dann kannst du dich nich' hinter Helldiver versteck 'n."

Sie kam an mir vorbeigelaufen und rief schluchzend

„Ihr seid beide Scheusale!"

Die Toilettentür knallte und als ich daran vorbeikam hörte ich sie gedämpft weinen. Ich nahm mir in der Küche eine Dose Bier und setzte mich in den Gemeinschaftsraum ich legte die Waffen auf den Tisch und entlud sie. Ich hatte immer noch Amelies Glock. Ich war sehr enttäuscht, wie oft hatte ich ihr beigebracht, dass sie sich nicht mit der Waffe umdrehen soll, damit so etwas nicht passiert. Thort kam in den Raum und wollte mich ansprechen. Ich winkte sofort ab und signalisierte, dass ich in Ruhe gelassen werden wollte. Ich holte mir noch einige Dosen Bier aus der Kantine und ging in den Warroom dort konnte ich wenigstens allein sein. Irgendwann kam Thort und fragte mich, ob ich zum Essen käme. Ich lehnte ab. Vielleicht hatte Amelie ihn vorgeschickt. Viel später holte ich mir noch eine Dose Bier aus dem Kühlschrank in der Kantine.

Der Gemeinschaftsraum war leer also setzte ich mich dorthin, um noch die letzte Dose Bier zu trinken und eine Zigarette zu rauchen.

Auf einmal stand Amelie in der Tür. Sie hielt den Kopf gesenkt, hatte die Hände vor ihrem Bauch gefaltet. Sie hielt ein zerknülltes Papiertaschentuch in einer Hand. Sie hatte noch ihre Militärhose an und ein Militär- T-Shirt. Sie schlurfte auf meinen College Schuhen, die trug sie offenbar gerne. Schweigend setzte sie sich neben mich auf die Couch. Aus meinem Augenwinkel konnte ich sehen, dass sie nervös mit ihrem Taschentuch spielte. Ich griff nach meiner Zigarettenpackung und zündete mir eine an. Dann schob ich ihr die Packung mit dem Feuerzeug rüber, ohne sie anzusehen. Sie nahm sich ebenfalls eine Zigarette. Ich merkte, dass sie nervös an der Zigarette zog.

Plötzlich piepste sie „Helldiver, … ich, …ich, …. möchte" dabei wurde ihre Stimme immer höher und immer fisteliger „ich möchte dich um Verzeihung bitten. Ihre Stimme kickste, ich merkte, dass sie sich die größte Mühe gab gegen ihre Tränen anzukämpfen.

Dann berührte sie mich vorsichtig am Arm „Ich war, …. ich war…" sie holte immer wieder Luft und ihre Stimme erstickte.

Ich sah ihr ins Gesicht. Es war hochrot angelaufen, so hatte ich sie auch noch nie gesehen. Die Tränen kullerten wieder ihre Wangen hinunter.

„Ich war…, ich war… so gemein zu dir, …. das tut mir so leid…das wollte ich nicht," dabei konnte sie ihre Tränen nicht mehr zurückhalten und schluchzte einige Male.

„Ich tu das bestimmt nie wieder," sagte sie mit hoher Fistelstimme.

Sie lehnte ihre Stirn an meinen Arm und versuchte meine Hand zu fassen.

„Bitte, bitte, verzeih mir. Ich hab' solche Angst vor dir gehabt und ich will keine Angst vor dir haben müssen. Aber ich war ja auch so gemein zu dir, dass hast du nicht verdient."

Ich legte eine Hand auf den Arm der nach meiner Hand griff und streichelte ihn. Ich wandte mich zu ihr um und sah in ihr tränennasses Gesicht. Ihre Augen sahen mich flehentlich an.

„Sie mich mal an. Ich verzeihe dir" sagte ich, obwohl du mich sehr provoziert hast. Ich hab die Beherrschung verloren, als du mich „Waschlappen" genannt hast, dass hätte nicht passieren dürfen."

„Nein, sagte sie es war ganz allein meine Schuld, ich bin zu weit gegangen und…. und… ich möchte, dass du mir verzeihst, bitte."

Ich nahm sie in meinen Arm, strich ihr sanft über die Haare und sagte

„Ich verzeihe dir, hörst du. Ich merkte das sie nickte. Sie bohrte ihr Gesicht in meine Schulter und schluchzte heftig. Ich hielt sie fest, streichelte ihr über den Rücken und ihre Haare. Als sie sich etwas beruhigt hatte löste sie sich von mir.

„Bist du mir auch wirklich nicht mehr böse?" Sie sah mich mit ihren dunklen Augen fragend an.

Ich holte einen Schokoriegel aus meiner Hemdtasche, wickelte ihn aus und gab ihn ihr.

„Ich bin dir nicht mehr böse. Iss mal ein Stück Schokolade," sagte ich aufmunternd, „damit du dich ein wenig beruhigst."

Mit einem vorsichtigen Lächeln steckte sie die Schokolade in den Mund. Sie griff noch einmal nach meiner Hand

„Danke" sagte sie.

Ich legte meine Hand auf ihre und sagte

„Komm, geh jetzt schlafen, morgen sieht die Welt wieder anders aus. Ok."

„Merci" sagte sie. Sie stand auf und ging wieder. Ich rauchte noch eine Zigarette und trank mein Bier aus.

Als ich zu Bett ging hörte ich sie leise schluchzen. Ich setzte mich an ihr Bett. Sie hatte sich die Decke über den Kopf gezogen, die ich ihr nun sanft wegzog. Sie ließ mich gewähren. Ich streichelte ihre Wange und wischte ihr mit meinem Daumen die Tränen davon.

„Schhhhh, hör jetzt auf zu weinen. Es ist alles gut. Schlaf jetzt."

Sie sah mich aus großen tränenfeuchten Augen an. Ich drückte einen Kuss auf meinen Zeigefinger und drückte ihr den Zeigefinger an die Wange. Dabei lächelte ich sie freundlich an. Sie lächelte zurück, sodass ihre Grübchen kurz auf ihren Wangen erschienen.

„Gute Nacht" sagte ich zu ihr.

„Gute Nacht antwortete sie. Dann ging ich in mein Bett.

16. Tag

Thort saß schon in der Kantine. Amelie hantierte in der Küche herum. Ich ging zum Tresen und fragte sie, ob ich schon was an den Tisch bringen sollte. Sie stellte mir die Kaffeekanne hin und eine Schüssel mit Haferflocken.

„Den Rest bringe ich mit," sagte sie leise. Beim Frühstück waren wir alle still Amelie aß langsam und irgendwie ohne Appetit. Sie war heute nicht sehr gesprächig. Ich unterhielt mich mit Thort darüber, dass er heute mit der Beretta üben sollte.

„Wir sollten zwar alle mit jeder Waffe schießen können. Aber ich bin der Meinung das jeder eine Hauptwaffe haben sollte. Und da die Beretta einen ziemlichen Rückschlag hat sollte sie von einem starken Schützen geführt werden".

Als ich das sagte sah ich Amelie ein wenig streng an. Sie wich meinem Blick aus und schlug ihre Augen nieder. Ich bot Amelie meine Hilfe beim Abräumen an, aber sie lehnte ab. Ich ging mit Thort in den Schlafraum und holte die Beretta. Ich sagte zu Thort,

„pass gut auf die alte Dame auf, sie braucht viel Pflege. Sie hat unserem Pfarrer gehört."

„'Ne nette alte Dame, ich werd' gut auf sie aufpassen. Kannst dich drauf verlassen Hell," lachte Thort.

Wir gingen zur Waffenkammer und holten Munition.

Amelie begegnete uns auf dem Flur. Ich sagte ihr

„hol bitte deine Waffe und dann komm bitte zum Schießstand. Ich geh mit Thort schon mal vor."

Sie nickte nur und ging vorbei. Irgendwie gefiel sie mir nicht heute. Wir besorgten Munition, wir hatten kistenweise Vogeldunstmunition gefunden so konnte ich Thort etliche Patronen zum Üben zur Verfügung stellen. Ich suchte noch nach einem leeren Kanister, der als Ziel dienen sollte, da eine Holzkiste von der Beretta mit wenigen Schüssen zerlegt würde. Amelie traf auch ein und ich bat sie zuzusehen, während ich die Waffe belud und anschließend wieder entlud.

Dann drückte ich Thort die Waffe in die Hand und bat ihn die Waffe zu beladen. Auf meine Anweisung fertigladen, lud er die Beretta durch. Nach zwei, drei Schüssen flog der Kanister hoch in die Luft.

Thort lachte, „Hehe, das ist das richtige Baby für mich, das alte Schätzchen scheint sich gut mit mir zu verstehen. Ich sah mich nach Amelie um, die im hinteren Teil auf einer Holzkiste saß. Sie hatte ihre Hände im Schoß liegen und spielte nervös mit ihren Fingern. Sie blickte nach unten. Offensichtlich schien sie etwas zu bedrücken oder sie kaute auf irgendetwas herum und wusste es nicht hinunterzuschlucken.

„Ich glaube wir beide müssen mal reden" sagte ich zu ihr. Ich sagte Thort Bescheid, dass ich mit Amelie den Schiesstand verlassen würde. Er nickte und lachte

„Ich habe mit ihr genug Beschäftigung und streichelte die Beretta."

Ich forderte Amelie auf mir auf den Gang zu folgen.

„Mit dir ist doch was?" Fragte ich sie, du bist den ganzen Morgen stiller als sonst. Dich bedrückt irgendwas und sag nicht nein, denn ich spüre das etwas auf dir lastet."

Sie druckste ein wenig herum und sagte dann leise.

„Ich `abe Angst vor dem Schießen, ich `abe Angst davor wieder etwas falsch zu machen und wieder ausgeschimpft zu werden. Du `ast ja ziemlich viel mit mir geschimpft in letzter Zeit."

„OK. kann ich verstehen," sagte ich zu ihr.

Ich hatte einen Einfall, sie brauchte eine Veränderung und vor allem ein Erfolgserlebnis und ich glaubte ihr fehlte eine gute Portion Sonnenlicht, denn wir hingen seit 8 Tagen in dem Bunker, ohne einmal Sonnenlicht gesehen zu haben. Allein unsere Uhren vermittelten uns den Tag und Nacht Rhythmus. Die Stimmung wurde auch gereizter und Amelies Unvermögen war der Blitzableiter. Wenn ich mit ihr schimpfte, versuchte ich immer auf der sachlichen Ebene zu bleiben. Aber sie bekam jetzt seit einigen Tagen eine regelmäßige Packung ab.

Der Vorfall gestern war auch sehr heftig und konnte nicht spurlos an ihr vorbeigegangen sein. Ich sah ihr in die Augen und sagte zu ihr

„du und ich, wir machen jetzt einen Deal."

Sie sah mich stirnrunzelnd an.

„Heute schießt du nicht, wir beide machen einen Ausflug."

„Hää," sagt sie fragend.

„Wir beide gehen raus aus dem Bunker, komm mit in den Schlafraum, dann erkläre ich dir alles. Wir gingen zum

Schlafraum und ich breitete meine Karte aus. Dann zeigte ich ihr.

„Hier sind wir, Wir gehen im Sprung die Straße runter bis zu diesem Haus."

Es war ein Haus, dass ca. drei Häuser weiter am Meer stand.

„Da werden wir hineingehen ein wenig in der Sonne sitzen und frische Meeresluft schnuppern."

„Das willst du wirklich mit mir machen?" Fragte sie staunend.

„Aber ich weiß nicht, ob ich das kann."

„Du wirst es können. Ich bin bei dir, ich werde dich decken und beschützen. Zwei Dinge musst du unbedingt tun, wenn ich es dir sage."

Sie schaute fragend,

„Erstens, wenn ich sage lauf zum Bunker, dann läufts du so schnell du kannst in den Bunker. Du schaust dich nicht links noch rechts um, du läufst in den Bunker und wenn's geht schieß weg was sich dir in den Weg stellt. Achte nicht auf mich.

Zweitens, wenn wir getrennt werden, gehst du in das Haus, wo du grade bist und geh ins Obergeschoss. Mach kein Feuergefecht, sondern warte darauf, dass Thort und ich dich da rausholen. Wirst du das können."

Sie nickte mit großen Augen.

„Kann ich das Jagdgewehr `aben?" Fragte sie.

„OK," sagte ich und drückte ihr die Waffe und einige Patronen in die Hand.

„Kannst du damit umgehen oder soll ich es dir zeigen?"

„Mein Grand pere (franz. Großvater) `atte so eine. Das ist eine Repetierbüchse Grand pere `at mir gezeigt, wie man damit schießt.

„Gut," sagte ich, „dann zeig mir das du sie laden kannst."

Sie belud die Waffe, als wenn sie nie etwas anderes gemacht hätte.

„Durchladen und Entsichern sagte ich und ging auf Seite.

Sie betätigte den Ladehebel, spannte den Hahn und entsicherte die Waffe.

„Sehr gut," sagte ich staunend, „das hast du gut gemacht. Jetzt entlad sie wieder."

Auch das machte sie sicher. Ich fragte mich, warum sie das mit der Pistole nicht hinbekam.

„Gut, jetzt zieh deinen Helm an."

„Aufgeregt?" Fragte ich sie, während ich ein Schokoriegel auspackte.

Ich reicht ihn ihr und sagte

„Iss, ein Stück Schokolade!" Sie lächelte und nahm das Stück aus meiner Hand, dabei streichelte sie mir mit ihren Fingern über meine Hand.

Ich informierte Thort und trug ihm auf, in etwa einer Stunde an der Bunkertür zu warten. An der Bunkertür hörte ich, dass sie tief einatmete.

„Na, Herzklopfen?" Fragte ich sie, dann sagte ich „Ok, Pistole raus, durchladen und entsichern."

Sie tat es. Dann fragte ich sie

„Darf ich dich berühren?"

„Ja, warum fragst du?"

„Erstens ist es eine Sache der Höflichkeit und zweitens, damit du dich nicht begrapscht fühlst."

„Du `ast mich doch noch nie begrapscht."

„Nein, da hast du recht, aber darf ich?"

Ich zog ihr vorsichtig den Zeigefinger vom Abzug ihrer Glock. Dann legte ich ihn ihr ausgestreckt auf den Abzugsbügel.

„So musst du die Waffe halten während du läufst, dann läufst du nicht Gefahr unbeabsichtigt abzudrücken. Wenn du in einen Kampf gerätst, bist du schnell wieder am Abzug."

Sie nickte. Ich sagte ihr noch, dass ich zunächst zum Pförtnerhaus laufen würde. Wenn ich mich umgesehen hätte und ihr winke, dann soll sie zu mir laufen so schnell sie könne. Ich wickelte noch ein Stück Schokolade aus und gab es ihr.

„Lächelnd nahm sie es wieder, indem sie über meine Hand streichelte.

„Bereit!" sagte ich

„Hmmmmm," kam von ihr denn sie kaute noch auf der Schoko rum.

Dann stieß ich vorsichtig die Türe auf, beobachtete das Terrain. Die Luft war rein und ich lief los zum Pförtnerhaus. Ich sah mich um und winkte ihr. Sie kam an gesprintet. Ich erklärte ihr den nächsten Schritt.

„Ich laufe zum Tor, öffne es und laufe hinüber zu dem Haus gegenüber. Ich gehe auf die Veranda und wenn ich winke, dann kommst du zu mir. Lauf so schnell du kannst."

Sie nickte, dann lief ich los. Ich öffnete das Tor, sah rechts und links die Straße hinunter und lief zu dem Haus. Ich sah keine Feinde und winkte ihr. Sie kam schnell und gewandt wie eine Katze gelaufen. Als sie auf der Veranda ankam, sagte ich ihr

„das hast du gutgemacht."

Sie lächelte über das ganze Gesicht.

„Die nächst Etappe. Siehst du das gelbe Haus dort schräg gegenüber?"

„Ja," sagt sie.

„Nimm dein Fernglas und sag was du siehst.

„Ich sehe die Veranda und die Tür ist nur angelehnt."

„Das ist gut, siehst du irgendwelche Feinde?"

„Nein," antwortete sie.

„Gut, dann lauf los zu dem Haus, wenn du dort ange-kommen bist, sieh dich um, ob du irgendwelche Roboter siehst und wink mir dann."

Sie sah mich ein wenig erschrocken an. Ich lächelte sie aufmunternd an und sagte

„komm, lauf los, du schaffst das."

Sie lief los, schnell und leise, an der Straßenkreuzung sah sie sich um und lief schnell weiter auf die Veranda des Hauses. Durch das Fernglas konnte ich sehen, dass sie sich umsah und mir schließlich zuwinkte. Ich lief ebenfalls los, sah vorsichtig in die Kreuzung. Am Ende der Straße konnte ich einen Combatwolf sehen, der aber zu weit weg war, um uns zu bemerken. Ich lief weiter bis auf die Veranda. Wir konnten das Meer schon sehen, als wir vorsichtig über die Veranda lugten. Dann sagte ich ihr

„Das benachbarte rote Haus, ist das wo wir hinwollen. Lauf schnell rüber, sichere und wink mir."

Ich gab ihr einen kleinen Klaps auf den Helm und sagte „Los!"

Sie flitze los und erreichte schnell das Haus. Sie winkte mir und ich kam nach.

Geduckt gingen wir in das Haus und erreichten zuerst die Küche. Ich öffnete den Kühlschrank und warf einen Blick hinein. Ein Glas Nutella, ein Laib Toastbrot, zwei Äpfel und eine Fischkonserve. Bei allen Sachen war das Haltbarkeitsdatum noch nicht abgelaufen also steckte ich sie ein. Beim Anblick des Nutella Glases leckte sich Amelie lächelnd über die Lippen. Ich gab ihr auch noch einen der Äpfel.

„Wir müssen alles mitnehmen, was wir brauchen können."

Wir schlichen vorsichtig die Treppe hinauf und sahen uns um. Es gab nicht viel außer ein wenig Verbandszeug und Pflaster. Das Haus hatte einen Balkon, der dem Meer zugewandt war. Ich öffnete vorsichtig die Tür und spähte über das Geländer. Ich konnte keine Feinde sehen. Dann richtete ich mich vorsichtig auf und sah mich um, nur Möven, Wasser und Sonne, keine Roboter. Ich setzte mich mit dem Rücken zur Wand auf den Boden. Amelie kam auch in geduckter Haltung heraus und setzte sich neben mich.

Sie hielt ihr Gesicht in die Sonne und lächelte selig. Ich atmete die Meeresluft tief ein. Sie schmeckte salzig und hervorragend frisch. Ich konnte das Rauschen der Brandung und das Gekreisch der Möven hören.

„Ist das schön!" sagte Amelie

„Das hast du großartig gemacht Amelie," sagte ich zu ihr.

„Wirklich, ganz ehrlich?"

„Ja, sagte ich alles fehlerfrei." Sie strahlte über das ganze Gesicht.

„Warum hast du eigentlich Angst vor mir? Ich dachte wir hätten gestern alles geklärt?" Fragte ich sie.

„Ihr `abt mir beide gestern Prügel angedroht und ich `abe Angst davor, dass ihr beide die Beherrschung verliert und mich wirklich verprügelt. Ich kenne Thort zwar schon sehr lange und ich glaube nicht, dass er es tun würde, aber ich würde meine Hand dafür nicht ins Feuer legen. Dich kenne ich zu wenig, du redest nicht viel, nur wenn du uns etwas beibringst aber über dich selbst spricht du wenig du bist so verschlossen. Man kann dich nicht einschätzen. Ich zumindest nicht."

„Ach so," antwortete ich.

„Es tut mir leid, dass ich die Beherrschung verloren habe, aber zwischen Sagen und Tun ist immer noch ein weiter Weg. Ich habe bis jetzt noch nie eine Frau geschlagen. Und ich glaube Thort ist zwar ein rauer Geselle, aber er würde eine Frau auch nicht schlagen.

Das würde ich zu verhindern wissen."

„Ja schon, eigentlich glaube ich auch nicht, dass ihr das Tun würdet, aber ich bin in meiner Vergangenheit viel geschlagen worden," sagte sie.

„Wer hat dich denn geschlagen und warum?" Fragte ich.

Ich holte meinen Apfel und das Taschenmesser heraus, während sie mir Antwort gab und schälte den Apfel den ich unten gefunden hatte.

„Meine Maman ist sehr dominierend. Wenn ich in der Schule schlechte Noten `atte gab es immer Prügel von meiner Mutter. Auch sonst, wenn ich mich zu dumm angestellt `abe bekam ich Schläge. Deshalb `abe ich Angst etwas falsch zu machen. Es hat zwar etwas nachgelassen, seit ich älter geworden bin. Ich wollte mit dem Studium vor meiner Mutter fliehen. Sie `at mir immer gesagt was ich tun soll. Amelie geh' `ier, Amelie tu da, Amelie mach dort, und zwar sofort und wenn Amelie nicht gespurt `at gab es Schläge. Zuhause konnte ich keinen Schritt machen, der nicht von meiner Mutter überwacht war. Schweden war die einzige Möglichkeit von zu Hause wegzukommen und jetzt ist alles kaputt."

Während sie sprach wurde ihr Stimme immer spitzer und höher. Ihre Augen füllten sich wieder mit Tränen.

„Hallo, nicht schon wieder weinen keine Kuller Tränchen jetzt, bitte," sagte ich.

Ich hielt ihr ein Stück Apfel hin, sie nahm es wieder und streichelte über meine Hand. Sie schluckte und kämpfte mit ihren Tränen.

„Das ist schlimm, dass dir das passiert ist und es ist gut, dass wir darüber sprechen. Du musst dich deinen Ängsten stellen, das kann ich dir leider nicht ersparen. Aber ich kann dir versprechen, dass dich hier keiner schlagen wird. Keiner von uns wird dich verprügeln, nur weil du einen Fehler gemacht hast."

„Du bist aber immer so streng," sagte sie

„Das ist, weil du mit tödlichen Waffen herumhantieren musst und du sehr aufpassen musst mit diesen Waffen, damit du nicht deine Kameraden verletzt. Weil die Sachen lebenswichtig für dich sind, müssen die ganzen Abläufe sitzen. Sekunden können über Leben und Tod entscheiden, verstehst du."

Sie nickte und nahm auch das zweite Apfelstück das ich ihr reichte.

„Wir unterhalten uns hier auf Augenhöhe Amelie, du auf meiner und ich auf deiner. Du brauchst keine Angst zu haben, wenn du etwas kritisierst. Du musst volles Vertrauen zu uns haben, wir müssen uns gegenseitig vertrauen, sonst funktionieren wir als Team nicht."

„Darf ich dich was fragen `elldiver?"

„Ja nur zu," sagte ich.

„Warum nennst du dich `elldiver, du hast doch bestimmt einen richtigen Namen?"

„Ja, das habe ich, aber du wirst ihn nicht erfahren. Ich heiße Helldiver und komme von Färvikssand. Mehr müssen du und Thort nicht wissen."

„Aber warum?" Fragte sie

„Ich glaube hier ist eine Verschwörung im Gang oder ein Militärputsch. Ich will herausfinden wo meine Eltern sind und ob sie noch leben. Ich will weitere Überlebende finden und einen Widerstand organisieren. Wenn sich die

Möglichkeit ergibt, will ich dich außer Landes schaffen, damit du sicher nach Hause kommst. Ich will die Leute die für all das verantwortlich sind, aufspüren und zur Rechenschaft ziehen. Ich werde Rache für meine Freunde nehmen. Aber das ist mein Kampf und nicht eurer. Den muss ich ganz allein führen. Ihr könntet gefangengenommen werden. Man wird euch dann befragen, vielleicht sogar foltern. Da ist es besser etwas nicht zu wissen. Damit schütze ich meine Familie, meine Freunde und Verwandten."

„Kann ich verstehen," sagte sie nickend.

Ich wickelte noch ein Stück Schokolade aus und gab es ihr Sie lachte und sagte

„Du fütterst mich schon den ganzen Morgen mit Schokolade ich bin nachher kugelrund."

„Davon bist du noch Lichtjahre entfernt."

„Ich muss immer auf mein Gewicht achten, denn ich `abe bis vor einem Jahr Ballett getanzt. Meine Maman hat mich in die Ballettschule gesteckt, weil sie das unbedingt wollte."

„Du musst aber ein bisschen mehr Essen, denn wir wissen nicht, wenn wir da draußen sind, wann wir die nächste Mahlzeit bekommen. Das kann tagelang dauern, dass hast du gesehen, wie schnell das gehen kann. Du musst etwas zum Zusetzen haben. Du wirst zuhause bestimmt wieder in dein Kleidchen passen. Deshalb iss mal einen Löffel mehr wie sonst."

Sie lächelte mich an und fragte

„`elldiver, darf ich dich berühren?"

„Ja, ich weiß zwar nicht was du vorhast aber nur zu."

Sie umschlang meinen Arm und drückte ihr Gesicht an meine Schulter. Sie schloss glücklich lächelnd ihre Augen und ließ sich die Sonne ins Gesicht scheinen. Sie summte leise eine Melodie. Ich genoss das Licht und den Wind ebenfalls. Nach einer Weile sagte ich

„wir müssen wieder zurück."

„Schade," sagte Amelie, aber sie machte sich ohne Widerwort auf den Rückweg.

Wir erreichten ohne Probleme den Bunker. Thort stand in der Tür und erwartete uns. Er hatte die Beretta im Anschlag.

„Das hat gut geklappt mit der Schießerei, damit kann ich den Blechbüchsen richtig eins auswischen."

„Bei uns hat es auch super funktioniert. Amelie war großartig heute." Ich klatschte mit ihr ab, sie strahlte richtig.

Dann breitete sie ihre Arme aus und ich umarmte und drückte sie „Merci, `elldiver," flüsterte sie mir ins Ohr.

„OK. wir gehen jetzt alle in den Schulungsraum. Ich muss noch etwas mit euch machen."

Beide sahen mich fragend an. Im Schulungsraum sagte ich,

„wir räumen die Tische ein wenig auf Seite ich brauche Platz für die Übung die wir jetzt machen."

„Was'n für ‚ne Übung?" Fragte Thort.

„Das werdet ihr gleich sehen." Ich stellte mich in die Mitte des Raumes und sagte

„Thort, stellst du dich bitte einmal hierhin."

Ich wies ihm einen Platz an. Dann sagte ich

„Amelie, komm einmal zu mir in die Mitte!" Amelie tat, wie ich ihr sagte.

„Darf ich dich berühren?" Fragte ich sie.

Sie willigte ein war sich aber nicht sicher was nun passieren würde. Ich verband ihr mit meinem Halstuch die Augen und sagte

„keine Angst Amelie, das ist wie Blinde Kuh was wir jetzt machen. Hab keine Angst"

Ich drehte sie zweimal um ihre Achse, damit sie Orientierung verlor und sagte ihr

„Lass dich jetzt nach hinten fallen. Keine Angst ich verspreche dir, dass dir nichts passieren wird.

Sie tat es zögerlich und ich fing sie sehr schnell auf und stellte sie wieder gerade.

„Lass dich nochmal nach hinten fallen, bitte!"

Sie tat es wieder und ich ließ sie etwas weiter fallen. Als ich sie auffing schrie sie kurz „WAH". Ich stellte sie wieder vorsichtig hin und drehte sie nochmal, dann zeigte ich auf Thort.

Er verstand sofort was ich wollte. Ich sagte zu Amelie,

„lass dich wieder nach hinten fallen." Sie lachte etwas unsicher und fragte

„Was soll das?"

„Das wirst du gleich sehen," sagte ich zu ihr.

Sie ließ sich wieder fallen, Thort fing sie sicher auf und stellte sie wieder hin.

„Lass dich nochmal nach hinten fallen!" Sie tat es und schrie auch nicht als Thort sie etwas weiter herunterfallen ließ.

Nachdem er sie wieder auf die Füße gestellt hatte, nahm ich ihr die Augenbinde ab.

„Was hast du jetzt gelernt?" Fragte ich sie. Sie runzelte die Stirn

„Was soll ich gelernt `aben, ihr `abt mich beide immer wieder aufgefangen, nachdem ich mich `abe fallenlassen."

„Und hast du daran gezweifelt, dass dich jemand auffangen würde? Hast du vielleicht gedacht die bösen Jungs machen sich einen Spaß daraus dich hinterrücks aufknallen zu lassen?"

„Nein, ich `ab' schon gedacht, dass ihr, vor allen Dingen du, mich nicht fallen lasst."

„Siehst du, sagte ich wie nennt man das, wenn man sich bedingungslos auf seine Kameraden verlassen kann? Wie nennt man das, wenn man weiß, dass einen jemand auffängt, wenn man fällt?"

Ich ging herum und sah jeden dabei an, Thort kratzte sich verlegen am Kopf und Amelie zog ihre Stirn in Falten, legte den Finger an ihren Mund und riss ihn plötzlich auf.

„`aach, ich weiß es Vertrauen, das ist Vertrauen!"

Ich ging zu ihr nahm sie an beiden Armen und sagte ihr „Richtig Amelie, vertrauen."

Dann drehte ich sie zu Thort um und sagte während ich sie links und rechts am Arm gepackt hielt.

„Du kannst darauf vertrauen, dass Thort und ich dich immer auffangen werden. Du brauchst keine Angst davor zu haben, dass dich hier jemand prügelt oder begrapscht oder dir sonst ein Leid antut. Wir beide werden dich auffangen. Genauso wie wir beide Thort auffangen werden, wenn er fällt und ihr beiden mich. Wir müssen uns gegenseitig vertrauen, sonst können wir als Team nicht funktionieren."

An Thort gerichtet sagte ich,

„Thort, wir beide hatten am Meer ein Gespräch, wo sie mir gesagt hat, dass sie Angst vor uns beiden hat, da wir ihr gestern Prügel angedroht haben. Wir waren zwar recht zornig, aber wir würden das beide nie tun. Ich möchte das wir ihr hier und auf der Stelle versprechen, dass wir ihr kein Leid antun und sie beschützen werden. Sie kann uns bedingungslos vertrauen.

„Ja klar, ich hab noch nie `ne Frau gehau'n und Amelie die Knüffe die ich dir schon `mal gegeb'n hab' da waren wir doch noch Kinder. Ich würd` dich doch nie hau'n. Ich verhau eher Die, die dir was antun."

„Und warum `abt ihr mich jetzt für diese Übung genommen?" Fragte sie

„Naja, du bist die kleinste und leichteste Person von uns dreien. Ich glaube es wäre ein Problem geworden, wenn du Thort allein hättest auffangen müssen. Ich glaube das wäre für euch beide nicht gut ausgegangen."

Amelie gluckste, ich fing auch an zu glucksen und dann brachen wir in schallendes Gelächter aus. Thort sagte japsend,

„Wenn ich auf unsere kleine Amelie gefallen wäre, wär sie platt wie ein Pfanne-kuchen."

Dann breitete Thort seine gewaltigen Arme aus und ging auf Amelie zu

„Ach komm mal her kleines Zuckerpüppchen, der alte Thort wird dich beschützen und dir niemals was tun."

Amelie strahlte über das ganze Gesicht. Sie umarmte mich und sagte mir ins Ohr

„Danke `elldiver, danke das du das getan `ast."

Ich zerlegte zusammen mit Thort die Schrotflinte und zeigte ihm wie man sie reinigt.

Das Abendessen schmeckte heute besonders gut und wir hatten eine entspannte Atmosphäre.

Nach dem Essen legte ich die Deep Purple Kassette ein und wir tanzten alle drei ausgelassen.

17.Tag

Ich unterwies Amelie im Umgang mit der Jagdflinte. Sie stellte sich sehr geschickt an und hatte eine hohe Trefferquote, selbst als sie freihändig schoss. Ihr Gesicht glühte, als sie vom Schießstand kam und von mir gelobt wurde.

18. Tag

Amelie scheint mit der Pistole immer noch ihre Probleme zu haben. Sie trifft zwar, braucht aber zu lange und sie vergisst immer wieder den Sicherungshebel.

Auch beim Zerlegen hat sie immer wieder Probleme ich fragte mich immer wieder, warum sie das nicht hinbekommt. Es war zum Verzweifeln.

19. Tag

Heute beschloss ich, dass wir den Außeneinsatz riskieren sollten. Wir konnten nicht länger Rücksicht auf die Probleme mit Amelies Pistole nehmen. Wir mussten weiterkommen. Wenn sie den Sicherungshebel fand, konnte sie ja schießen und treffen. Ich hoffte nur das dies reichen würde. Ich beschloss, auf sie aufzupassen.

20.Tag

Heute übte ich mit ihnen „Häusersprung." Die Häuser waren die Räume im Bunker und ich rannte mit ihnen von Raum zu Raum. Wir vereinbarten Handzeichen. Ich vereinbarte mit ihnen, dass wir uns in den Bunker zurückziehen, wenn es zu eng wurde.

21.Tag

Wir saßen im Schulungsraum und besprachen die Aktion. Ich zeichnete provisorisch die Karte an das Whiteboard und erläuterte, wie ich mir vorstellte, dass wir unser Ziel erreichten.

22. Tag

Heute machte ich mit Thort einen Außeneinsatz. Wir rückten vorsichtig bis in die Nähe des Sportplatzes vor und scouteten ihn aus. Wir suchten uns ein Haus als Basispunkt. Dann zogen wir uns wieder in den Bunker zurück.

Thort war sichtlich stolz, dass er mit mir allein unterwegs sein durfte.

23. Tag

Ich verfeinerte noch einmal unseren Plan aufgrund unserer Erkenntnisse, die ich mit Thort im Außeneinsatz herausgefunden hatte. Ich übte mit Amelie ein letztes Mal. Dann beschloss ich, dass wir am nächsten Tag einen Versuch starten würden.

24. Tag

Ich verteilte die Munition und schärfte ihnen ein, dass die Plastikmagazine weggeworfen werden konnten. Ich bekam auch langsam Herzklopfen, da ich mich um Amelie sorgte.

Wir traten aus dem Bunker hervor und alles lief gut. Ich ließ Amelie die Spitze übernehmen, damit ich sie im Auge hatte. Ich hatte meine G3 mit einer Red Dot Zieleinrichtung ausgestattet. Sie eignete sich gut zum schnellen Zielen.

Amelie hatte die Jagdflinte und hielt sie in der Hand. Wir erreichten das Basishaus am unteren Ende des Sportplatzes, dann spähte ich den Platz aus. Der Sammelpunkt lag etwa 200 m vor uns, ich konnte die Baracken gut erkennen. Wir schlichen uns hinter der Hecke ein Stück vor. Auf dem Feld waren sechs Combatwölfe zu sehen. Für die Schrotflinte zu weit weg. Aber die Mauser 12 und meine G3 konnten sie wegsnipen, bevor sie uns zu nahe kamen.

Ich schärfte Amelie ein, dass wenn die Combatwölfe zu nah rankommen, sie auf die Pistole wechseln sollte. Ich hatte das Gefühl, dass sie mich verstanden hatte. Ich konnte sehen, dass es grünlackierte Combatwölfe waren. Ihre Panzerung sah stärker aus als bei den hellgrauen, Die Brennstoffzelle auf ihrem Rücken war durch eine gepanzerte Verkleidung geschützt.

Ich sagte zu Amelie „Ich nehm den ganz links, schieße ihm die Panzerung weg, danach zerschießt du seinen Tank, in der Zeit übernehme ich den rechts davon. Wenn ich schieße, ist das für dich der Feuerbefehl, ok?"

Thort war unsere zweite Verteidigungslinie und deckte uns von hinten mit der Beretta. Ich gab das Handzeichen für den Angriff. Eine Hand die eine Greifbewegung macht. Ich visierte den ersten Roboter an und schoss. Die Panzerung flog weg und der Roboter sandte Funken aus. Ich wechselte zu dem zweiten, während Amelie den Ersten beschoss und vernichtete. Die anderen Roboter kamen schnell näher. Ich war gerade dabei den Dritten zu beschießen, da musste Amelie nachladen. Sie machte das ziemlich zügig und schoss den zweiten Roboter ab. Ich vernichtete den Dritten, der bedenklich nahe gekommen war.

Thort rief von hinten „Achtung"!"

Einer der Roboter kam von der Seite, er musste sich um uns herumgeschlichen haben. Ich schoss mit der G3 und traf ihn, bevor die G3 leer war. Thort schoss ebenfalls, denn die Roboter auf dem Fußballfeld waren bedenklich näher gekommen.

„Die Pistole Amelie, nimm die Pistole."

Ich lud in fliegender Hast meine G3 wieder, der angeschossene Roboter nahm uns unter Feuer. Amelie hatte die Mauser 12 umgehängt und ihre Pistole gezogen, schoss aber nicht. Ich feuerte auf die beiden Roboter, die auf uns eindrangen und schrie zu Amelie

„zurück, ZURÜCK !!"

Sie krabbelte Rückwärts und ich schoss weiter auf die Roboter. Den angeschossenen konnte ich vernichten, dann erschien noch ein dritter Roboter und eine Drohne, die über uns kreiste und uns mit ihrer Schockwelle die Sicht nahm.

„Schieß doch verdammt," schrie ich Amelie an und musste wieder meine G3 nachladen.

„Ich kann nicht!" rief sie

„Sicherungshebel" rief ich zurück.

Während ich die G3 lud kam einer der Combatwölfe in schnellem Tempo gelaufen und sprang Amelie an. Ich hatte noch auf ihn geschossen, ihn aber nicht vernichten können. Ich hörte ein Geräusch wie ein Peitschenschlag, Amelie stürzte zu Boden und blieb zuckend liegen. Ich musste plötzlich gegen drei Combatwölfe kämpfen, die gefährlich nahe waren. Thort konnte nicht schießen, weil ich ihm im Weg stand. Ich hörte aber trotzdem die Beretta brüllen, offensichtlich nahm er die Roboter auf dem Fußballfeld unter Feuer. Die Drohne hatte er glücklicherweise abgeschossen, bevor sie einen Mucks von sich geben konnte.

Der Roboter der Amelie umgerannt hatte, wandte sich um und wollte offenbar die am Boden liegende Amelie beschießen. Ich gab ihm einen kräftigen Tritt, da ich die anderen Roboter in Schach halten musste. Ich gab einen schnellen Feuerstoß auf diesen Roboter ab und zerstörte ihn. Dann war meine G3 leer und es blieb keine Zeit zum Nachladen, denn die anderen drei Roboter nahmen uns unter Feuer.

Ich schulterte die G3, riss Amelie die Glock aus der zitternden Hand und wollte feuern, ich legte den Sicherungshebel um und spannte den Hahn. Dann feuerte ich auf die Roboter. Ich konnte sie beschädigen, doch sie schossen sich langsam auf uns beide ein, denn der Dreck spritze ziemlich nah vor Amelie und mir auf. Ich riss meine eigene Glock heraus und schoss beidhändig. Ein Roboter explodierte, die anderen beiden wurden schwer beschädigt und blieben einfach stehen. Das verschaffte mir Zeit, um Amelie am Kragen zu packen und sie aus der Schussbahn zu ziehen. Ich rief nach Thort der immer weiter feuerte. Er erkannte die Gelegenheit und vernichtete den Roboter der mich und Amelie unter Feuer nahm. Dann war ich bei Thort.

„Wir müssen zurück ins Haus," schrie ich. Nimm Amelie ich geb` dir Feuerschutz."

Ich lud beide Pistolen nach und feuerte wieder beidhändig, während wir uns zurückzogen. Thort griff die zuckende Amelie am Kragen und zog sie weg hinter mich.

Ich deckte die beiden, während Thort sich Amelie über die Schulter warf und sich in Richtung Haus zurückzog. Ich feuerte weiter, es waren immer noch vier Combatwölfe, die versuchten mich einzukesseln. Ich feuerte und beschädigte sie. Dann waren Thort und ich nah genug am

Haus. Thort wandte sich um und rannte ins Haus. Ich feuerte rückwärtsgehend auf die Roboter und konnte noch einen zerstören, dann war auch ich im Haus.

„Alles in Ordnung Thort, bist du verletzt?"

„Nein, aber Amelie hat es bös erwischt"

Sie lag immer noch zitternd am Boden ihre Augen starrten weit aufgerissen und starr an die Decke. Wir lagen im Wohnzimmer des Hauses am Boden, während die Querschläger über uns hinwegpfiffen. Ich untersuchte Amelie drehte sie auf den Bauch und wieder zurück. Dann fand ich einen hauchfeinen Draht, dünn wie ein Haar. Er steckte in einer kleine Sonde die mit Widerhaken ausgestattet war. Ich wollte es aus ihrer Uniform hinausziehen und bekam selbst einen heftigen Stromschlag. Ich riss ihre Uniformjacke auf und das Zittern hörte schlagartig auf.

Sie fiel in Ohnmacht. Ich hielt sie im Arm und sagte Thort was ich entdeckt hatte. Wir zogen ihr die Jacke aus. Ich horchte an ihrer Brust und hörte ihr Herz ziemlich schnell schlagen. An ihrem Hals fühlte ich auch ihren Puls. Thort half mir bei der Jacke plötzlich bäumte sie sich mit einem Aufschrei auf. Wir hatten sie mit der Jacke wieder berührt. Dann sank sie wieder zusammen. Thort untersuchte ihre Jacke und fand vier dieser feinen Drähte darin. Die Elektroden hatten sich durch die Jacke gebohrt und Kontakt zu Amelies Körper bekommen und sie damit außer Gefecht gesetzt. Ich gab Thort mein Halstuch, damit er die Elektroden herausziehen konnte. Er zuckte auch schonmal zusammen sagte aber nur

„Ihr verdammten Drecksäcke"

„Wie geht's ihr?" Fragte Thort.

Ihr Puls jagte nicht mehr so und ihre Augen flatterten. Das MG Feuer hatte sich einigermaßen gelegt als sie die Augen aufschlug.

„Ahhhh, Auaaaa, Ahhhhh," stöhnte sie und verzog ihr Gesicht

„Wo bin ich?" Fragte sie gequält.

„In dem Haus am Sportplatz" sagte ich ihr. „Du bist von einem Combatwolf angesprungen und außer Gefecht gesetzt worden. Es muss eine Art Taser gewesen sein."

„Was`n Taser?" Fragte Thort.

„Eine Waffe die elektrische Stromschläge austeilt, den Gegner lähmt. Das haben wir ja gerade gesehen. Das war eine Schüttellähmung," erwiderte ich Thort.

Amelie stöhnte leise in meinem Arm.

„Hast du Schmerzen?" Fragte ich sie, „kannst du dich bewegen?"

Sie versuchte die Hand, dann zog sie ein Bein an. Sie richtete sich auf und stöhnte leise. Ihr Gesicht war schmerzverzerrt.

„Es geht langsam wieder. Ich hab überall Schmerzen, so wie Muskelkater."

„Das sind die verkrampften Muskeln durch den Stromschlag," sagte ich ihr.

„Mir ist kalt," sagte sie. Ich gab ihr ihre Uniformjacke wieder zurück und half ihr hinein.

Thort spähte an der Haustüre.

„Wenn Amelie wieder kann könnten wir wieder zurück zum Bunker."

Wie sieht es aus Amelie. Geht es wieder, meinst du, du kannst laufen."

„Ja" sagte sie „Es wird schon gehen." Sie stöhnte leise.

„Ok gib mir die Mauser 12." Ich wollte ihr so viel Gewicht wie möglich abnehmen. Sie gab mir ihr Gewehr

„Hast du die Beretta schussbereit?" Fragte ich Thort

„Voll bis zum Kragenrand" antwortete er.

„Ok," sagte ich, lud meine G3 und spannte sie.

„Wenn alle bereit sind können wir einen Ausbruch wagen. Thort, du zuerst, dann Amelie, dann ich."

„Bin bereit," sagte Thort

Ich wandte mich zu Amelie um. Sie sah mich an und nickte. Thort lief los bis zur nächsten Deckung, dann winkte er.

„Los Amelie," sagte ich und klopfte ihr auf die Schulter.

Sie lief los und schaffte es bis zu Thort. Dann bedeutete ich Thort, dass er schon die nächste Station ansteuern sollte. Er lief los. Ich sah mich um und konnte keinen Combatwolf sehen, also lief ich auch los.

Ich sah Thort, der winkte.

„Lauf los!" sagte ich leise zu Amelie und sie lief los.

Dann mussten wir ein größeres, freies Stück Straße passieren. Die einzige Deckung waren zwei LKW die am Straßenrand abgestellt waren. Thort lief vor. Ich lief mit Amelie hinterher. Da hörte ich den Raubtierschrei eines Raptors, der rechts aus einer Einmündung kam. Seine Sensoren leuchteten im unheilvollen Rot, er hatte uns erkannt und war im Killmodus.

„Runter" schrie ich als wir auf der Höhe der LKW waren, doch Amelie lief weiter

„RUNTER!" brüllte ich und rannte schneller „RUNTER VERDAMMT!!"

Ich stieß sie von hinten um und fiel fast auf sie. Wir klatschten beide in eine große Wasserlache. Die Kugeln des Raptors pfiffen über uns hinweg. Thort nahm ihn unter Feuer und lenkte ihn damit von uns ab. Er gab mir damit Zeit unter den LKW zu kriechen. Ich robbte unter den LKW und neben Amelie, packte sie am Kragen und an ihrer Hose indem ich einfach unter den Bund griff und zog sie unter den LKW. Hier war die Wasserlache noch tiefer. Das Wasser war saukalt.

Amelie weinte leise „Auaaaahhh, Auuuaaaaah, Auuuuhhhh"

Ich sagte ihr, „bleib still liegen!"

Ich konnte sehen, dass Thort sich unter den anderen LKW verkrochen hatte. Ich sah nur die Beine des Raptors, der eine MG Salve in den LKW jagte. Ich angelte nach der Munitionstasche und zog sie hervor. Ich hatte noch eine Gaskartusche. Ich angelte nach ihr und fischte sie aus meiner Tasche. Dann zog ich die G3 unter mir weg. Sie war klatschnass.

„Hoffentlich funktioniert sie noch," dachte ich mir.

Ich robbte etwas vor, ohne den Raptor aus den Augen zu lassen dann schob ich die Gaskartusche auf die Straße, dem Raptor zwischen die Beine. Ich sah, dass er sich nervös hin und her drehte und Funken von ihm wegsprangen. Thort hatte ihn wohl beschädigt. Der Raptor spiegelte sich in der Wasserlache, so konnte ich ihn beobachten. Ich richtete mich unter dem LKW auf, soweit es ging, visierte die

Gaskartusche mit der G3 an. Der Schuss knallte und die nachfolgenden Explosion zerriss den Raptor.

„Los!" brüllte ich kroch unter dem LKW hervor.

Ich sah, einen Combatwolf die Straße runterlaufen. Ich gab eine Salve auf ihn ab und zerstörte ihn, dann half ich Amelie auf, die mittlerweile unter dem LKW hervorgekrochen kam. Sie stöhnte leise.

„Lauf los, lauf!" befahl ich ihr und sie lief los.

Eine Drohne kam zwischen den Häusern durchgeflogen. Ich nahm sie sofort unter Feuer und holte sie vom Himmel.

„Lauft zum Bunker!" brüllte ich wir hatten noch ca. 200m.

Thort rannte los und erreichte als erster das Gelände, ich war kurz hinter Amelie und sah mich immer wieder um. Als Amelie die Straße zum Bunker überquerte krachte wieder das Feuer eines Combatwolfs.

„LAUF WEITER!" brüllte ich hinter Amelie her, da sah ich wie drei Combatwölfe die Straße hinunterliefen.

Ich feuerte auf sie mit der G3 und zog mich Richtung Bunker zurück. Ich musste nachladen, Thort feuerte mit dem Schrotgewehr und vernichtete einen der Angreifer. Dann waren sie auf dem Hof vor dem Bunker ich konnte wieder feuern und deckte die beiden ein. Die Roboter drangen auf mich ein, ich hörte wie Thort feuerte und

„AU SCHEISSE!" brüllte.

Ich feuerte weiter auf die Roboter und lief schnell rüber zu Thort der immer noch stand, aber ein schmerzverzerrtes Gesicht hatte.

„Wo ist Amelie?" Fragte ich

„Drinnen" gab Thort zurück

„Dann rein mit dir."

Ich feuerte mit der G3 und konnte noch einen der Combatwölfe vernichten, dann war die G3 leer und ich wechselte auf die Pistole. Bevor ich selbst an der Bunkertüre war, konnte ich den Dritten schwer beschädigen. Dann war ich drinnen. Ich lehnte schwer atmend an der Wand. War nass bis auf die Knochen.

„Was ist Thort, bist du verletzt." „Ja am Bein unten, muß'n Querschläger gewesen sein. Ab auf die Krankenstation, du auch Amelie?" Sie stand weinend und mit hängenden Armen da. „Los ab mit euch!"

Beide trotteten zur Krankenstation. Ich konnte an Thort's Hose ein Loch erkennen. Ich setzte mich und hob Thort' s Bein auf meine Knie. Ich schob die Hose hoch und sah den fiesen Ratscher. Das Fleisch am Bein war auf Fingerlänge aufgerissen. Amelie assistierte mir, brachte Jod, Verbandsmaterial und Gaze Pads zum Abtupfen. Schnell hatte ich Thort's Wunde versorgt.

„Jetzt du Amelie, am besten ziehst du die Hose aus, du humpelst. Thort, hol bitte die College Schuhe für Amelie!"

Thort lief los. Ich zog ihr die Stiefel von den Füßen. Sie hatte beide Knie aufgeschlagen. Die Uniformhose hatte das schlimmste verhindert, aber sie hatte offene Platzwunden.

„Bist du umgeknickt?" Fragte ich sie.

Sie verneinte, ich tastete trotzdem ihre Fußgelenke ab. Dann reinigte und versorgte ich ihre Wunden. Ich ließ mir

ihre Hände zeigen, aber da waren nur ein paar kleine Ab-
schürfungen, wahrscheinlich von dem Sturz, als ich sie
umgestoßen hatte. Ich strich ihr Salbe darauf. Dann zog ich
ihr den Helm aus, den sie immer noch auf dem Kopf hatte.
Die tropfnasse Uniformjacke zog ich ihr ebenfalls aus. Sie
war genauso wie ich, nass bis auf die Knochen. Ich untersuchte ihren Kopf eingehend, ob sie was abbekommen
hatte. Ich konnte aber nichts finden. Ich bat sie das Hemd
etwas hochzuziehen.

„Du kannst dich mit dem Arm bedecken ich will nur
bis zu deinem Oberbauch sehen."

Sie willigte ein und zog das Hemd vorsichtig hoch.

Ich sah zwei rote Flecken auf ihrem Oberbauch. Ich untersuchte sie mit der Lupe, ob keine Splitter darin zurück-
geblieben waren. Ich strich ein wenig Wundsalbe darauf
und klebte ein kleines Pflaster darüber.

„Wenn du dich umdrehst ziehe ich das `emd ganz aus,
dann kannst du auch oben drüber nachsehen" sagte sie.

Ich drehte mich um, damit sie sich entblößen konnte.
Sie hielt einen Arm mit dem T-Shirt vor der Brust. Ich
konnte am Brustansatz zwei weitere dieser Flecken sehen.
Ich sah auch hier mit der Lupe nach und fand keine Splitter
oder sonstige Rückstände. Dann gab ich auch an diesen
Stellen Wundpflaster mit Heilsalbe darauf.

„Du kannst dich wieder anziehen."

„Kann ich reinkommen?" Fragte Thort.

„Einen kleinen Moment bitte, Amelie zieht sich gerade
an."

„Ihr könnt jetzt," sagte sie als sie sich wieder bekleidet
hatte.

Thort stellte ihr die Schuhe hin. „Hast du noch was Trockenes, sonst nimm dir ein T-Shirt von mir.

„Danke," piepste sie leise schlüpfte in die College Schuhe und ging.

„Is' mit dir alles in Ordnung?" Fragte Thort.

„Ich bin nur nass bis auf die Knochen."

„Dann is' ja alles nochmal gutgegangen," sagte Thort.

„Wie man's nimmt," sagte ich „Ich möchte heute nicht mehr darüber sprechen."

„Is gut Hell," sagte er.

Ich ging in den Schlafraum. Amelie saß auf ihrem Bett und schaute traurig vor sich hin. Ich nahm mir wortlos frische Unterwäsche und eine Trainingshose. Dann zog ich meine Stiefel aus und ging ins Bad. Ich brauchte nicht lange, denn ich wollte aus den nassen Klamotten raus. Amelie begegnete mir auf dem Flur und hielt den Blick gesenkt. Ich fühlte mich besser als in den nassen Klamotten. Ich wollte nur noch ein Bier und ein paar Zigaretten.

Mir war der Appetit vergangen, zu viel ging mir im Kopf herum. Während ich mich anzog kam Amelie wieder. Sie hatte sich auch nur ein wenig frisch gemacht und die nasse Unterwäsche gewechselt. Sie saß wieder auf ihrem Bett und schaute betrübt vor sich hin.

„Du solltest dich heute ins Bett legen Amelie," sagte ich zu ihr.

„Wir Jungs können uns selbst was zu essen machen. Wir können dir auch was machen, hast du einen Wunsch?"

„Nein, ich `abe keinen Appetit," sagte sie Ich ging zu ihr rüber. Sie sah mich mit bangen Augen an

„Ich `ab's vermasselt nicht?"

„Amelie, da möchte ich heute nicht drüber reden, morgen ok. Leg dich jetzt ins Bett du hast viel mitgemacht. Ich bringe dir was, wenn du möchtest."

Ohne widerstreben schlüpfte sie unter die Bettdecke.

„Und was machst du?"

„Ich trinke noch Bier rauche ein paar Zigaretten."

Ich nahm noch ihre Glock an mich, denn ich wollte die Waffen reinigen. Thort saß in der Kantine und hatte eine Bierdose vor sich stehen. Er war gerade damit beschäftigt die Beretta zu reinigen.

„Is'n gutes Mädchen," sagte er und streichelte die Waffe

„Ja das ist sie," sagte ich schmunzelnd. Ich nahm einen großen Schluck und machte mich daran die G3 auseinander zu bauen.

„Ist aber auch eine Bestie deine Bummse."

„Ja das ist sie, die kann was." „Du warst übrigens sehr gut heute, hast gut reagiert, Respekt," sagte ich.

Er lachte „Ja Hell, meinste"

„Ja sagte ich hob meine Bierdose und rief „Skål (schwed. Prost)" Wir stießen an, obwohl es eigentlich nichts anzustoßen gab, wir waren mal wieder mit dem Leben davongekommen.

„Wo is'n die Kleine?" Fragte Thort.

„Die habe ich ins Bett gesteckt," sagte ich.

„Hat alles versaut heute," sagte Thort.

„Ich möchte darüber jetzt nicht sprechen."

Thort merkte das mit dem Thema bei mir Schluss war und sagte nichts mehr. Er verabschiedete sich und ging ins Bett. Ich holte mir noch eine Dose Bier und rauchte noch eine Zigarette.

Verdammt haben wir Schwein gehabt, dass nicht mehr passiert ist. Das Amelie beim Schießen wieder versagt hatte ging mir nicht aus dem Kopf. Als ich ins Bett ging schlief Thort schon. Im Halbdunkel konnte ich erkennen, dass Amelie noch wach war. Ich legte mich ins Bett. Ich lag auch noch wach und konnte nicht schlafen. Da hörte ich Amelie leise schluchzen. Ich setzte mich auf und sah, dass sie sich die Bettdecke über den Kopf gezogen hatte. Ich ließ sie. Im Halbschlaf hörte ich sie noch leise schniefen.

25.Tag

Nach dem Frühstück bat ich die beiden in den kleinen Schulungsraum. Ich skizzierte am Whiteboard die Kampfsituation des Feuergefechtes am Sportplatz auf.

„Thort, du hast gut reagiert und die Combatwölfe auf Distanz gehalten, so konnte ich die Combatwölfe bekämpfen, die Amelie und mich einzukesseln versuchten. Amelie, ich frage mich immer noch, wie man es hinbekommt das man diese Waffe durchlädt,"

dabei hob ich meine Glock

„und vergisst den Sicherungshebel umzulegen. Das man nervös wird, wenn man in ein Gefecht gerät kann ich ja noch verstehen aber, dass du nicht in der Lage bist herauszufinden warum die Waffe nicht funktioniert das ist schon traurig. Diese Waffen sind so einfach konstruiert, dass jedermann in der Lage sein sollte sie zu bedienen."

Ich versuchte ruhig zu bleiben Amelie hielt ihren Blick gesenkt.

„Wie oft, Amelie habe ich dir das gezeigt nicht einmal, nicht fünfmal, zigmal. Das ist eine Bewegung, Spannen, Sicherungshebel runter und feuern."

Ich merkte das ich mich in Rage redete.

„Ich habe es aber nicht gesehen," widersprach sie mir „Die Waffe war einfach blockiert."

„Weil der verdammte Sicherungshebel nicht umgelegt war. Dadurch hast du uns beide in eine Situation gebracht, die tödlich für uns hätte ausgehen können. Du bist sogar von dem Combatwolf umgerannt worden. Was für mich selbst neu ist, dass sie eine Art Taser Funktion haben, die einen Gegner an den Boden reißt und mit einem Schlag außer Gefecht setzt, damit die anderen Gegner nachrücken und einen niederkämpfen können. Ich musste plötzlich vier Runner bekämpfen, wobei einer so nah war, dass ich ihn nicht sofort beschießen konnte, ohne dich zu verletzen," sagte ich an Amelie gerichtet.

„Ich habe ihn nur durch einen Tritt davon abhalten können dich direkt zu erschießen. Ich kann nicht auf jeden von euch aufpassen, wenn wir im Gefecht sind. Ich muss mich darauf verlassen können, dass ihr zumindest in der Lage seid euch selbst zu verteidigen. Amelie, der sichere Umgang mit Deiner Waffe ist deine Lebensversicherung, wenn du gefeuert hättest, wäre es nicht dazu gekommen, dass die Runner uns einkreisen. Sie verhalten sich wie Wölfe, sie stellen dich, sie kreisen dich ein und dann töten sie dich. Die warten nicht darauf, dass du deinen Sicherungshebel an der Waffe findest. Die bringen dich sofort um."

Ich hatte meine Stimme erhoben, jedoch vermied ich es sie anzubrüllen. Sie sah zu Boden und vermied es mir in die Augen zu sehen. Thort starrte vor sich hin.

" Und dann der Rückzug. Amelie, du warst ein absoluter Totalausfall, wenn ich sage runter! dann heißt es runter, und zwar sofort und auf der Stelle.

„Aber da war doch die große Wasserlache." Widersprach sie mir schon wieder.

Ich hieb mit der flachen Hand auf den Tisch, beide zuckten zusammen.

„Verdammt nochmal, wenn ich dich nicht zu Boden gerissen hätte, würdest du jetzt durchlöchert wie ein Schweizer Käse da draußen liegen."

Wenn ein Raptor auftaucht, dann ist nicht die Frage ob zwei Schritte weiter eine trockene Stelle ist. Dann heißt es RUNTER! selbst, wenn da ein Schlammloch oder ein großer Haufen Scheiße ist in dem man sich reinwirft. Das ist allemal besser als Sekunden später durchlöchert zu werden.

„Und dann noch was, wenn man schon eine Waffe in der Hand hat, dann benutzt man sie auch und schießt und am besten auf diesen Knilch, denn das bringt ihn wenigstens aus dem Konzept."

Ihr Gesicht lief rot an sie ballte ihre Hände zu Fäusten und Tränen liefen ihre Wangen hinunter. Sie schluchzte jedoch nicht. Thort starrte versteinert vor sich hin.

„Wir haben gestern eine Haufen Munition verballert für nichts, für wirklich nichts." Leute, das werden wir üben müssen. Wenn wir das nächste Mal da rausgehen, dann will ich sicher sein, dass jeder von euch seine Waffe hundert Prozent bedienen kann und hundert Prozent in der Lage ist einen Gegner niederzukämpfen."

Ich war zwar in Rage, aber ich vermied es immer noch zu brüllen. Dann sah mich Amelie plötzlich an. Ihr Blick verzweifelt.

„Ich will nicht mehr, dauernd schimpfst du mit mir, dauernd geraten wir in tödliche Gefahr und schaffen es nur so gerade in den Bunker." Ich will nicht mehr!" warf sie mir entgegen.

Dabei hieb sie mit ihren Fäusten auf ihre Oberschenkel. Ich holte tief Luft und sagte dann im ganz ruhigen Ton

„OK, gut, dann brauche ich mir den Mund nicht weiter fusselig zu reden und mich weiter über euer Unvermögen aufzuregen, dann bleibt ihr eben hier. Ich werde niemanden mitnehmen, der nicht Hundertprozent in der Lage ist, sich selbst zu verteidigen. Ich denke, das war es dann für heute."

Ich drehte mich herum, nahm die Glock von dem Lehrerpult und ging zum Ausgang. Ich hörte noch wie Thort auf Amelie losging

„Du blöde Zicke, musstest du ihm widersprechen, der reißt sich den Arsch auf und das Einzige was du fertigbringst ist nichts außer doofes Geplapper. Halt doch einfach den Rand und hör zu was er dir sagt und mach das auch, streng dich an!"

Ich hörte sie noch irgendetwas zetern, aber das interessierte mich nicht mehr, ich hatte die Nase voll etwas zigmal zu wiederholen, um festzustellen, dass es bei ihr links rein und rechts wieder rausging.

Ich ging in den Schlafraum, um mein Gepäck zu holen. Ich musste mich mit irgendetwas ablenken und so beschloss ich meine Waffen zu reinigen. Ich nahm alle Waffen und mein Reinigungsset, dann setze ich mich in den Gemeinschaftsraum an einen Tisch und zündete erstmal eine Zigarette an.

Mochten die beiden sich die Köpfe einschlagen, ich war es einfach satt mit denen in irgendeine Mission zu gehen und plötzlich in tödlicher Gefahr zu sein. Ich allein konnte mein Risiko für mich einschätzen und mich zurückziehen, wenn es zu brenzlig wurde.

Langsam kam mir der Gedanke, meine Sachen zu packen und allein weiterzugehen. So hatte ich vielleicht eher eine Chance als mit den Beiden. Ich könnte ihnen ja Hilfe schicken, wenn ich auf Militär oder andere Hilfskräfte stoßen würde. Und falls ich es nicht schaffe, waren sie wenigstens sicher. Auf der anderen Seite hatten sie allein eine Chance? War es richtig Thort, der sich die größte Mühe gab, mit ihr hier sitzen zu lassen? War das nicht irgendwie ungerecht? Amelie würde es allein nicht bis zur nächsten Straßenkreuzung schaffen. Ich gab ihr allein keine Chance.

Thort erschien im Raum. Er hatte zwei Dosen Bier in der Hand und stellte mir eine hin.

„Komm, trink mal einen," sagte er und setzte sich hin.

„Die doofe Zicke sitzt auf 'm Klo un' heult. Das kann sie am besten 'ne richtige Heulsuse, heult wegen jedem Scheiß vor allem wenn's mal eng wird. Ich kenn' sie ja schon lange, die war schon als Kind so. Musste immer nach ihrer Nase gehen, und wehe das war mal nicht so. Verzogene Göre reicher Eltern."

„Deine Freundin?" Fragte ich. „Neee, die Eltern waren immer auf Urlaub bei uns, meine Eltern ha'm ,ne Pension, da waren die immer auf Urlaub. Hab immer gespielt mit ihr als Kind. Ja und später hab ich sie schon mal mitgenommen. In die Disco nach Stora Vika weißte."

Ich nickte, dass ich ihn verstanden hatte, gab aber keine Antwort.

„Willste jetzt echt allein los, ohne uns?".

Das diese Frage kommen würde hatte, ich mir schon gedacht, so wie er auf sie losgegangen war, hatte er Angst mit ihr hier hängen zu bleiben. Ich hatte keine Lust mehr auf das Thema und sagte

„Thort, ich habe keine Lust mehr darüber zu reden, können wir das für heute lassen? "

Thort senkte den Blick und sah betreten auf den Tisch. Ich widmete mich meinen Waffen und schwieg. Thort rauchte seine Zigarette zu Ende dann stand er auf und ging. Kurze Zeit später kamen Amelie und Thort wieder. Beide hatten ihre Waffen und einige Dosen Bier im Arm die sie auf den Tisch stellten, dann setzten sie sich zu mir. Amelie saß mit gesenktem Kopf am Tisch. Sie versuchte ihre Glock auseinander zu bauen.

Sie hatte Mühe die Schlittensperre zu finden und sie herauszudrücken. Sie wagte es aber offensichtlich nicht mich zu fragen. Dann nach einigen Versuchen hatte sie den Schlitten gelöst und dann, pfffiooing, flog die Schlittenfeder durch den Raum. Sie hatte beim Auseinander bauen nicht aufgepasst und die gespannte Feder nicht vorsichtig genug gelöst.

Ich schob ihr wortlos meine Taschenlampe rüber und sagte

„Geh' sie suchen wir haben keinen Ersatz."

Ich hatte keine Lust mehr auf Diskussionen. Ohne Widerworte stand sie mit gesenktem Kopf auf und kroch auf dem Boden rum, um die Feder zu suchen. Ich würdigte sie keines Blickes. Nach einigem Suchen kehrte sie zum Tisch zurück und legte mir die Taschenlampe wieder hin. Dabei stützte sie sich mit einer Hand auf meiner Schulter ab als sie sich über mich beugte, um mir die Lampe wieder hinzulegen.

Sie putzte auf der Waffe rum, bis ich es nicht mehr mit ansehen konnte.

„Es reicht nicht, wenn du die Brünierung von der Waffe runterputzt, du musst sie innendrin saubermachen, da wo die Pulverrückstände sind."

Sie zuckte zusammen und sah mich erschrocken an. Ich warf ihr einen strengen Blick zu, denn das Reinigen hatte ich oft genug mit den Beiden geübt. Ich nahm meine Glock und baute sie für meine Begriffe langsam auseinander, was aber immer noch um einiges schneller war als sie es gemacht hatte. Ich zeigte ihr die Stellen, die gereinigt werden mussten. Wies sie noch einmal an, erst Öl drauf zu träufeln, einwirken zu lassen und dann mit einem zusammen gedrehten Lappen sauber zu machen.

Sie machte es nach und stellte sich dabei etwas geschickter an. Dann riet ich ihr noch, die Waffe mit etwas Öl ab zu reiben, damit sie nicht rostete. Ich arbeitete schweigend bis zum späten Nachmittag, denn ich hatte gesagt was ich zu sagen hatte. Ab und zu sahen Thort und Amelie verstohlen zu mir hinüber.

„Ich gehe was zu essen machen," piepste sie schließlich und verzog sich in die Kantine. Nach einiger Zeit kam sie wieder und sagte

„Kommt ihr essen."

Ich packte meine Waffen beiseite und ging hinüber in die Kantine. Amelie schöpfte mir einen Teller voll. Meistens war es irgendein Eintopf. Wir nahmen alles was es in den Dosen gab. Ich aß schweigend. Amelie saß mir gegenüber und schaute mich abwartend an. Ich beachtete sie nicht. Thort versuchte ein Gespräch, aber ich stieg nicht darauf ein. Es war eine seltsam gespannte Stimmung. Die Beiden beobachteten mich.

Nach dem Essen stand ich auf, ich hatte keine Lust auf die Gesellschaft der Beiden, ich wollte mit meinen Gedanken allein sein. Schließlich nahm ich mir die G3 und meine Glock. Ich ging zur Außentüre des Bunkers ich brauchte frische Luft. Bevor ich die Türe öffnete zog ich die Pistole. Durchladen und entsichern war bei mir eine Bewegung. Es wurde langsam dunkel. Die Luft roch salzig, denn das Meer war nicht weit. Ich sah keinen Feind. Ich lehnte die Türe an, damit ich schnell wieder in den Bunker reinkonnte, falls irgendwelche Roboter auftauchten. Ich entzündete eine Zigarette und deckte die Glut mit meiner Hand ab. Ich sah mich beständig um und hörte aber keine verdächtigen Geräusche.

Ich musste zu dem Sammelpunkt am Sportplatz, um herauszufinden wo die Überlebenden hin evakuiert wurden. Ich wollte ihre Spur auf jeden Fall verfolgen. Nach einiger Zeit ging ich wieder in den Bunker und verschloss die Türe sorgfältig. Ich brachte meine Waffen in den Schlafraum, nahm mein Badezeug und wusch mich.

Die beiden saßen noch im Gemeinschaftsraum. Ich setzte mich dorthin, um noch eine Zigarette zu rauchen. Denn wir hatten vereinbart, dass wir im Schlafraum nicht rauchen. Ich setzte mich in eine Couchecke. Und wandte mich von den Beiden ab. Aus den Augenwinkeln konnte ich sehen, dass Amelie immer wieder verstohlen zu mir hinübersah. Ich zündete mir eine Zigarette an, lehnte mich auf der Couch zurück und starrte blicklos auf die gegen-überliegende Wand. Ich sah dem wallenden Zigaretten-rauch hinterher.

Die Gedanken über mein weiteres Vorgehen kreisten immer weiter in meinem Kopf. Was sollte ich tun? Sollte ich tatsächlich allein weitergehen, oder sollte ich noch ein-mal einen Versuch mit den Beiden wagen. Ich hatte das Gefühl, dass die beiden gespannt auf eine Reaktion von mir warteten. Sollten sie ruhig schmoren vor allem Amelie.

Als meine Zigarette zu Ende war stand ich auf und ging.

„Gute Nacht," sagte ich leise als ich den Raum verließ.

Kurz darauf folgten mir die beiden. Ich hatte mich noch nicht für mein Bett fertig gemacht. Als ich mich in meinem Bett zudeckte sah ich Amelie auf ihrem sitzen. Sie schaute wieder ängstlich und verstohlen zu mir hinüber. Im halb dunkel konnte sie nicht sehen, dass ich noch wach war.

26. Tag

Wir trafen uns zum Frühstück. Ich wünschte einen gu-ten Morgen, dann nahm ich schweigend mein Frühstück ein. Ich hatte immer noch keine Lust auf die beiden und wäre am liebsten allein gewesen. Thort versuchte ein Gespräch aufzubauen, indem er fragte

„Was machen wir denn heute?"

Ich zuckte nur mit den Schulter, goss mir noch eine Tasse Kaffee ein und ging in den Gemeinschaftsraum. Ich wollte in Ruhe eine Zigarette rauchen. Ich konnte die Beiden reden hören. Konnte aber nicht verstehen was sie sagten. Es war mir auch egal. Ich überlegte einmal, die Lager durchzusehen und Bestand aufzunehmen was alles da war, ich wollte mich beschäftigen und ich wollte keine Gesellschaft der beiden ich wollte allein sein, um nachdenken zu können.

Ich brauchte den ganzen Tag. Thort kam einmal ins Lager und fragte, was ich machen würde. Ich sagte ihm, dass ich Bestand aufnahm, um genau zu wissen, was auf dem Lager ist. Wieviel Kraftstoff in den Tanks der Generatoren und wie viele Konserven vorhanden sind. Auch die Munitions-bestände erfasste ich. Bei ihm hatte ich das Gefühl, dass er Angst hatte, dass ich allein aufbrechen und die beiden zurücklassen würde im Uppeby Bunker. Er fragte mich

„du sachmal, sollen wir nich' mal üben, mit den Waffen, schießen und zielen."

„Thort ich habe keine Lust mehr darüber zu sprechen, für mich ist das alles sinnlos. Ihr braucht mich nicht zum Üben."

Thort sah betreten zu Boden

„Wir können zwar allein üben aber wir ham's nich so drauf wie du, du hast immer noch'n kniff weißte und ich möcht' das gerne lernen. Ich möcht' nich', dass du allein gehst, weißte."

„Thort, ich möchte nicht mehr darüber sprechen. Was ich zu sagen hatte habe ich gesagt."

„Aber, wir streng'n uns an, ehrlich"

„Thort, bitte," sagte ich und schaute ihn dabei streng an.

„Ich möchte nicht mehr darüber sprechen."

Er sah zu Boden und ich konnte merken, dass er nach irgendetwas suchte was er mir sagen konnte. Ich wusste, dass er mich umzustimmen versuchte. Aber es war vielleicht das beste, in dem Punkt hart zu bleiben. Vielleicht würden sie es irgendwann verstehen. Als ich ihm keine Antwort mehr gab, verzog er sich mit hängenden Schultern. Als er weg war setze ich mich auf eine Kiste.

Er tat mir leid, er hatte sich wirklich angestrengt und wenn ich ihm noch ein paar Kniffe beibrachte, dann wäre er ein guter Kampfgefährte. Aber Amelie, sie war das schwächste Glied in der Kette. Wenn ich sie mitnehmen würde, dann könnte ich für nichts garantieren. Sie würde Thort und mich in Gefahr bringen, weil sei einfach nicht aufpasste, zu ungeschickt war. Ich wollte mir nicht vorwerfen lassen, jemanden in einen tödlichen Kampf geführt zu haben der nicht mal in der Lage war sich selbst zu verteidigen. Diese Last war mir einfach zu groß.

Gegen Abend ging ich wieder zurück. Als ich an der Kantine vorbeikam, saßen die beiden am Tisch. „Komm, was Essen!" rief Amelie. Sie schöpfte mir freundlich lächelnd einen Teller voll. Ich bedankte mich bei ihr und aß schweigend. Die beiden sahen mir zu.

„Soll ich beim Abwasch helfen?" Fragte ich als ich meinen Teller geleert hatte, denn ich wollte mich nicht drücken und ich wollte nicht das dies an Amelie allein hängenblieb.

„Nein," sagte sie, „die drei Teller sind keine Arbeit." Sie lächelte freundlich.

„Ok" sagte ich, stand auf und ging.

In der Dusche ließ ich das warme Wasser auf mich niederprasseln und wusch mir den Staub vom Lager runter. Ich überlegte, mich nochmal anzukleiden und mich mit einer Dose Bier in den Gemeinschaftraum zu setzen. Ich konnte der Gesellschaft der beiden kaum ausweichen es sei denn ich verzog mich in eins der Lager. Ich entschied mich für ein Lager, saß dort auf einer Kiste und trank eine Dose Bier, rauchte und hing meinen Gedanken nach. Als ich zu Bett ging, schlief Thort bereits. Amelie saß auf ihrem Bett und sah zu mir hinüber als ich mich für das Bett fertig machte. Ich wünschte ihr eine Gute Nacht dann schlüpfte ich unter die Decke und schlief ein.

27. Tag

Ich wachte auf. Die anderen waren schon weg. Ich sah in der Kantine nach. Beide saßen am Tisch. Ich wünschte Guten Morgen, nahm mir etwas zu essen und goss mir Kaffee ein. Beide saßen mit hängenden Köpfen am Tisch und sahen verstohlen zu mir hinüber. Die Stimmung war wieder gespannt.

„Bist du heute wieder im Lager?" Fragte Amelie.

„Ja," antwortete ich knapp.

„Was machst du dort?" Fragte sie.

„Bestand aufnehmen." Antwortete ich wieder knapp.

„Können wir nicht nochmal zusammen einen Versuch mit dem Sportplatz machen?" Fragte Amelie.

Ich stand auf und ging wortlos. Die war wohl plemm-plemm, mit den Beiden würde ich keine Aktion mehr unternehmen, das war mir einfach zu gefährlich.

Ich nahm weiter Bestand im Lager auf. Die beiden ließen mich in Ruhe, offensichtlich hatten sie es verstanden, dass ich nicht mehr wollte. Der Gedanke allein weiterzugehen, nahm immer mehr Gestalt an und schien mir immer plausibler zu werden. Was die beiden machen würden, wenn ich mich auf den Weg gemacht hatte, war deren Sache.

Insgeheim hoffte ich jedoch, dass sie etwas unternehmen würden, um mir zu zeigen, dass sie an sich arbeiteten.

Am Nachmittag nahm ich mir meinen Rucksack vor. Ich legte alle Sachen raus und machte Bestandsaufnahme. Die beiden nahmen das wohl argwöhnisch zur Notiz, aber keiner wagte es mich darauf anzusprechen. Ich dachte, dass sie sich mit dem Gedanken vertraut machten, dass ich gehen würde. Nach dem Abendessen ging ich wieder duschen, diesmal setzte ich mich in den Gemeinschaftsraum. Ich hatte mehrere Radios im Lager gefunden. Sie hatten alle ein Kassetten Teil. Ich suchte eine Kassette mit QUEEN und einigen anderen Pop Bands aus. Ich schaltete das Radio ein und stellte es nicht zu laut.

Vielleicht mochten die beiden nicht meinen Musik-geschmack.

„Eiiij dreh' mal lauter," sagte Thort. „Geile Mucke, Queen"

„Ich mag auch Queen" sagte Amelie

Sie hatte sich auf die Couch mir gegenüber gesetzt, hatte die Beine angezogen und ihren Kopf auf die Knie gelegt. Sie sah zu mir hinüber. Ich saß vornübergebeugt, meine Ellbogen auf meine Oberschenkel und meinen Kopf in meinen Händen gestützt. Ich hörte schweigend der Musik zu, rauchte meine Zigarette und trank Bier.

Nach einer Weile stand Thort auf und sagte

„Ich geh' ins Bett, ist mir zu laut hier."

Natürlich hatte er das ironisch gemeint, weil er es wahrscheinlich satthatte, dass keiner mehr ein Wort sprach. Amelie blieb sitzen und fixierte mich.

Freddie Mercury hauchte „You take my breath away". Ich entzündete noch eine Zigarette und leerte meine Bierdose. Amelie stand auf ich konnte sehen das sie nicht rechts abbog zum Schlafraum, nein sie bog links ab. Kurze Zeit später kam sie mit zwei Bierdosen in der Hand wieder. Sie kniete sich neben mich auf die Couch und hielt mir eine Dose hin, ich nahm sie und bedankte mich.

Nachdem ich sie geöffnet hatte, trank ich einen Schluck. Ich holte meine Zigarettenpackung hervor und bot auch Amelie eine an. Sie nahm sie und zündete sie selbst an. Ich rauchte schweigend. Dann blies sie mir plötzlich in die Haare und ordnete mir sanft mit ihren feinen Fingern die Strähnen. Ich sah mich zu ihr um.

„Was ist mit Dir `elldiver?" Fragte sie mich. Sie hauchte es eher.

Sie sah mir in die Augen.

„Liebst du irgendjemand, ein Mädchen." Ich schüttelte den Kopf

154

„Nein" antwortete ich und wollte mich schon abwenden.

Freddie Mercury hauchte sein „Love of my live "

„Solche eine Musik hört man eigentlich nur, wenn man Liebeskummer hat," sagte sie und sah mich mitleidig an, so als wollte sie mich trösten.

„Ich habe keinen Liebeskummer, ich mag nur die Musik."

„`ast du schon mal eine Freundin gehabt?"

„Nicht wirklich, ich habe mich nicht dafür interessiert. Wenn du da lebst, wo ich lebe hast du auch nicht viel Gelegenheit. Vielleicht nach dem Studium. Vielleicht mach ich mich dann mal auf die Suche."

„Ich `atte schonmal einen Freund, aber nichts festes." sagte sie.

„Meine Maman will mich immer nur mit irgendwelchen Fifis zusammenbringen. Alles reiche Söhnchen, die dicke Autos fahren vom Geld ihrer Eltern leben und sich spreizen wie ein Pfau. Die mag ich nicht.

Thort ist eigentlich ein ganz Lieber. Er ist zwar nicht besonders intelligent aber ein guter Kerl. Er ist wie ein Bruder, weißt Du. Auch wenn er mich ständig zankt. Das haben wir schon als Kinder getan.

Dich mag ich. Auch wenn du in letzter Zeit viel mit mir geschimpft `ast. Du bist etwas Besonderes. Du bist so verschlossen, so konzentriert, Du weißt, wovon du sprichst. Du `ast einen Plan. Du gibst Sicherheit. Frauen mögen das." Sagte sie lächelnd.

Sollte das jetzt hier eine Anmache werden, so trallala, Zwitscher, Zwitscher? Dachte ich mir. Doch so wie sie es sagte und mich dabei ansah gab sie mir zu verstehen, dass sie das Gesagte ernst meinte.

„Magst du mich vielleicht nicht?" Fragte sie

„Nein, das hat alles nichts mit dir oder deiner Person zu tun. Es ist die Scheiß Situation, in der wir sind. Ich kann die Verantwortung nicht übernehmen, euch in Gefahr zu bringen.

„In deine Gedanken möchte ich gerne sehen" hauchte sie mir wieder entgegen.

Sie war etwas näher an mich herangerückt und spielte mit einer meiner Haarsträhnen. Sie tat dies sehr sanft.

„Du bist gern allein?" Fragte sie, ihr Blick war seltsam warm.

„Ja, schon, dass hat selbst mein Vater schon oft genug gesagt. Er meint ich soll mal öfters unter Leute gehen."

„Du bist ein Loup solitaire (franz. einsamer Wolf).

Ich sah sie fragend an.

„Ahh, das ist ein einsamer Wolf," übersetzte sie lächelnd.

„Vielleicht bin ich das."

„Loup solitaire" hauchte sie schon wieder es ging mir durch und durch.

„Unter dem Wolfspelz versteckt sich bestimmt ein ganz lieber Mensch, den würde ich gerne kennenlernen," sprach sie sanft.

Ihre französische Klangfarbe ging mir dabei wieder durch und durch.

Im Radio sang Brian Ferry „Jealous Guy" Sie nahm mir die Zigarette aus der Hand, sprang von der Couch und zog mich hoch.

„Komm, tanzen. Ich liebe Roxy Music"

Ich ließ mich widerwillig in die Mitte des Raumes ziehen. Ich legte meinen Arm um ihre Hüfte, nahm ihre linke Hand leicht in meine und wollte den Höflichkeitsabstand halten. Sie sah mich fragend und erwartungsvoll an, dann schmiegte sie sich näher an mich legte ihre linke Hand auf meine Schulter und ihren Kopf an meine Brust. Sie sah mich an, von ihrem weichen Körper und ihren Augen ging eine seltsame Wärme aus, die mich durchströmte. Dieses Gefühl war vollkommen neu für mich, diese Nähe. Sie lächelte glücklich und sah mich immer wieder an. Für einen Moment stellte sich so etwas wie Normalität ein. Wäre dieser Moment in einer anderen Zeit an einem friedlicheren Ort gewesen, ich glaube ich hätte alles dafür gegeben.

Sie ließ sich leicht wie eine Feder führen. Wir tanzten, als hätten wir das schon immer getan. Als das Lied zu Ende war kam „Oh Yeah," ebenfalls von Roxy Music.

„Bitte tanz weiter, das ist so schön" hauchte sie zärtlich und strich mir mit den Fingern ihrer linken Hand sanft über mein Gesicht.

Ich fühlte mich wie vom Blitz getroffen. Sie hatte recht, es war schön dieses zarte Mädchen im Arm zu halten und sich sanft mit ihr im Tanz zu wiegen. Ich zog sie etwas fester an mich heran. Sie quittierte das mit einem glücklichen Lächeln und einem sanften Blick ihrer fast schwarzen Au-

gen. Ihr Mund war leicht geöffnet. So als wenn es eine Aufforderung war sie zu küssen. Ich wagte es nicht. Ich wollte
diesen Moment nicht zerstören. Als die Musik zu Ende
war blieb sie noch einen Moment in meinem Arm, dann
hauchte sie mir einen Kuss auf die Wange.

„Komm wir gehen schlafen sagte sie" und zog mich
hinterher.

Hand in Hand gingen wir zum Schlafraum. Als sie an
ihrem Bett ankam berührte sie noch einmal sanft mein Gesicht und küsste mich nochmal auf die Wange

„Gute Nacht" hauchte sie mir ins Ohr.

Dann gingen wir in unsere Betten. Ich lag noch lange
wach.

28. Tag

Als ich am nächsten Morgen erwachte, waren die anderen schon auf. Amelie erschien in der Tür.

„Kommst Du Frühstücken?"

„Ja, sofort sagte ich gähnend."

Ich zog mir schnell was über und ging in die Kantine.
Es roch irgendwie anders als sonst. Sie ging federnd vor
mir her und sagte

„Ich habe Quiche Lorraine gemacht, dank deiner Lagerliste habe ich Trockeneipulver und Milchpulver gefunden.
Zwiebeln und Speck waren noch in der Speisekammer."

Thort saß am Tisch und lachte freundlich. Er stand auf
und goss mir Kaffee ein, während Amelie mir ein Stück

der lecker duftenden Quiche auf den Teller legte. Irgendwie wurde ich das Gefühl nicht los, dass die beiden etwas vorhatten.

„Wieso habe Ich das Gefühl, dass hier irgendeine Verschwörung im Gang ist," sagte ich.

„Wir woll'n dir was sagen" sprach Thort

„oder vielmehr was zeig'n. Amelie zeig es ihm" Amelie lächelte.

Dann sprang sie auf zog ihre Glock, lud sie durch entsicherte sie und schoss in eine Ecke des Raumes. Dort stand hochkant eine Holzkiste, auf der mit Kreide ein Combatwolf aufgemalt war. Sie hatte zweimal darauf abgefeuert und getroffen. Die Einschüsse waren am Tank des Combatwolfs. Sie hatte das in einer katzenhaften Geschwindigkeit gemacht, die ich ihr nie zugetraut hätte. Ich war überrascht. Dann entlud sie die Waffe so sicher, als wenn sie nie etwas anderes gemacht hätte.

„Na, Alter hat ,se das nicht toll gemacht?"

Sagte Thort lachend. „Ich hab' ihr die Hosen strammgezog'n"

„`ast du nicht" antwortete Amelie frech.

„Hab ich doch."

„An meinen `intern kommst Du eh nie ran," raunzte sie zurück.

Thort schnitt ihr eine Grimasse, sie streckte ihm die Zunge raus.

„Schluss jetzt," sagte ich und schlug mit der flachen Hand auf den Tisch.

„Gib mir deine Waffe Amelie."

Sie schaute mich verwundert an und schob sie über den Tisch. Ich nahm das Magazin heraus, entlud die Waffe, drückte noch fünf Patronen aus dem Magazin und legte die Sachen wieder auf den Tisch. Dann setzte ich meine Stoppuhr auf null und sagte zu ihr,

„aufmunitionieren, laden, entsichern und feuern. In dreißig Sekunden. Ab jetzt."

Sie nahm das Magazin und die Patronen steckte eine nach der anderen ins Magazin. Dabei war sie sehr flink, dann schob sie das Magazin in die Pistole, lud sie durch, entsicherte und schoss zweimal wieder auf die Kiste. In der Zeit waren 22 Sekunden vergangen. Ich war beeindruckt. Thort lachte,

„Was Alter, haste gesehen, war das nicht toll, unsere A-melie?"

Mir fiel auf das er sie nicht mehr „Zicke" nannte.

„Ich bin beeindruckt," sagte ich.

„Wir haben ganz viel geübt. Amelie hat sich richtig angestrengt und guck mal."

„Amelie, halt mal die Waffe, als wenn du zielen willst."

Amelie nahm lächelnd die Waffe hoch und zielte in den Raum. Sie hielt sie ganz ruhig, ohne zittern. Ich nickte anerkennend.

„Alle Achtung," sagte ich.

„Ich hab' mit ihr Krafttraining gemacht und zielen und laden und das ganze Zeugs geübt un' sie hat sich echt angestrengt."

„Das sehe ich." Amelie sah mich flehentlich an

„Würdest du nochmal einen Versuch mit uns wagen `elldiver, bitte, bitte."

So wie sie es sagte und wie sie mich dabei ansah, schmolz mein Widerstand wie ein Stück Butter in der heißen Bratpfanne, sie hatte es echt drauf.

„Dann würde ich sagen, lassen wir diese leckere Quiche nicht kalt werden, machen anschließend klar Schiff und dann sehen wir uns im Schulungsraum."

„Jaaaaaaaaa!" ein gemeinsamer Aufschrei ertönte von den Beiden.

Amelie kam um den Tisch gelaufen, umarmte mich von hinten und drückte mir einen Kuss auf die Wange. „Merci, merci, merci" (franz. danke) sagte sie lachend.

„Na bedank dich bei Thort, er hat mit dir geübt," sagte ich.

Sie lief zu Thort hinüber, umarmte ihn und küsste ihn auf die Wange. Er war sichtlich gerührt.

Als wir die vorzügliche Quiche Lorraine vertilgt und fertig mit Frühstück waren, bat ich Thort alle Waffen und meinen Rucksack in den Schulungsraum zu bringen. Amelie fragte mich, ob sie mich sprechen könnte. Ich räumte mit ihr zusammen das Geschirr ab und begann es zu spülen. Amelie nahm sich ein Handtuch, um abzutrocknen.

„`elldiver, ähm wolltest du wirklich ohne uns aufbrechen? Allein weiterziehen?" Fragte sie mich und sah mich dabei fragend an.

„Offengestanden, ich hatte in den letzten Tagen sehr intensiv darüber nachgedacht. Ich hatte diese Möglichkeit in

Erwägung gezogen. Es wäre aber unfair Thort gegenüber gewesen. Ich hätte ihn schon gebeten, bei dir zu bleiben. Ich hatte aber auch im Stillen darauf gehofft, dass ihr euch zusammenraufen würdet."

Amelie öffnete den Mund

„Aaaach, du `ast damit gerechnet, dass sowas wie `eute passieren würde," sagte sie staunend und ungläubig.

„Ich hatte nicht damit gerechnet, aber darauf gehofft. Ich habe mir gedacht nach dem Arschtritt den ich euch verpasst hatte, dass ich euch und vor allem du, dich zusammenreißen würdest. Ich hatte auf den Gruppendruck gehofft."

Sie bekam vor Staunen ihren hübschen Mund nicht mehr zu. Sie lachte und schlug leicht mit dem Handtuch nach mir

„Ohhhh, du Filou (franz. Gauner). Da `ast du uns schmoren lassen.

„Hmmmm" sagte ich lächelnd. „Ich hätte euch nicht allein gelassen, ohne euch klar zu machen, welche Konsequenzen es für euch gehabt hätte. Ich hätte vorher schon noch einen Versuch gemacht. Sie lachte und schlug nochmal mit dem Handtuch nach mir

„Du bist ein Filou, aber ein lieber."

Sie sah mich lachend an. Dann sagte sie

„Thort war schon sehr enttäuscht als du ihm gesagt `attest das du nicht mehr mit uns trainieren wolltest. Er `atte große Angst davor, dass du allein weitergehen würdest. Bis gestern sah es ja wirklich so aus. Er `at vorgestern sehr mit mir geschimpft. Ich seh' es ja auch ein, was du gesagt `ast, du `attest in allem Recht."

„Das ist gut, dass du das einsiehst, dass ich niemanden auf eine Mission mitnehmen kann, der nicht in der Lage ist, sich selbst zu verteidigen. Wenn wir da hinausgehen, dann lauert hinter jeder Ecke, in jedem Gebüsch der Tod. Ich hätte diese Verantwortung nicht übernehmen wollen. Ich möchte keinen in tödliche Gefahr bringen. Es wäre immer ein Risiko gewesen, ohne die Kenntnisse und Fertigkeiten. Ich habe nur mit dir geschimpft, um dir klar zu machen, wie wichtig es ist gewisse Dinge zu tun oder zu können."

Sie nickte und trat näher an mich heran.

„Ich `abe mich nicht getäuscht" sagte sie und sah mir in die Augen.

„Ich `abe immer gefühlt das unter dem zotteligen Wolfspelz ein lieber Mensch steckt. Du `ast mir gestern einen winzigen Blick unter diesen Wolfspelz geschenkt und da `abe ich diesen Menschen gesehen."

Sie hob die Hand und streichelte mir über die Wange

„Sei nicht immer so ein einsamer Wolf"

Sie stand nah vor mir und sah mich mit einem süßen Lächeln an. Sie stellte sich auf die Zehenspitzen und küsste mich zärtlich auf die Wange. Dann strich sie mir noch einmal sanft mit der Hand darüber. Ich war wie versteinert und konnte nichts sagen, ich war einfach zu überrascht. Sie nahm mir lächelnd den Teller aus der Hand und ging zum Geschirrschrank. Dann warf sie mir noch einmal einen Blick über die Schulter zu. Ihre Augen leuchteten dabei wie Sterne.

Wir gingen hinüber zum Schulungsraum. Ich setzte nochmal an der Stelle an, wo ich vor ein paar Tagen aufgehört hatte. Ich erläuterte noch einmal den Ablauf des Gefechtes und die Fehler die wir gemacht hatten, ohne jemanden persönlich anzugreifen. Ich arbeitete gemeinsam aus den Erkenntnissen die wir gewonnen hatten mit den Beiden eine neue Strategie aus. Wir wollten demnächst in einer V-Formation angreifen, wobei Amelie unsere zweite Linie bilden sollte. Thort und ich würden vorgehen und Amelie sollte zunächst aus dem Hintergrund die Combatwölfe wegsnipen und wir würden dann frontal angreifen und Amelie gegebenenfalls schützen.

Am Nachmittag hielt ich nochmal ein Schießtraining ab. Ich wollte Amelies Schießkünste nochmal genauer unter die Lupe nehmen. Sie meisterte die Übungen die ich ihr auferlegte mit Bravour. Sie schoss sehr treffsicher. Ich hatte aus einem zerstörten Scorpion und ein wenig Schnur ein Übungsziel hergestellt, es überraschend mit der Taschenlampe angeleuchtet und mit der Schnur gezogen. Amelie schrie zwar mal kurz auf, beschoss das Ziel und traf es.

Ihr Gesicht glühte und sie strahlte richtig als ich sie lobte. Am späten Nachmittag verzog sich Amelie in die Dusche und ich ging mit Thort in den Kraftraum. Ich fand, dass ich auch ein wenig Training vertragen könne und Thort der geeignete Coach wäre. Er lebte richtig auf als er mir ein Workout zusammenstellte, wir trainierten, bis uns der Schweiß runterlief. Thort hatte einen sehr muskulösen Körper und einen gewaltigen Bizeps. Ich hatte zwar einen Sixpack Bauch, aber meine Arme waren nicht so kräftig.

„Sag mal Thort, was hat du eigentlich mit Amelie in den letzten Tagen gemacht?" Fragte ich ihn in einer Trainingspause.

„Ich habe mir fast die Zähne an ihr ausgebissen, um ihr das Schießen mit einer Pistole beizubringen. Du hast zwei

Tage gebraucht und sie kann es plötzlich, da ist doch was faul?"

Thort lachte ein wenig und sagte,

„Ja sie ist schon ein kleiner Sturkopf, und eigensinnig isse, was sie nicht will, dass will sie nicht. Sie hat sich gesträubt, weil sie gedacht hat sie könnte dich umstimmen un' zum Hierbleiben überreden. Eigentlich ist sie ja gewöhnt, dass ihr die Kerle aus der Hand fressen. Das hätt'ste mal sehen sollen in der Disco in Stora Vika. Wenn die sich schick macht dann is' sie ja e'n richtiger Schuss. Die hat die Typ'n der Reihe nach abperlen lassen, `ne richtig arrogante Zicke. Na ja, bei dir ist das was anderes. Sie hat ja Angst vor dir gehabt, als du so auf sie losgegangen bist nach dem Schießunfall. Das war ja auch ganz schön frech was ,se da von sich gegeben hat. Ich glaub ich hät' ihr direkt eine geschmiert aber, naja das machen wir nicht.

Als du nich zum Essen gekommen bist war sie geknickt und hatte richtig Schiss, dir nochmal unter die Augen zu komm', ich hab ihr aber gesacht, dass sie mit dir sprechen muss. Die hatte schon gewaltig Schiss gehabt, weil du so aufgebracht warst und weil sie als Kind so viel Prügel gekricht hat. Ich war einmal mit ihr in der Nacht ausgebüchst, in die Disco nach Stora Vika. Ihre Alte hat was gemerkt und sie hat schlimme Prügel gekricht.

Die Mutter von ihr ist ein Drachen, so`n richtiger Satan. Hat die Kleine immer geprügelt, nur wenn `se den Mund aufgemacht hat. Sie sollte sich nich mit'n einfachen Jungs rumtreiben. Wär nich' standesgemäß. Naja, aber als du mit ihr ans Meer gegangen bist und gemerkt hast, dass was mit ihr nich' stimmt und wie du ihr zugehört hast und das mit der Augenhöhe was du ihr gesacht hast. Das fand sie toll und auch die Übung weiste, mit dem Vertrau'n, das war schon irre, die hat richtig von dir geschwärmt. Das tut s'e sonst nie. Ich hab's noch nich erlebt und ich kenn sie schon lange.

Ja un wie du einfach den Unterricht abgebroch'n hast un uns tagelang ausgewich`n bist. Un auch noch gesacht hast, dass du uns nicht mehr trainieren wolltest. Da is sie schon nachdenklich geworden. Sie hat mir erzählt was du zu ihr gesacht hast mit dem Widerstand unso. Weisste, ich will mit dir mitgehen un' auch meine Leute finden un, wenn du'n Widerstand mit vielleicht noch'n paar Typen machst, da will ich dabei sein un mit dir kämpfen.

Sie hat wohl gemerkt, dass sie zwei Leuten die Tour vermasselt, Ja un' als du einfach vom Frühstückstisch aufgestanden un' abgehau'n bist, da war sie richtich traurig. Da hat sie `s mit der Angst zu tun gekricht un hat geübt wie bekloppt. Das hat s'e ja vorher schon Die hat mich richtich angefleht, dass ich mit ihr übe un en bisschen Krafttraining mache.

„Ich glaub's nicht," sagte ich kopfschüttelnd.

„Dann hat der Gruppendruck doch gewirkt, hätte ich nicht gedacht," sagte ich.

„Hast du damit gerechnet, dass sie es sich überlegen würde?"

„Nein, gehofft…, hätte aber auch daneben gehen können."

Amelie hatte in der Küche ein leckeres Abendessen zubereitet und als wir fertig waren sagte sie schelmisch lächelnd.

„Ich `ab' noch eine Überraschung für euch."

Sie ging lächelnd in die Küche und kam mit einem Tablett wieder. Sie hatte für uns alle eine Portion Erdbeeren mit Schlagsahne vorbereitet. Wir applaudierten.

„Die `abe ich durch `elldivers Lagerliste gefunden und auch die Schlagsahne. Ich `ätte sonst nie gewußt, dass `altbare Sahne auf dem Lager ist."

Es herrschte eine fröhliche und entspannte Atmosphäre, obwohl uns noch ein harter Einsatz bevorstand.

29. Tag

Wir gingen nach dem Frühstück noch einmal alles durch. Wir reinigten unsere Waffen. Ich verteilte Munition und ließ das Kampfgepäck zusammenstellen. Ich ging zusammen mit ihnen zu dem Haus am Meer und wir setzten uns auf dem Balkon in die Sonne, tranken eine Dose Bier, die ich für jeden im Gepäck hatte. Wir genossen das Licht und die Luft.

30. Tag

Wir machten uns bereit. Heute wollten wir einen zweiten Versuch wagen und noch einmal die Baracken am Sportplatz erstürmen.

An der Bunkertüre nahmen wir Aufstellung und rückten ab. Bis zu dem Haus, was wir schon als letztes als Basis genommen hatten ging alles glatt. Wir spähten den Sportplatz aus. Ein Raptor hatte sich dazu gesellt. Wir verständigten uns darauf, dass Thort und ich den Raptor zerstören würden. Amelie sollte aus der zweiten Reihe die Combatwölfe unter Feuer nehmen.

Nachdem wir den Raptor zerstört hätten würden wir uns dann ebenfalls um die Combatwölfe kümmern. Wir gingen in Position und legten los. Thort und ich beschossen den Raptor. Der explodierte, bevor der überhaupt merkte, was los war. Wir entfesselten ein Inferno auf dem Sportplatz und ein Combatwolf nach dem anderen explodierte. Einige davon gingen auf Amelies Konto. Als wir weiter zu den Baracken vordrangen ging sie versetzt hinter mir und feuerte verbissen. Als ich hörte, wie sie ihre Glock hinter mir durchlud, drehte ich mich kurz um und sie lächelte mich an.

Ich sah sogar, wie sie den Sicherungshebel an der Waffe umlegte. Dann kämpften wir weiter. Eine zweite Welle mit sechs Combatwölfen kam über den Sportplatz gelaufen. Ich drehte mich zu Amelie um und sagte ihr sie solle zu den Baracken vorlaufen, sie öffnen und alles an sich nehmen, was wichtig sein könnte.

Thort und ich bekämpften die Combatwölfe. Thort feuerte mit der Schrotflinte und ich mit meiner G3. Kurze Zeit später standen wir zwischen den rauchenden Trümmern der Roboter. Wir untersuchten den Sportplatz, wir fanden eine Karte und Aufzeichnungen eines Funkers. Dazu fand ich noch einiges an Munition. Eine Glock Pistole und ein weiteres Automatgevär 4. Ich munitionierte es auf, machte einen Probeschuss damit und gab es an Thort weiter. Ich erklärte ihm kurz wie die Waffe funktioniert und gab ihm noch einige Magazine zum Wechseln und steckte ihm das Stahlmagazin in die Tasche.

Ich nahm mir sogar die Zeit mit ihm den Magazinwechsel und das Durchladen zu üben. Thort begriff sehr schnell und freute sich über die neue Waffe. Wir beuteten die Roboter aus, dann machten wir uns auf den Rückweg. Amelie snipte noch einige Combatwölfe und ein Raptor legte auch einen skurrilen Tanz vor unseren Gewehrmündungen hin.

Thort hatte Riesenspass. Auch Amelie schrie nach jedem Treffer, wenn sie einen Combatwolf zerstörte laut „Jaaaaa!!!". Sie hatte Blut geleckt. Wir gingen wie eine Feuerwalze durch den Ort. Nichts konnte uns aufhalten.

Als wir wieder unversehrt am Bunker ankamen klatschten wir gemeinsam ab. Thort rief erfreut „denen haben wir es gezeigt die Blechbüchsen ham wir plattgetreten." Nach dem Abendessen setzten wir uns in den Gemeinschafts-raum. Wir dezimierten die Bierbestände des Bunkers und feierten ausgelassen. Die Wände des Uppeby Bunkers zitterten von den Rhythmen von Nirwana, AC/DC und Deep Purple.

31. Tag

Wir wachten alle ein wenig verkatert auf. Nahmen unser Frühstück ein. Dann bat ich alle nochmal in den Schulungsraum. Ich erläuterte noch einmal den Kampf am Sportplatz, nicht ohne Amelie ausdrücklich zu loben. Sie strahlte wieder und lachte glücklich. Dann setzten wir uns zusammen und untersuchten die Karte, die wir fanden und die Notizen des Funkers.

Aus ihnen ging hervor, dass die Leute alle in den Gustavsberg Bunker evakuiert wurden. In der militärischen Karte war die Lage des Bunkers genau markiert. Wir planten unsere Route dahin. Ich machte den Vorschlag als Etappenziel den Bauernhof Betsede zu wählen. Dort eine Nacht zu bleiben und am nächsten Tag dann zum Gustavsberg Bunker aufzubrechen.

Thort meinte „Betsede ist doch der Bauernhof wo Ronja wohnt."

„Meinst du etwa Ronja Sandström?" Fragte ich. „Ungefähr so groß wie Amelie, nur lange, lockige rote Haare?"

„Ja! genau die kleine Sandström. Woher kennst Du sie Helldiver?"

„Sie war meine Tanzpartnerin auf der Tanzschule ist aber schon so drei, vier Jahre her."

„Ich kenn sie vom Dachdeck'n. Hab denen mal das Dach repariert. Sind arme Schlucker. Sie ist `n hübsches Ding. Ist von so 'nem Typen vom Festland geschwängert worden. Der is dann abgehau'n un hat ,se sitzen lassen. Naja, ich hab ihnen dann für kleines Geld das Dach repariert un hab ihr schonmal was für den Kleinen gegeben. Hab sie schonmal mitgenommen nach Stora Vika weiste, so zum Einkaufen. Na, un ich bin dann auch schonmal mit ihr ausgegangen damit sie auch ein bisschen Spaß hat. Ist halt ,n armes Mädchen."

„Ich hoffe, dass sie alle evakuiert werden konnten." Sagte ich.

Wir beschlossen noch eine Tag im Bunker zu bleiben. Aufzuräumen, unser Gepäck vorzubereiten und dann abzumarschieren.

Ich bat dann alle noch einmal auf den Schießstand, um auch Amelie im Gebrauch der G3 zu unterweisen und einige Schießübungen mit ihr zu machen. Sie sollte auch eine solche Waffe bekommen, wenn wir noch eine fanden. Sie schaffte es die Waffe allein zu beladen und zu spannen. Beim Schießen beschwerte sie sich über den Rückschlag der Waffe. Ich erklärte ihr, dass dies mit dem größeren Kaliber zusammenhängt. Sie würde eben noch ein wenig mehr Übung benötigen. Ihre Trefferquote war recht gut und sie fand überraschenderweise auch den Sicherungshebel. Wir saßen abends noch im Gemeinschaftraum zusammen, reinigten unsere Waffen, tranken Bier und rauchten.

32. Tag

Wir bereiteten alles für unsere Abreise vor. Wir räumten alles auf, putzten die Küche und den Gemeinschaftraum. Amelie zog eine Schnute, weil sie ihre Sandalen nicht mitnehmen konnte. Ich bot ihr an, einen Zettel mit ihrem Namen daran zu machen und sie im Bekleidungslager des Bunkers zu deponieren. Wir mussten entscheiden, was wir mitnehmen und was nicht. Ich verteilte einiges an Munition auf uns, da wir nicht wussten was uns begegnet und wann wir Nachschub bekommen würden. Meine Hoffnungen lagen auf dem Gustavsberg Bunker.

33. Tag

Wir waren bereit, Amelie maulte ein wenig, weil ihr die Ausrüstung zu schwer war. Ich machte ihr aber klar, dass wir auf kein Teil verzichten konnten.

„Du wirst dich dran gewöhnen müssen," sagte ich zu ihr.

Wir machten uns auf den Weg. Ich übernahm die Spitze, Amelie ging hinter mir, den Schluss bildete Thort. Wir zogen unsere Pistolen und marschierten los. Die Sonne ging gerade auf und das Wetter schien gut zu werden, es waren nur wenig Wolken am Himmel. Ich ließ öfter Halt machen und die Gegend absuchen. Vereinzelt sahen wir ein paar Combatwölfe. Wir umgingen sie, denn ich wollte mich im offenen Gelände nicht auf ein Feuergefecht einlassen, wenn es nicht unabwendbar war.

Gegen Mittag sahen wir in der Ferne schon die Gebäude von Betsede. Als wir näher kamen, konnten wir keine Bewegung sehen. Ich sah allerdings, dass Barrikaden vor dem Haus standen. Ich hatte ein mulmiges Gefühl. In einer Baumgruppe die uns ein wenig Deckung bot, machten wir eine Zigarettenpause. Ich erklärte ihnen, dass wir uns wieder wie in Uppeby, sprungweise dem Bauernhof nähern müssten. Ich schlug vor, am Waldrand langzugehen. Wir gingen so nah wie möglich heran.

Dann schickte ich Amelie vor, sie sollte zu einem Traktor laufen und dort Deckung suchen. Dann rückte ich nach. Ich spähte um den Traktor herum und kundschaftete das Gelände aus. Im Bauernhof war nichts zu sehen. Dann rannte ich bis zur Scheune vor und schlüpfte hinein. Dann sah ich Thort zu Amelie vorrücken. Ich öffnete vorsichtig eine der Türen und spähte in den Hof.

Dann winkte ich Amelie heran. Schnell und leise wie eine Katze kam sie gelaufen. Ich spähte den Hof weiter aus und sah einen Nebeneingang an dem Wohnhaus. Ich sprintete schnell dorthin. Thort rückte bis zur Scheune vor. Ich wartete noch auf Amelie. Dann sicherte ich den Eingang. Vorsichtig öffnete ich die Tür zum Hausflur, ich hatte schon das tickende, scharrende Geräusch eines Scorpions gehört und konnte durch den Türspalt schon das unheilvolle Leuchten erkennen.

Ich wechselte die G3 gegen die Glock aus, spannte sie und stieß die Tür ruckartig auf. Dann feuerte ich auf den Scorpion der im Flur saß. Ich ging vorsichtig hinein. Ein zweiter Scorpion kam aus einem Raum schnell herangekrabbelt ich erledigte auch ihn. Dann schien es ruhig zu sein. Amelie kam hinter mir her. Sie hatte auch ihre Glock schussbereit. Thort war auch schon am Eingang angekommen.

Thort ging zum Obergeschoss Amelie und ich dursuchten die unteren Räume. Im Flur des Haupteingangs fanden wir die Leiche einer Frau. Sie war übel zugerichtet und von schweren Kugeln zerfetzt, sicher das Werk eines Raptors. Im Haupteingang der verbarrikadiert war, fanden wir die Leiche eines Mannes. Die Schrotflinte noch in der Hand. Er war auch wie die Frau übel zugerichtet und von großem Kaliber durchbohrt. Auf dem Boden waren große eingetrocknete Blutlachen. Der Leichengeruch war schlimm. Ich nahm dem Mann die Schrotflinte aus der Hand. Es war dieselbe Waffe wie unsere, eine Beretta.

Plötzlich hörten wir Thort schreien. „"Ohhhhh neeeiii-innnnn, Ohhh Goooottt, hab erbarmen!" Amelie und ich drehten auf dem Absatz rum und stürzten die Treppe hinauf ins Obergeschoss. Thort kniete am Boden und weinte. Im Obergeschoß war ein furchtbarer Leichengeruch, der uns den Atem nahm. Amelie hielt sich den Unterarm vor Nase und Mund gepresst. Als ich näher kam sah ich warum Thort weinte.

Ronja saß auf einer Couch, ihre rechte Kopfseite war aufgerissen, Gewebsfetzen, Knochensplitter und Gehirnteile klebten an ihrem Gesicht. Das Gesicht hatte einen traurigen Ausdruck, ihre gebrochenen Augen starrten an die gegenüberliegende Wand. Auf ihrem Schoß lag ein blutiges Bündel. Ich rang selbst um meine Beherrschung. Vorsichtig ging ich zu ihr und drückte ihr die Augen zu. So wie sie aussah musste sie schon länger tot sein. Ich drückte mit der Hand die Tücher des Bündels zur Seite und sah darin das kleine blutverschmierte Gesicht eines

Kindes. Das Köpfchen war durch einen Schuss übel zugerichtet. Ich drückte auch dem Kind die kleinen Augen zu. Es war ein furchtbarer, grausiger Anblick.

Amelie stand hinter mir und ich sagte ihr

„ Sieh, bitte nicht hin, es ist zu schlimm.

Ich nahm Ronja den Colt Kaliber 44 aus der Hand die auf dem Sofa lag. Sie musste in schierer Verzweiflung erst ihr Kind und dann sich erschossen haben. Ich hätte am liebsten genauso wie Thort laut losgeheult. Ich rang aber verzweifelt um meine Fassung. Ich lief an die Fenster und riss alle auf, denn der Geruch war unsäglich. Dann nahm ich Thort und sagte," komm wir gehen runter."

Unten weinte Thort lautstark. „Diese Verbrecher, diese Schweine, ich bringe sie alle um, warum, warum, diese kleine Frau und das Kind, hat doch keinem was getan, diese dreckigen Mörder."

Amelie und ich umarmten Thort und versuchten ihn zu trösten.

Es war schlimm diesen großen, starken Mann so weinen zu sehen. Amelie sah auch mir an, dass es mir nicht gut ging. Wir beschlossen die Leute zu begraben. Neben dem Haus war ein Blumenbeet und der Boden schien nicht zu steinig zu sein. In der Scheune fand ich zwei Spaten und einige Schaufeln. Ich gab meine G3 an Amelie und bat sie zu wachen und uns sofort zu melden, wenn sie etwas Verdächtiges sah. Thort und ich hoben eine große Grube aus. Dann legten wir Stroh in die Grube und betteten die Leichen der Frau und des Mannes, offensichtlich Ronjas Eltern, darauf.

Dann gingen wir ins Obergeschoss. Wir wickelten Ronja in eine Decke. Thort nahm sie auf die Arme und trug

174

sie unter Tränen die Treppe hinunter. Ich hatte das Kind auf dem Arm. Wir legten Sie zwischen die Eltern und legten ihr das Kind in den Arm. Amelie hatte die Blumen aus dem Blumenbeet genommen und sie auf die Leichen gelegt. Neben das Kind legte sie einen kleinen Strauß Blumen.

Amelie schniefte ein wenig beim Anblick der kleinen Kinderleiche.

„Wer tut sowas?" Fragte sie mit bebender Stimme.

Ich nahm Amelie in den Arm und sagte ihr

„das sind keine Menschen, aber ich werde sie zur Rechenschaft ziehen und wenn es das letzte ist, was ich in meinem Leben tue."

Wir stellten uns im Kreis auf. Ich bat alle

„Helm ab zum Gebet bitte."

Dann beteten wir gemeinsam für die Getöteten. Wir standen im Kreis um das offene Grab, damit wir uns gegenseitig schützen konnten, sollten uns die Maschinen angreifen. Amelie sprach ein Gebet auf Französisch. Es hörte sich sehr schön an.

„Möchte noch irgendjemand etwas sagen?" Fragte ich. Alle verneinten.

„Dann lass uns das Grab verschließen Thort." Er nickte.

Wir deckten Stroh über die Leichen und schütteten dann das Grab zu. Als wir fertig waren wurde es schon dämmerig. Ich drückte zum Schluss noch den Spaten ans Kopfende in die Erde. Thort band einen Ast an den Spaten und machten damit ein improvisiertes Kreuz.

Wir gingen in das Wohnhaus und verschlossen die Türen. Der Geruch im Obergeschoß war ziemlich verflogen. Wir hatten ja im ganzen Haus die Fenster aufgerissen und Durchzug gemacht. Wir erhitzten unser Essen über den Esbitkochern. Zum Glück hatten wir ein paar Dosen Bier im Gepäck, sie waren zwar nicht besonders kalt, aber besser als nichts. Im Obergeschoß war im Nebenraum ein Bett wir ließen Amelie darin schlafen. Ich rückte mir einen Sessel zurecht Thort schlief auf der Couch.

34. Tag

Ich schlief unruhig und war froh als der Morgen graute. Ich wartete, bis die anderen wach wurden. Ich kochte auf einem Esbitkocher mit meinem Feldgeschirr Kaffee. Amelie verzog ein wenig das Gesicht.

„Mann ist der stark, der weckt ja Tote auf." Thort grinste dünn.

Er trauerte noch. Mir ging es auch nicht gut, aber ich musste nach vorne schauen, wir mussten weiter zum Gustavsberg Bunker. Ich breitete noch einmal die Karte aus und zeigte unsere Position. Uns stand ein Marsch ähnlich wie gestern bevor und mit ein bisschen Glück könnten wir gegen Mittag am Bunker sein. Ich rechnete mit einem Feuergefecht und schärfte den anderen ein, besonders vorsichtig zu sein. Notfalls würden wir uns zurückziehen. Als die Sonne aufgegangen war, rückten wir ab.

Als wir das Gelände des Gutshofes verlassen hatten, spähten wir das Gelände aus. Vor allem suchten wir nach Robotern, die uns auflauern konnten. Wir gingen innerhalb eines Waldstückes lang. Der Bunker musste auf einem Berg liegen, der vor uns lag und auch bewaldet war. Um

176

nicht über offenes Feld zu gehen schlug ich vor den Umweg in Kauf zu nehmen und durch den Wald zu gehen. Wir gingen los, nach einer Weile, sahen wir Personen die Straße lang laufen.

Sie hatten einige Combatwölfe auf den Fersen. Sie waren recht bunt angezogen kein Wunder, dass sie so schnell entdeckt wurden und auch das sie auf der Straße liefen, war mehr als dumm. Wir liefen ins hohe Gras, duckten uns und nahmen die Combatwölfe unter Feuer. Amelie eröffnete als erste das Feuer. Ein hellgrauer Combatwolf explodierte sofort. Die anderen drei brachten wir ebenfalls zur Explosion.

Wir sprangen auf und winkten den Leuten, sie sollten zu uns heran kommen. Ein Mädchen lief an der Spitze der Viererguppe, zeigte auf uns und lief auf uns zu. Ich winkte ihnen.

„Lauft in den Wald!" rief ich.

Das Mädchen antwortete mir auf Englisch ich wiederholte meinen Aufruf noch einmal auf Englisch und sie liefen in den Wald. Wir zogen uns zurück und beobachteten das Gelände. Dann zogen wir uns bis zu der Gruppe in den Wald zurück. Es waren alles Asiaten, zwei Jungen und zwei Mädchen. Eine trat hervor und stellte sich als Akiko Hyundura vor, sie stellte ihren Freund Yuri Honda, ihre Cousine Mila und deren Freund Haruko vor. Sie kam aus Japan und studierte in Stockholm Medizin. Sie war auf einem Ausflug mit den Dreien, die sie aus Japan besuchen gekommen waren und hielten sich auf Angsholmen auf, als der Alarm kam. Sie wollten nach Uppeby zur Marinebasis, dort sei ihr Evakuierungspunkt. Sie waren schon seit Wochen unterwegs, hatten sich in verschiedenen Ortschaften versteckt und dort auch Nahrungsmittel gefunden.

Ich sagte ihnen, dass wir auch schon seit Wochen unterwegs seien aber einen Teil davon im Uppeby Bunker verbracht hatten. Ich zeigte ihnen auf der Karte, wo wir herkamen und wo wir hingehen wollten. Ich bot ihnen an, sich uns anzuschließen, doch das lehnten Sie ab. Ich machte sie darauf aufmerksam, dass sie wahrscheinlich nicht in die Marinebasis ohne weiteres hineinkommen würden, da sie unbewaffnet waren.

Akiko bedankte sich mit asiatischer Höflichkeit und besprach sich auf Japanisch mit den anderen. Sie bedankte sich noch einmal bei uns und sagte, dass die anderen allein weitergehen wollten. Sie wollten auf eigene Faust versuchen außer Landes zu kommen. Ich besprach mich kurz mit den anderen und fragte, ob wir ihnen die gefundene Schrotflinte und eine Glock Pistole geben könnten. Ohne Bewaffnung hatten sie nicht viel Chancen. Amelie und Thort waren einverstanden. Ich gab Akiko die Schrotflinte die wir in Betsede gefunden hatten und die Glock Pistole die wir in Uppeby fanden.

Ich gab ihnen Munition für beide Waffen, so viel wir entbehren konnten. Dann erklärte ich den Japanern den Umgang mit den Waffen. Die Jungs verstanden mich zwar nicht, weil sie weder schwedisch noch englisch sprachen. Akiko übersetzte und sie bedankten sich sehr. Wir machten sie noch auf den Bauernhof aufmerksam von wo wir kamen und das dort vielleicht noch Lebensmittel vorhanden waren. Dann zogen wir weiter. Wir gingen noch zu den Roboterwracks, um sie auszubeuten.

Wir fanden Chipkarten bei den Robotern. Auf ihnen war ein Barcode eingraviert.

„Vielleicht brauchen wir die für den Bunker," sagte ich. Wir sahen die Japaner noch durch den Wald gehen. Sie waren durch ihre Kleidung meilenweit zu sehen.

„Meinst du sie haben eine Chance?" Fragte Thort.

„Ich glaube nicht. Ich hoffe sie haben mich einigermaßen verstanden als ich sagte sie sollten am besten nicht über die Straße gehen. Wenn wir jetzt nicht zufällig hier gewesen wären, dann wären sie vielleicht schon tot, denn gegen die Combatwölfe hätten sie keine Chance gehabt. Irgendwann wäre denen die Puste ausgegangen und dann Sayonara (jap. Tschüss)."

„Da hast du wohl recht," sagte Thort. „Hoffentlich kommen sie durch."

Wir gingen weiter und erreichten am frühen Mittag den Fuß des Gustavsberget.

Wir machten Rast, rauchten eine Zigarette, orientierten uns und machten uns dann an den Aufstieg. Ich ließ immer wieder Anhalten, um die Gegend auszukundschaften. Wir entdeckten einen großen Eingang der wie ein Tunnel aussah. Er führte in einen Hangar. Auf der anderen Seite sahen wir einen Hof, darin stand eine Pförtnerbude. Dahinter war ein großes Tor zu sehen. Wir sahen auch ein paar Combatwölfe die patrollierten. Wir zogen uns ein wenig zurück und suchten in einem Gebüsch Deckung. Ich wägte unsere Chancen ab. Wenn wir in den Hangar liefen, wussten wir nicht, was uns dort auflauert und wo die Eingangstüre ist. Das andere Tor war insofern besser, dass wir uns in der Pförtnerbude verschanzen konnten und das Gelände übersichtlicher war. Wir entschieden uns für die Pförtnerbude.

Wir schlichen uns nahe genug heran. Dann rannte ich los und erreichte das Pförtnerhaus. Als nächstes kam Amelie. Ein Combatwolf war auf sie aufmerksam geworden und rannte ihr hinterher. Ich nahm ihn sofort unter Feuer. Amelie reagierte richtig, indem sie weiterlief. Das hatte ich ihr eingebläut. Eine Drohne segelte vorbei und ich holte sie vom Himmel runter. Dann erschienen wieder einige Combatwölfe. Thort und ich nahmen Sie unter Feuer. Ich lud nach und lief zum Bunkertor.

Ein Laserstrahl tastete mich ab. Dann hörte ich ein Summen und ein lautes „Klack," dann schwang das Tor auf. Amelie und ich nahmen die Combatwölfe weiter unter Feuer. Dann lief Thort los und erreichte Amelie. Auf mein Zeichen rannte Amelie zu mir und ich sagte ihr „geh hinter mich." Ein Raptor kam in hoher Geschwindigkeit auf den Hof gelaufen. Thort und ich nahmen ihn gleichzeitig unter Feuer und er explodierte. Eine weitere Drohne wurde von Thort abgeschossen. Dann kam auch Thort gelaufen. Wir waren wieder komplett.

Wir gingen tiefer in den Bunker und schlossen die Außentür. Es war stockfinster. Wir knipsten unsere Taschenlampen an und luden alle nach. Ich sagte Amelie, dass sie hinter mir bleiben solle und schickte Thort auf die andere Gangseite.

„Wir müssen zur Schaltzentrale, um das Licht einzuschalten," sagte ich.

Zu Amelie gewandt fragte ich, „ist deine Pistole schussbereit?"

„Na klar, antwortete sie."

Ich sah mich kurz zu ihr um und sah das sie sehr angespannt war und leicht zitterte.

„Angst?" Fragte ich, sie nickte.

Ich wickelte einen Schokoladenriegel aus und gab ihn ihr. Sie lächelte dünn und nahm ihn mit zitternden Fingern.

„Beruhigt ein wenig, bleib hinter mir und hab keine Angst," flüsterte ich ihr ins Ohr. „Halt bitte einen Meter Abstand damit ich schießen kann und bleib an der Gangbiegung stehen. Ich gebe dir Zeichen, wenn du um die Ecke kannst."

Sie nickte kauend.

„Bereit?" Fragte ich „Thort?" ich leuchtete ihn kurz an und er nickte.

Dann gingen wir in den finsteren Gang. Ich leuchtete einmal kurz weit hinein und sah eine Biegung vor uns.

„Nicht die Wand anleuchten," raunte ich leise, „wenn um die Ecke was lauert sehen sie nicht direkt, dass wer kommt."

Der Gang bog nach links ab. Vorsichtig spähte ich um die Ecke und sah zwei Scorpions, die im dunklen lauerten. Ich sprang schnell hervor und beschoss sie mit der Pistole. Es waren drei Scorpions einer kam aus einer düsteren Ecke gerannt, während ich auf die ersten beiden schoss. Thort's Schrotflinte brüllte und der dritte Scorpion flog in tausend Stücke.

„Hähä," lachte Thort.

Ich leuchtete den Gang weiter hinunter. Es waren keine weiteren Feinde zu sehen. Wir hörten das „Bellen" eines Combatwolfs, wahrscheinlich lauerte hinter der nächsten Gangbiegung einer. Ich lud meine Glock nach. Wir gingen weiter. Ich sah mich kurz nach Amelie um, die mir etwas gequält zulächelte und ihre Angst niederkämpfte. Ich lächelte ihr aufmunternd zu. Wir gingen weiter, der Gang bog nach rechts ab. Ich übernahm die Innenseite des Ganges und spähte vorsichtig um die Biegung. Ich sah auf dem Gangboden den Schein einer gelben Lampe. Mit Sicherheit lauerte ein Combatwolf ich wechselte auf die G3. Ich nahm sie in Anschlag. Ich zeigte Thort mit Handzeichen 3-2-1 und los.

Wir sprangen in den Gang und feuerten. Vor uns standen drei Combatwölfe im Gang. Zwei davon explodierten, bevor sie auch nur einen Schuss abgeben konnten. Ein Dritter feuerte auf uns und wir zogen uns im Gang zurück. Thort und ich mussten nachladen. Wir konnten sehen, dass der Combatwolf näher kam. Kugeln krachten in die Gang Wand und die Querschläger sausten uns um die Ohren. Wir wichen weiter zurück.

Wir hatten nachgeladen und rückten wieder vor. Schüsse krachten, dann explodierte der Combatwolf in einer gelben Glutwolke. Wir spähten wieder vorsichtig und gingen weiter. Wir kamen an eine Kreuzung. Sie war besonders gefährlich, da uns hier Gegner in den Rücken fallen konnten. Thort und ich lugten vorsichtig um die jeweilige Ecke. Mein Ende war eine Sackgasse einige Scorpions lauerten dort. Ich beschoss sie mit der G3, Amelie sprang mutig an meine Seite und schoss ebenfalls. An der Wand war ein Wegweiser angebracht. Er wies uns den Weg zur Energiezentrale.

„Kann hier ein Raptor kommen?" Fragte Amelie ängstlich.

„Nein, dafür ist er zu groß." Ich hörte ihren schnellen, stoßweisen Atem. Ich wich ein wenig zurück und legte meinen Arm um ihre Schultern.

„Schhhh, ruhig, beruhig dich. Langsam und gleichmäßig atmen," raunte ich ihr zu.

Sie nickte.

„möchtest du noch ein Stück Schokolade?"

„Wenn du noch eins hast," raunte sie.

Ich wickelte es ihr aus, sie nahm es wieder mit zittrigen Fingern. Ich nahm ihre Hand und drückte sie. Amelie sah mich dankbar an. Wir gingen weiter in der Finsternis. Die scharfen Lichtkegel unserer Taschenlampen erhellten den Gang vor uns der sehr lang zu sein schien. Es zweigten Seitengänge von ihm ab. Ein Wegweiser wies uns den Weg zu den Mannschafträumen. Wir spähten vorsichtig hinein und liefen dann schnell einer nach dem anderen vorbei.

Der nächste Gang führte zum Lager. Auch hier spähten wir vorsichtig und querten ihn. Der darauffolgende führte zur Energiezentrale. Vorsichtig sah ich um die Ecke und sprang in den Gang. Ich konnte am Ende eine Stahltür sehen. Ich nahm noch einmal die Glock, postierte Amelie hinter mir und Thort etwas weiter zurück auf die andere Gangseite. Ich öffnete vorsichtig die Tür und benutzte sie als Schutzschild. Zwei Scorpions kamen herausgelaufen. Amelie schoss einen ab. Thort den nächsten.

„Die nächste Tür machst Du besser auf Amelie!" sagte ich.

Amelie nickte erleichtert, freute sich aber auch, dass sie den Scorpion abgeschossen hatte.

Ich ging mit gezogener Waffe in den Raum und sicherte ihn, die anderen rückten nach. In der Mitte des Raumes befand sich eine Wendeltreppe, die in ein darunterliegendes Stockwerk mündete. Ich leuchtete vorsichtig nach unten und sah schon einige in unheilvollem Rotlicht leuchtende Sensoren. Unten befanden sich einige Scorpions. Ich schärfte den anderen ein auf der Hut zu sein, wenn wir hinuntergingen. Langsam und vorsichtig gingen wir die Treppe hinunter ich hatte einen Scorpion ins Visier genommen, der am Boden lauerte. Amelie und Thort hatten ebenfalls einen Scorpion aufgefasst und zerstörten ihn. Wir warteten kurz, lauschten und gingen dann weiter. Aus einer Ecke kam noch ein Scorpion den Thort aber mit der Schrotflinte zerstörte. Überhaupt stellte sich die Schrotflinte als äußerst effektiv heraus.

Dann lag eine weitere Stahltüre vor uns. Ich erklärte Amelie wie sie vorgehen sollte. Die Türe öffnen und für sich als Schutzschild benutzen, so dass wir ungehindert in den Raum hineinfeuern konnten. Wir gingen in Position und auf mein Handzeichen öffnete Amelie die Tür. Ein Combatwolf stand dahinter und einige Scorpions kamen schnell gekrabbelt. Ich zerstörte den Combatwolf mit meiner G3, während Thort einige Scorpions abschoss. Ein Scorpion startete eine Sprungattacke auf mich, da ich nicht schießen konnte, weil ich sonst Amelie getroffen hätte.

Ich schlug ihn von meinem Kopf runter und vernichtete ihn mit einem Schuß aus meiner G3. Mein Helm hatte mich vor den scharfen Klingen des Scorpion geschützt. Nach allen Seiten sichernd rückten wir in den Raum ein. Es war die Schaltzentrale.

Ich suchte die Schaltschränke nach dem Hauptschalter ab. Neben einem Steuerpult auf dem Generator befand sich ein großer Schaltschrank mit einem hebelförmigen Schalter daran. Ich drehte ihn in Pfeilrichtung und mit einem satten „Klack" rastete er ein. Am Steuerpult des Generators sprangen alle Anzeigen von Rot auf Grün. Ich drückte den Startknopf und hinter uns sprangen die Generatoren an. Das dumpfe Grollen der Dieselmotoren steigerte sich zu einem Brausen. Dann ging ich die Schaltschrankreihen ab und fand einen weiteren Schalter auf dem stand „Beleuchtung" Ich legte ihn um und auch er rastete mit einem satten „Klack" ein.

Die Beleuchtung sprang flackernd an. Thort und Amelie lachten erleichtert. Besonders Amelie merkte ich an, dass sie erleichtert war.

„Zigarettenpause," sagte ich.

Ich zog einen Schokoladenriegel hervor, denn ich brauchte etwas Süßes, um mich zu entspannen. Amelie schaute auffällig lächelnd auf die Schokolade.

„Möchtest du auch?" Fragte ich. Sie nickte lachend.

„Möchtest du das hier, hab's gerade ausgepackt." Ich reichte ihn ihr und sie nahm ihn

„hast du selbst keine mitgenommen?"

„Doch," sagte sie nuschelnd „aber deine schmeckt besser."

Ich schüttelte lachend den Kopf und machte mir einen neuen Riegel auf. Der süße Kakao hatte eine beruhigende Wirkung auf mich. Ich ging noch einmal die Reihen mit Schaltschränken ab. Die Belüftung lief.

„Wonach suchst du?" Fragte Thort.

„Nach einem Plan des Bunkers, meistens hängen die ir-gendwo an der Wand oder an den Türen."

Schließlich fand ich ihn auf der Eingangstür. Ich nahm mir einen Notizblock und zeichnete ihn ab. Der Bunker hatte zwei Etagen und ein Raum der im Tiefparterre lag. Das war der Generatorraum.

„Wir müssen beide Etagen durchsuchen, wenn wir hier ungestört sein wollen."

„Dann zeigen wir ihnen mal die neue Hausordnung," sagte Thort.

„Amelie wie sieht es mit dir aus?" Fragte ich.

„Wegen mir kann es weitergehen, jetzt wo es hell ist fühle ich mich sicherer."

Wir legten los. In dem Gang oben angekommen durch-suchten wir erst die Mannschaftsräume, dann sicherten wir die Kantine. Den Duschraum konnten wir auch si-chern. Dann gingen wir durch verschiedene Lagerräume. Wir fanden die Speisekammer und das Waffenlager. Hier lagen einige Gewehre und Kistenweise Munition. Ich stieß einen anerkennenden Pfiff aus. Sauber aufgereiht, lag ne-ben einigen gebrauchten Automatgevär 4 einige Automat-gevär 5 die Nachfolgewaffe des Automatgevär 4. Das Ge-wehr des belgischen Herstellers FNC in Lizenz von der schwedischen Firma Saab gebaut.

„Das richtige MG für Mädchen," sagte ich lachend und bereute es gleich, denn ich kassierte einen harten Rippen-stoß von Amelie.

Ihre zierlichen Hände konnte sie zu kleinen, harten Fäusten ballen und damit einen Knuff austeilen, der einem den Atem nahm.

Ich suchte eins aus, was in gutem Zustand war und gab es ihr. Sie wunderte sich über das geringe Gewicht. Ich munitionierte es mit der 5,65 x 45 Munition auf. Amelie nahm sie und visierte kurz und fand die Waffe gut. Ich zeigte ihr wie man sie durchlud und wo der „Sicherungshebel" war. Ich erklärte ihr die Stellung „Einzelfeuer" und Dauerfeuer". Ich fand noch eine Red Dot Optik und montierte sie auf der mit Picatinny – Schiene ausgestatteten Waffe. Ich zeigte ihr, wie man damit visierte. Ich steckte ihr noch einige Wegwerf Magazine in die Tasche. Dann gingen wir weiter. Wir sicherten den Warroom in ihm befanden sich drei Combatwölfe.

Amelie öffnete die Tür, Thort und ich schossen die Combatwölfe zusammen. Amelie sprang mutig hinter der Türe hervor und feuerte ebenfalls auf die Combatwölfe. Nach dem Kampf befand sie das Automatgevär 5 als genau richtig für sie, denn sie hatte nicht einen so starken Rückschlag wie die G3.

Wir gingen weiter und fanden heraus, dass wir die untere Etage gesichert hatten. Wir gingen nach oben. Dort waren große Lagerräume. Wir begegneten einigen Combatwölfen, die wir gemeinsam bekämpften. Das Amelie nun auch eine stärkere Waffe besaß war äußerst hilfreich. Im Hangar gerieten wir in ein größeres Feuergefecht mit drei Raptoren. Thort und ich schossen ihnen die Arm-MGs weg. Amelies Waffe stellte sich als äußerst Durchschlagskräftig heraus, trotz des kleineren Kalibers. Ich hatte ihr panzerbrechende Munition gegeben.

Trotzdem hielt sich Amelie hinter mir auf und sprang nur mit mir aus der Deckung, um zu feuern. Sie feuerte auf die Luftschächte. Die Roboter wiesen eine grüne Camouflage Lackierung auf und stellten sich als äußerst hartnäckige Gegner heraus. Wir mussten einiges an Munition verfeuern, um sie zu zerstören. Am späten Nachmittag hatten wir endlich den ganzen Bunker bereinigt. Wir riegelten den Mannschaftstrakt ab, indem wir sämtliche Zugangstüren verschlossen. Wir konnten ungehindert in die Kantine, den Aufenthaltsraum, den Schlafraum, die Krankenstation und in den Waschraum gehen. Im Warroom fanden wir weitere Unterlagen.

Da es schon spät war, schlug ich vor uns zunächst häuslich einzurichten, etwas zu essen und den Tag dann zu beschließen. Wir untersuchten die Speisekammer und fanden, dass sie viel größer als die im Uppeby Bunker war und viele verschiedene Konserven enthielt. Auch tiefgefrorenen Fisch und Gemüse fanden wir. Die Kühltruhen wurden über ein separates Stromsystem versorgt, so dass sie auch bei abgeschalteter Stromversorgung weiter kühlten. Wir fanden auch etliche Paletten Dosenbier. Wir nahmen mit was wir tragen konnten. Amelie freute sich über den Fisch, denn sie hatte lange keinen mehr gegessen. Das Abendessen fiel eher etwas karg aus, da auch Amelie müde war und unser Appetit sich in Grenzen hielt. Wir beschlossen den Tag mit einem Bier und einigen Zigaretten.

35. Tag

Am nächsten Morgen trafen wir uns in der Kantine, wir frühstückten zusammen, dann berieten wir, wie wir weiter vorgehen sollten. Wir entschieden uns den Bunker ab zu suchen. Wir fanden gekritzelte Notizen im Warroom, dann umfangreiche Lagerräume. Amelie schlug vor, zur Abwechslung mal ein etwas opulenteres Mittagessen zu kochen. Ihr stach der Fisch in der Nase. Wir nahmen alles was wir an Hinweisen gefunden hatten. Während Amelie in der Küche herumwerkelte sichteten wir das ganze Material. Aus ihm ging hervor, dass die Leute aus dem Uppeby Bunker in den Gustavsberg Bunker gezogen waren und anschließend in die Uppeby Marinebasis transportiert wurden. Von da sollten Sie dann ausgeschifft werden. Als die Evakuierung in vollem Gange war, wurde der Bunker von vielen Robotern angegriffen. Diese waren sogar in der Lage die Bunkertüren zu öffnen, um in den Bunker einzudringen. Daher hatte wir auch die Codekarten bei den Robotern gefunden, die wir abgeschossen hatten.

Ich suchte noch einmal nach der Schaltzentrale und setzte mich dort an eins der Computerterminals. Ich suchte in den Menüs herum und fand schließlich das Menü, welches die Türschlösser steuerte. Ich stellte sie auf manuelle Codeeingabe. Man musste den Code, der auf der Karte stand, manuell eintippen, um Zugang zu erlangen. Das schützte vor bösen Überraschungen.

Der Waffenkammer stattete ich auch noch einen Besuch ab, um einmal Bestandsaufnahme zu machen. Ich fand zwei Kisten voll mit Handgranaten. Auch einige Dummy Handgranaten zur Übung fand ich. Mit ihnen konnten Amelie und Thort die Bedienung der Handgranaten erlernen. Auch eine Bazooka lag in einem der Regale. Ich erinnerte mich daran, dass ich drei von den hochexplosiven Geschossen aus einem Raptor-wrack herausgeholt hatte. Ich fand noch eine Kiste mit etwa 20 Geschossen. Das gab mir die Möglichkeit mit den Beiden den Umgang mit der Bazooka zu trainieren. Sie war eine sehr starke Waffe, die wir unbedingt mitnehmen sollten.

Ich fand auch etlichen Gaskartuschen und Minen. Die etwa keksgroßen Teile, waren eine furchtbare Waffe. Wenn ein Roboter auf eins der Teile trat, erzeugte das eine große Explosion die einen Raptor zerreißen konnte. Am späten Mittag rief Amelie zum Essen. Sie hatte Backfisch zubereitet und Kartoffeln, die wir in einem der Lagerräume gefunden hatten. Das Essen schmeckte vorzüglich, es war etwas anderes als das Dosenfutter.

Nach dem Mittagessen bat ich die beiden in den Schulungsraum, den es auch im Gustavsberg Bunker gab. Ich stellte den Beiden die neu gefundenen Waffen und deren Wirkung vor. Vor allem die Minen und die Handgranaten. Ich sah besonders Amelie dabei an, denn sie hatte immer so ihre Probleme mit den Waffen. Ich erklärte beiden noch einmal das AK 5 besonders, weil Amelie mit dieser Waffe umgehen sollte. Merkwürdigerweise fand sie sich mit der Waffe sehr schnell zurecht. Beim Demontieren und wieder zusammenbauen, musste ich ihr zwar noch immer helfen, aber sie lernte schnell.

36.Tag

Heute erklärte ich den Beiden den Umgang mit der Bazooka. Vor allem der Ladevorgang, der zu zweit wesentlich schneller ging als allein. Ich erklärte Amelie, wie sie das Geschoß in das Abschussrohr einfügen sollte und wie die leere Hülse entfernt wurde. „Wenn du das Geschoss eingeführt und die Waffe abschussbereit ist, dann gibst du dem Schützen einen Klaps auf den Helm. Als ich Amelie, das Beladen ausführen ließ, diente ich als Schütze. Dabei schlug sie extra feste auf den Helm und als ich sie streng ansah, grinste sie mich an. Auch Amelie sollte als Schütze fungieren, es sah witzig aus als Thort ihr mit seiner großen Pranke auf den Helm schlug. „Ihr sollt euch nicht gegenseitig k.O. schlagen," fuhr ich dazwischen „, sondern nur einen leichten Klaps." Am Nachmittag rückten wir mit der

190

Waffe aus dem Bunker aus. Ich ließ Amelie als erstes schießen. Wir suchten uns einen Raptor, der durch den Wald
stapfte. Wir versteckten uns im hohen Gras. Ich belud die
Bazooka und gab Amelie einen leichten Klaps auf den
Helm. „Ziel auffassen, zielen und Abschuss," sagte ich zu
ihr. Sie zielte und traf den Raptor. Es folgte eine laute Detonation. Ich lud die Bazooka nach und gab Amelie wieder
einen Klaps. Sie zielte noch einmal auf den Raptor, der wie
ein Zinnsoldat dastand. Mit einem PFUMP verließ das Geschoss das Rohr und traf den Raptor, der in einer großen
Glutwolke explodierte. Amelie strahlte „Haha," lachte sie
„ich habe ihn ausgepustet." Dann wartete wir eine Weile,
bis weitere Gegner auftauchten. Nun war Thort an der
Reihe. Auch er erledigte einen Raptor. Ich zeigte ihnen
auch wie man die Bazooka allein belud, was aber wesentlich länger dauerte. Nach einem kurzen Feuergefecht mit
einigen Combatwölfen, zogen wir uns zurück.

37.Tag

Heute Morgen stand Waffenkunde auf dem Plan. Ich
ließ die beiden die Waffen wieder auseinander und zusammenbauen. Sie mussten die Waffen reinigen und einölen.
Ich ließ sie auch die Bazooka auseinander und wieder zusammenbauen, damit sie ihren Aufbau kennenlernten. A-
melie fand diese Waffe cool, da sie ein schweres Kaliber
hatte und fast keinen Rückschlag besaß. Am Nachmittag
übten wir im Hangar des Bunkers Granatenwerfen. Ich erklärte ihnen den Bewegungsablauf mit den Dummys und
ließ sie dieses oft wiederholen. Selbst als sie die Augen ver-
drehten, ließ ich sie das Abwerfen nochmal üben.

38. Tag

Ich zeigte ihnen am Morgen, wie man die Granaten zusammenbaute und bediente. Amelie stand die Angst in die Augen geschrieben, als sie die Granate zusammenschraubte. Ich hatte ihnen schon erklärt, wie gefährlich die Dinger sein konnten, vor allem, wenn man nicht richtig damit umging.

„Wenn ihr die Granate in die Hand nehmt, drückt den Handgriff und zieht dann den Sicherungsstift mit dem Ring raus. Solange der Handgriff gedrückt bleibt, passiert nichts. Erst wenn ihr loslasst, fliegt der Bügel ab und die Granate wird zwischen drei und fünf Sekunden explodieren. Dann solltet ihr sie weit genug weggeworfen haben."

Ich demonstrierte den Beiden das, zeigte wie man den Sicherungsstift zog, erklärte noch lang und breit mit der scharfen Granate in der Hand und warf sie dann. Ich hatte mit einem leeren Ölfass ein Behelfsziel aufgebaut. Dieses sollten sie mit der Granate bewerfen, damit sie weit genug weg geworfen war. Ich hatte nur einige Stahlbarrikaden als Deckung. Als ich die Granate warf und sie explodierte flogen die Splitter sirrend umher. Ich hob einige davon auf, um ihnen diese zu zeigen und auf die große Gefahr eines Fehlwurfes hinzuweisen. Amelie war ängstlich. Ich konnte es ihr ansehen. Ich ließ Thort zuerst werfen, damit sie noch einmal Gelegenheit hatte zuzusehen.

Dann war Amelie an der Reihe. Sie schraubte den Zünder mit zitternden Händen in die Granate. Thort und ich gingen in Deckung, dann gab ich Amelie den Befehl zum Wurf. Sie zog den Ring und warf die Granate. Ich konnte schon im Ansatz erkennen, dass der Wurf danebenging. Sie hatte viel zu steil abgeworfen, vermutlich aus Angst.

Thort hatte das auch gesehen und rannte tiefer in den Hangar ich rannte sofort los und als die Granate viel zu nah zu Boden fiel, hechtete ich auf Amelie los umfasste noch im Fallen mit meiner Hand ihren Hinterkopf, damit sie nicht damit auf den Betonboden aufschlug.

Ich umfasste Sie mit meinem rechten Arm, dann explodierte die Granate, in dem Moment schlugen wir auf dem Boden auf. Die Druckwelle und ein Splitterregen fegte über uns hinweg. Ich spürte stechende Schmerzen in meinem Rücken. Etwas Schweres fiel auf meine Beine. Amelie gab, ein Geräusch wie UFF!! von sich als sie aufschlug, ich lag auf ihr. Ich blieb noch einen Moment liegen. Mein Rücken fühlte sich an als hätte ich mich auf ein Nagelbrett gelegt. Die Schmerzen waren unbeschreiblich.

Ich richtete mich langsam auf. Amelie war auch noch benommen und stieß ein schmerzhaftes „Auuuuuaaaaa, oooooohhhh," aus. Ich befürchtete, dass ich ihr ein paar Rippen gebrochen hatte, als ich auf sie fiel. Sie drückte mit ihren Händen gegen meine Brust und sah mich aus großen, schreckgeweiteten Augen an. Ich rappelte mich auf meine Knie, um mein Körpergewicht von ihr zu nehmen und kroch von ihr runter. Ich schaffte es nicht auf die Beine, meine Schmerzen waren zu groß.

Ich fragte Amelie „alles in Ordnung bei Dir. Tut dir das Atmen weh?"

„Nein," sagte sie. „Mein Rücken tut mir weh vom hinfallen, aber sonst scheint alles noch ok zu sein."

Sie richtete sich auf, Thort erschien. Ich stütze mich mit meiner Stirn am Boden ab. Amelie schlug sich die Hände vor den Mund

„Ooooohhhhhh `elldiver, dein Rücken, Oooohhhhh."

Thort sagte mit besorgter Stimme. „Hell, das sieht richtig scheiße aus, ich glaube du musst dringend auf die Krankenstation."

Ich stand langsam und unter Schmerzen auf. Amelie und Thort halfen mir auf die Beine. Ich sah mich um, Das was mir auf die Beine gefallen war entpuppte sich als einer der Metallbarrikaden, sie hatte das meiste von dem Splitterregen abgehalten und sah aus wie ein Schweizer Käse. Ich versuchte mit schmerverzerrtem Gesicht zu gehen. Ein Wunder, dass nicht mehr passiert war. Wir hätten beide Tot sein können, es war nur um Sekundenbruchteile gegangen. Eine Sekunde später losgerannt, wäre zu spät gewesen.

Amelie und Thort stützten mich, während wir auf die Krankenstation gingen. Amelie verarztete mich. Thort assistierte ihr. Sie weinte, als sie mir die zerfetzte Uniformjacke auszog. Sie schrie fast als sie meinen Rücken sah. Er musste mit Schrammen und Splittern übersäht sein.

Ich sagte zu ihr „du musst die Splitter herausziehen, auch der kleinste Splitter muss raus. Nimm Dir nachher eine Lupe und such genauestens nach, auch der kleinste Splitter kann sich entzünden und wir haben nur begrenzte Behandlungsmöglichkeiten."

Sie machte sich weinend an die Arbeit. Thort half ihr und hielt ihr eine Schale hin, in die sie die Splitter werfen konnte. Sie tupfte die Wunden mit Jod sauber und sah genauestens mit der Lupe nach. Nach einiger Zeit hatte sie alle Splitter entfernt. Den Rest konnte sie allein. Sie tupfte die Wunden noch einmal alle mit Jod ab und strich Heilsalbe darauf. Sie schniefte immer noch, als sie mir den Verband anlegte.

„Es tut mir leid," greinte sie als sie fertig war und mir ins Gesicht sah. „Das `abe ich nicht gewollt, es tut mir leid."

„Es gibt doch nichts zu weinen, das war ein Unfall, du hast das Ding eben nicht richtig geworfen. Wenn du dich direkt hingeworfen hättest, wäre nichts passiert. Man kann eben keine Granate werfen und dann in den Splitterregen glotzen, das kann gefährlich werden."

„Ich `abe wieder alles falsch gemacht, ich `ab's vermasselt und du bist dadurch verletzt," schluchzte sie. „Ich `ab doch nur Angst vor diesen schrecklichen Waffen."

„Beruhig dich doch, es gibt nichts zu weinen, hör endlich auf damit. Es ist eben passiert."

Ich nahm ihre Hand und streichelte darüber.

„Warum weinst du eigentlich immer sofort? Dir ist doch nichts passiert und ich reiße dir doch auch jetzt nicht den Kopf ab. Sicher, wenn ich nicht so schnell reagiert hätte, Wären wir beide tot gewesen. Aber das hier kann eben passieren, wir haben beide Glück gehabt."

Sie schniefte und lächelte mich dünn an. „Ich `abe eben nahe an der Seine gebaut," sagte sie.

„Was meinst du damit?" Fragte ich sie.

„Das `eißt, wenn ein Mädchen nah am Wasser gebaut hat, das es eben schnell wegen irgendetwas weint. Ich `abe früher viel Schimpfe und Prügel von meiner Mutter bekommen und dann `abe ich mich in eine Ecke verzogen und geweint und danach ging es mir besser und weißt du, wenn ich schon vorher geweint `abe, war das Donnerwetter oder die Prügel nicht so schlimm ausgefallen."

„Und hat es geklappt?" Fragte ich sie

„Nein, nicht immer," antwortete sie.

„Also, es gibt kein Donnerwetter und Prügel erst recht nicht, also beruhig dich," sagte ich zu ihr.

Ich stand von dem Stuhl auf und verzog das Gesicht. Mein Rücken schmerzte und spannte, es war aber nicht so schlimm wie mit den ganzen Splittern im Rücken. Amelie war sehr besorgt, sie drückte mir ein Kissen in den Rücken als wir auf der Couch saßen und brachte mir alles, wenn immer ich was brauchte.

39. Tag.

Diese Nacht konnte ich nur auf dem Bauch liegend verbringen. Mein Rücken schmerzte ordentlich. Amelie wechselte nach dem Frühstück den Verband, untersuchte die Wunden und trug wieder Heilsalbe auf. Wir übten Handgranatenwerfen, besonders Amelie musste das üben. Ich ließ sie eine scharfe Granate zusammenbauen und wieder auseinander nehmen. Ich wollte ihr die Angst vor dieser Waffe nehmen. Ich übte das Werfen mit ihr, immer wieder.

40. Tag

Heute ließ ich sie noch einmal mit einer scharfen Granate werfen. Diesmal machte sie es richtig. Ich schärfte ihr ein, dass sie keine Angst vor der Granate haben musste, wenn sie mit der gebotenen Vorsicht damit umging und alles genauso machte, wie ich es ihr gesagt hatte. Sie meisterte die Übung mit Bravour und war sichtlich erleichtert. Ich ließ sie noch eine zweite Granate werfen. Sie strahlte über das ganze Gesicht als ich sie danach lobte.

41. Tag

Ich plante mit den Beiden zusammen eine Erkundungs-
mission zu dem Marinestützpunkt zu machen. Ich sah mir
zusammen mit den Beiden die Karte an und legte eine
Route fest. Weil wir uns viel über offenes Gelände bewegen mussten, schärfte ich ihnen ein besonders vorsichtig
zu sein, denn wir konnten uns nicht auf ein großes Feuergefecht einlassen. Wenn wir von mehreren Raptoren gestellt würden, wäre das ein Kampf auf Leben und Tod. Ich
schärfte ihnen auch ein, wenn wir uns zurückzogen in jedem Fall und auf direktem Weg zum Bunker zu gehen.

Wir luden unsere Waffen und gingen los. Zunächst
ging es Problemlos, wir schafften es bis fast ans Tor der
Marinebasis. Wir stiegen auf einen angrenzenden, bewal-
deten Hügel, um von einem erhöhten Punkt in die Marinebasis hereinschauen zu können. Einige Raptoren und
viele Combatwölfe liefen in der Anlage umher. In der
Mitte stand ein Sendemast. Daneben eine Baracke, wo die
Funkanlage untergebracht war. Die Anlage bot reichlich
Deckung, da sich Baracke an Baracke reihte. Wir konnten
das Maul des Bunkereingangs an seiner Mauer erkennen.
Ich markierte wichtige Punkte in meiner Karte, um die
nächste Mission detailliert planen zu können. Dann zogen
wir uns zurück.

Wir schafften es fast bis zum Bunkereingang. Nicht
weit vom Eingang entfernt, liefen wir in eine Rotte Combatwölfe. Wir beschossen sie und konnten auch einige vernichten, dann flog eine dieser Drohnen über das Gebiet
und trötete was das Zeug hielt, bevor ich sie abschießen
konnte. Dann kamen zwei Raptoren angelaufen. Ich beschoss sie mit Thort. Wir mussten oft die Stellung wechseln, weil die Raptoren auf uns schossen. Die Combatwölfe

versuchten uns einzukreisen. Ich hinderte sie daran, indem ich sie abwechselnd beschoss. Amelie schoss auch und vernichtete einen Combatwolf. Thort zog sich in Richtung Bunker zurück. Ich folgte ihm mit Amelie.

Plötzlich raschelte ein großes Gebüsch vor uns und ein Raptor schritt heraus, ich hatte meine G3 gerade leer geschossen. Amelie feuerte und schrie. Als der Raptor auf uns eindrang. Ich hatte gerade durchgeladen, als ihre Waffe leer gefeuert war. Anstatt nachzuladen, schrie sie schrill, warf die Waffe weg und rannte davon. Ich beschoss den Raptor, um ihn von Amelie abzulenken. Gleichzeitig sah ich mich hastig um, wo Amelie hinlief. Sie lief einfach panisch aufs geradewohl, anstatt zum Bunker zu rennen. Plötzlich stand ich allein mit dem Problem da und musste auch noch Amelie schützen. Ich feuerte weitere Feuerstöße auf den Raptor ab. Ich traf sein Arm MG und entwaffnete ihn.

„Verdammt Amelie, lauf zum Bunker, schnell!"

„Ich `ab Angst, ich `ab Angst," schrie sie weinend.

„Lauf verdammt," rief ich und zog sie hoch.

Dann gab ich ihr einen Stoß, während ich weiter auf den Raptor feuerte und ihn auf Distanz hielt. Einige Combatwölfe versuchten uns einzukreisen und den Weg zum Bunker abzuschneiden. Meine G3 war schon wieder leergefeuert. Ich lud sie schnell nach und feuerte weiter. Ich schob Amelie allmählich in Richtung Bunker, während sie sich hinter mir duckte. Ich schoss auf die Combatwölfe die versuchten uns ein zu kreisen, und schaffte es schließlich bis zum Bunker.

„Mach die Tür auf Amelie schnell!" rief ich und feuerte weiter.

Es waren vier Combatwölfe und der Raptor die auf uns eindrangen. Lange würde ich sie nicht mehr fernhalten können, besonders der Raptor, der eine Sprungattacke starten würde.

„Schieß doch wenigstens mit deiner Pistole!" Schnauzte ich sie an.

Amelie stand starr vor Schreck an der Wand. Ich stellte mich vor sie, nahm sie am Arm und schob sie in das geöffnete Bunkertor. Ich feuerte weiter auf den Raptor und brachte ihn zur Explosion. Aus dem Augenwinkle sah ich Thort im Hangar. Er feuerte ebenfalls auf einige Combatwölfe, die auf ihn eindrangen. Die Combatwölfe schossen auf uns und ich feuerte erbittert zurück, Kugeln sirrten, Querschläger jaulten, Betonbrocken wirbelten umher, trafen mich im Gesicht und tickerten gegen meinen Helm. Dann knallte ein Schuß und ich erhielt eine heftigen Schlag am Arm.

Ich feuerte wieder auf die Combatwölfe zurück, dann waren wir im Bunker. Wir hatten es so gerade noch einmal geschafft. Amelie sah mich aus bangen Augen an. Als ich in Richtung Aufenthaltsraum ging, wich sie einen Schritt zurück vor mir. Ich war mehr als stocksauer. Ich hätte ihr am liebsten den Hals herumgedreht. Thort kam aus dem Hangar hinterher. Als ich im Aufenthaltsraum angekommen war nahm ich den Helm vom Kopf und warf ihn mit voller Wucht gegen die Wand, sodass er im Raum umherflog und krachend auf den Boden fiel. Amelie zuckte zusammen und zog den Kopf zwischen die Schultern.

Ich baute mich vor ihr auf und brüllte sie an."

„Verdammt nochmal Amelie, wie oft habe ich dir gesagt bei Rückzug, sollst du direkt zum Bunker rennen und nicht irgendwohin verdammt. Und dann schmeißt du auch noch deine Waffe weg, bist du eigentlich zu blöde sie nachzuladen. Was habe ich euch gesagt. Wir laufen zum Bunker, und zwar ohne, dass ich das sagen muss verdammt. Wir haben es so gerade nochmal in den Bunker geschafft, noch ein paar Combatwölfe mehr und wir würden durchlöchert da draußen rumliegen, nur weil du wieder Mist gebaut hast. Ich ging wie ein Tiger vor ihr hin und her, und bebte vor Zorn. Sie hatte ein rotes Gesicht, was zu einer traurigen Grimasse verzogen war, sie weinte wieder.

„Es tut mir leid," sagte sie gepresst und versuchte ihre Tränen zurück zu halten.

Thort sah betreten zu Boden und sagte nichts.

„Es tut mir leid, es tut mir leid," schnauzte ich zurück

„Ich kann dein dämliches es tut mir leid nicht mehr hören, jedes Mal die gleiche Scheiße."

Meine Wunde am Arm schmerzte und brannte, doch ich beachtete sie nicht, dafür war ich einfach zu aufgebracht.

„Und hör deine verdammte Flennerei auf, verflucht nochmal, damit wird es auch nicht besser. Jedes Mal, wenn du Mist baust, sind wir in tödlicher Gefahr, nur weil du nicht aufpasst und auch noch dein Gewehr wegwirfst, verdammt noch mal."

Ich sah, wie sie mit weinerlich verzogenem Gesicht etwas zu mir sagen wollte und es nicht herausbrachte, dann schlug sie die Hände vor ihr Gesicht und lief weg.

„Verdammte Scheiße," schrie ich und kickte den Helm quer durch den Raum, so dass Thort schützend die Arme hochhob.

„Ist doch nochmal gut gegangen," sagte Thort.

„Einen Scheißdreck ist," fauchte ich wütend zurück.

„Wir können froh sein, dass wir noch leben," sagte ich schon etwas ruhiger.

Ich wusste, das Thort nichts dafür konnte.

„Ich geh eine Rauchen" sagte ich und signalisierte, dass ich allein bleiben wollte.

Ich hob meinen Helm auf, ging zum Hangar und kam an den Toiletten vorbei, die Damentoilette stand offen, normalerweise zog sich Amelie zum Heulen auf das Klo zurück. Diesmal wohl nicht. Ich hatte sie auch ganz schön zusammengefaltet. Irgendwie tat sie mir auf einmal leid. Ich ging zum Hangar. Ich hatte meinen Helm aufgesetzt und näherte mich vorsichtig dem Eingang.

Ich duckte mich hinter die Barrikaden und spähte. Es waren im Moment keine Combatwölfe zu sehen. Ich rannte los bis zum nächsten Gebüsch, dann duckte ich mich wieder. Ich konnte keine Feinde sehen, offensichtlich hatten sie genug von uns. Ich arbeitete mich langsam zu der Stelle vor, wo ich den Raptor erledigt hatte. Das Wrack lag in der Wiese. Ich nahm die Munition des Raptors an mich. Dann suchte ich nach Amelies Gewehr und fand es wenig später.

Danach zog ich mich vorsichtig zurück. Im Hangar angekommen, duckte ich mich hinter eine Barrikade und entzündete eine Zigarette. Ich sah wieder ihr Gesicht vor mir, wie sie mich angesehen hatte. So ängstlich, so verletzlich. Es tat mir leid, dass ich so über sie hergefallen war. Ich würde mich bei ihr entschuldigen müssen. Das war wohl etwas zu heftig was ich da mit ihr gemacht hatte. Sie tat mir leid. Thort rief meinen Namen

„Hell bist du da?"

„Was ist?" rief ich zurück und ging Thort entgegen.

„Amelie ist weg, ich hab sie nich' gesehen und aufm Klo is se' auch nich' " .

„Hast du schon im Schlafraum und im Aufenthaltsraum nachgesehen.

„Nee noch nicht."

„Dann sie mal dort nach und in der Küche, vielleicht ist sie auf irgendeinem Lager," sagte ich zu Thort.

Er wandte sich um und ging los. Draußen konnte sie nicht sein, ich dachte mir das sie nicht so unvernünftig sein würde. Außerdem kam ich gerade von draußen und hatte sie nicht gesehen. Ich ging tiefer in den Hangar. Im rückwärtigen Teil befand sich eine Bürobaracke und ein kleines Lager. Als ich um die Ecke bog, hörte ich ein leises schniefen. Amelie saß in einem dunklen Winkel auf einer Holzkiste. Als sie mich sah stand sie auf und sah mich böse an.

„Hier ist dein Gewehr," sagte ich ihr und hielt es ihr hin.

Sie kam auf mich zu und riss es mir aus der Hand, dann stieß sie mich auf Seite und wollte gehen, während sie das Gewehr schulterte.

„Amelie ich würde gerne mit dir reden," rief ich ihr hinterher. Sie blieb stehen und drehte sich zu mir um

„Was!" fauchte sie mich an

„Was willst du noch mit mir reden, bist du nicht schon genug auf mir rumgetrampelt reicht dir das noch nicht?"

„Amelie ich wollte mich bei dir entschuldigen, das war doch etwas zu viel was ich dir da an den Kopf geworfen habe, es tut mir leid," sagte ich

„Es tut dir leid!" schrie sie mich an und kam einen Schritt auf mich zu

„Es tut dir leid, dass hast du mir gerade vorgeworfen, weil ich das gesagt habe und jetzt kommst du mit Deinem es tut mir leid. Jedes Mal, wenn eine Mission schief gegangen ist war ich es und bin diejenige auf dem du rumtrampelst."

Sie kam weiter auf mich zu Und schrie mit überkippender Stimme

„`ast du vielleicht mal irgendeinen Gedanken daran verschwendet, wie es mir geht dabei. Nein, irgendetwas geht schief und du trampelst auf mir rum. `ast du dir vielleicht mal die Frage gestellt, ob ich keine Angst habe?"

Schrie sie mich aus Leibeskräften mit schriller Stimme an.

„Merkst du Eisklotz eigentlich nicht das ich Angst `abe, wenn ich eine dieser schrecklichen Waffen in die `and nehmen muss. Ich hab jedes Mal Angst, wenn ich da draußen raus gehe mit euch. Und dann dieser riesige Roboter gerade, diese tödlichen Maschinen. ICH `ABE ANGST!! `ÖRST DU ICH `ABE ANGST!! FURCHTBARE ANGST!!!"

Schrie sie so laut sie konnte und mit schriller Stimme. Ich ließ diese Schimpftirade auf mich einprasseln.

„Ich möchte mich..." weiter kam ich nicht mehr, da schrie sie schon wieder.

„DU KANNST DIR GARNICHT VORSTELLEN WELCHE ANGST ICH `ABE!!!!"

„ICH `ABE ANGST! Ich `abe Angst, solche Angst"

und dann wurde sie von einem Weinkrampf geschüttelt und weinte herzzerreißend. Sie hatte sich die Hände vor das Gesicht geschlagen und ihren Mund weit geöffnet, sie hörte sich an, als wenn sie Schmerzen hätte.

Da stand dieses zierliche Bündel heulendes Elend vor mir. Ich hatte dieser zarten Person einfach zu viel zugemutet und es nicht bemerkt und im Gegenteil ich hatte noch weiter auf sie eingeschlagen. Sie tat mir leid wie sie so vornübergebeugt vor mir stand ihre Hände vor ihr Gesicht geschlagen hatte und herzzerreißend schluchzte. Ich wollte sie trösten und nahm sie in meine Arme. Sie ließ es sich gefallen. Dann streichelte ich ihr über den Rücken und über ihre Haare und wog sie leicht.

„Es tut mir leid Amelie, ich bitte dich um Verzeihung. Es war nicht richtig was ich getan habe.

Sie schluchzte noch eine Weile in meinen Armen, dann schniefte sie noch ein wenig und legte ihr Gesicht an meine Brust. Dann sah sie mich mit verweinten Augen an

„kannst du mich noch ein wenig so `alten, das tut so gut?"

„Natürlich, solange du möchtest," sagte ich und legte meine Wange an ihren Kopf. Ihre Haare kitzelten mich ein wenig und es fühlte sich auch für mich gut an, sie im Arm zu halten. Ich schämte mich, weil ich sie so verletzt hatte. Ich hatte ja sonst nur mit Jungs zu tun gehabt und da ist der Umgang etwas rauer. Mit einer sensiblen Frau wie Amelie hatte ich noch nicht zu tun gehabt. Ich würde mich zukünftig zurück nehmen müssen. Sie krallte sich an meinem Arm fest und packte genau auf die Stelle, wo der Streifschuss war. Ich biss die Zähne zusammen. Sie hob den Kopf von meiner Brust und sah mich an

„Geht es dir jetzt besser?" Fragte ich sie

„Ja, es geht wieder, ich nehme deine Entschuldigung an."

„Amelie, ich habe auch Angst, wenn ich da raus gehe. Ich zeige das vielleicht nicht so, aber mir geht es vielleicht genauso wie dir."

Sie wollte sich über die Nase wischen und nahm ihre Hand von meinem Arm

„IHHHH was ist das denn?" sagte sie plötzlich und verzog das Gesicht.

Ihre Hand war voller Blut

„Das sieht aus wie Blut," sagte ich ihr „Bist du vielleicht verletzt?" Fragte ich sie

„Nein, ich bin nicht verletzt aber, OOOhhhh Du bist verletzt."

Sie fasste an meine Jacke, die sich langsam rot färbte.

„`ier ist alles feucht, du blutest ja, hast du Schmerzen?"

„Ein wenig," sagte ich

„Wir müssen sofort auf die Krankenstation, das muss ich mir ansehen, komm!" sagte sie und zog mich an der Hand hinterher.

Thort schaute ungläubig, als er uns sah. In der Krankenstation drückte sie mich auf einen Stuhl und zog mir vorsichtig die Jacke aus.

„Ooohhhh mon dieu," sagte sie als sie die Wunde sah.

„Das `emd musst du auch ausziehen!" sagte sie und half mir.

„Das war bestimmt meine Schuld, weil du mich wieder einsammeln musstest," sagte sie mit bebender Stimme, den Tränen wieder nahe.

„Amelie, das hätte auch so passieren können, das ist nicht deine Schuld," sagte ich

„Und warum lässt du dich dann von mir ausschimpfen, obwohl du Schmerzen `ast und blutest?" Fragte sie mich.

„Weil es wichtiger war, mit dir zu sprechen," entgegnete ich. Sie streichelte mein Gesicht und ich bekam Gänsehaut.

„Du knurrst, schnappst und beißt wie ein zotteliger Wolf und dann bist du wieder so ein lieber Mensch. Ich würde gerne viel öfter diesen lieben Menschen sehen. Ich `abe sonst niemanden. Ich `abe niemanden mit dem ich über meine Ängste sprechen kann, niemand der mich tröstet, kannst du das nicht sein?" Fragte sie mich und sah mich bittend an.

„Du bist ein armes Seelchen, aber ich versuche es o.k."

Sie lächelte mich an und gab mir einen Kuss auf die Wange, dass mir ein Schauer den Rücken herunterlief. Dann machte sie sich daran meine Wunde zu versorgen.

Als sie fertig war fragte ich sie noch einmal

„Ist wieder alles o.k. mit dir Amelie. Es ist wichtig das wir miteinander sprechen, sonst werden wir da draußen erhebliche Probleme haben, wenn wir uns untereinander nicht verstehen."

„Es ist alles o.k., es geht jetzt wieder, ich `abe dir ja mal gehörig meine Meinung gesagt."

„Das war gut so, du hast es ja schwer mit uns zwei Jungs, weißt du es ist was anderes, wenn ein paar Jungs untereinander sind, da wird sich gefoppt, da wird gerempelt, man sagt sich ordentlich die Meinung und wenn es gar nicht anders geht gibt's auch mal was in die Fresse. Naja, mit einem Mädchen habe ich sonst noch nie etwas zu tun gehabt und das muss ich auch erstmal lernen."

Amelie lächelte mich an und sagte

„Es reicht mir schon, wenn du verstehst, dass ich vor den Raptoren so eine Angst `abe. Und wenn du mich nicht mehr so schlimm anbrüllst, ich `abe dann Angst vor dir."

„Du brauchst keine Angst vor mir haben, ich war gerade nur wahnsinnig sauer, wir sind dem Tod nochmal so gerade von der Schippe gesprungen. Ich mache eben auch nicht alles richtig. Aber bitte, wenn du Ängste hast, dann sprich mit mir darüber, du weißt, wenn ich nicht gesprächsbereit bin." Sie nickte und sagte

„Ja, das zeigst du ja immer, wenn du nicht reden willst."

Wir verließen die Krankenstation, Amelie bog in die Küche ab mit den Worten,

„ich mach uns was zu Essen."

Ich ging weiter in den Schlafraum, legte meine Waffen ab. Danach wusch ich mich.

Am Abend saßen wir noch eine Weile zusammen. Amelie hatte eine Gitarre gefunden, die in einem der Mannschaftsräume gelegen hatte. Sie stimmte sie und klimperte ein wenig darauf herum. Es dauerte nicht lange und sie hatte die Gitarre gestimmt.

Dann spielte sie auf einmal ein Lied. Sie zupfte die Seiten und fing an zu singen, Sie sang „Dust in the Wind", diesen schönen Song von Kansas. So wie sie das Lied sang, klang es wunderschön. Amelies angenehme Stimme schwebte zusammen mit den sanften Gitarrentönen durch den Raum. Ihr französisches Timbre erzeugte Gänsehaut bei mir.

Thort und ich hörten andächtig zu. Sie ließ uns damit ein wenig die tödliche Gefahr vergessen in der wir schwebten.

Waren wir nicht alle nur Staub im Wind, verweht vom Wind des Lebens? hatten wir überhaupt eine reelle Chance das zu überstehen oder kämpften wir einen sinnlosen Kampf?

Als sie aufhörte legte sie die Gitarre zur Seite und setzte sich mit angezogenen Knien auf die Couch. Sie lehnte ihren Kopf auf die Knie und blieb in sich gekehrt. Normalerweise war sie sehr redselig, doch jetzt war sie ruhig. Sie wirkte nachdenklich.

42. Tag

Nach dem Frühstück erläuterte ich noch einmal das Gefecht, ging aber nicht weiter auf die Fehler ein die gemacht wurden. Ich sah, dass Amelies Anspannung etwas aus ihrem Gesicht wich. Ich erläuterte auch noch einmal die Marinebasis und erarbeitete gemeinsam mit ihnen eine Plan. Danach sagte ich.

„So, genug für heute ich denke wir haben alle eine Verschnaufpause verdient. Also faulenzen, Duschen, Trainieren, lesen, abhängen. Und Amelie, wenn du Hilfe in der

Küche brauchst, dann sag das, du musst nicht immer alles allein machen.!"

Sie lächelte „Oh non, das ist keine Arbeit, lasst nur."

Ich nahm mir meine G3 und wollte aus dem Bunker gehen. Als ich aus dem Schlafraum kam, fragte Amelie wo ich hinging, ich sagte

„ein wenig frische Luft schnappen".

„Darf ich mit, oder bin ich dir dann lästig?"

„Nein, du kannst ruhig mitkommen," sagte ich ihr.

Sie strahlte plötzlich und lief schnell in den Schlafraum, wenig später kam sie wieder mit ihrer AK 5 und dem Helm auf dem Kopf. An der Bunkertür spähte ich links und rechts. Dann gingen wir in den Wald. Ich spähte noch einmal mit dem Fernglas die Umgegend ab und konnte keine Roboter entdecken. Ich erreichte eine Stelle von der ich die Küste sehen konnte und einen sehr schönen Ausblick über Runmarö hatte. An einer Gruppe Findlinge setzten wir uns auf den Boden, so konnte uns nichts angreifen. Ich bot Amelie eine Zigarette an die sie nahm. Wir rauchten schweigend und ich genoss die Spätsommersonne.

„Darf ich mich anlehnen?" Fragte sie mich. Ich nickte und sie lehnte sich mit ihrem Kopf an meine Schulter. Sie hatte die Augen geschlossen und lächelte.

„Darf ich meinen Arm um dich legen, dann ist es etwas bequemer?" Fragte ich sie.

Sie schlug direkt die Augen auf, erhob sich und legte ihren Kopf an meine Brust.

„Merci (franz: Danke)," hauchte sie.

Während ich sie hielt spähte ich mit dem Fernglas, rauchte und hing meinen Gedanken nach. Amelie genoss anscheinend die Nähe. Sie hatte ihren Helm abgenommen und ich konnte sehen, dass sie mit geschlossenen Augen an meiner Brust lag.

Ich hielt ihr einen Schokoriegel unter die Nase und wedelte leicht damit. Sie nahm ihn und knabberte daran herum.

„Hört dieser Alptraum auch einmal auf?" Fragte sie plötzlich.

„Wenn ich dir darauf eine Antwort geben könnte, es wird wahrscheinlich noch eine ganze Weile dauern, bis das hier vorbei ist. Ich weiß ja selbst nicht was los ist," seufzte ich.

„Woran denkst du?" Fragte sie.

„Ich denke darüber nach wie es weiter geht und wie wir heil in die Marinebasis kommen."

„Störe ich dich jetzt, falle ich dir zur Last?" Fragte sie

„Wenn das so wäre hätte ich dich nicht mitgenommen."

„Kann ich dir was sagen?" Fragte sie wieder.

„Was denn?" Fragte ich zurück.

„Ich wäre gern öfter mit dir zusammen. Ich `abe sonst niemanden mit dem ich reden kann, mit Thort geht das nicht. Und das `ier, dass du mich mal in den Arm nimmst, einfach so, das tut so gut, mir jedenfalls. Das ist etwas, was ich zu Hause nur ganz selten bekommen `abe und von den Jungs die ich so kennengelernt `abe, gab es das auch nicht, die wollten mich immer nur befummeln und das tust du gar nicht. Mit dir kann ich reden, du hörst mir zu, deshalb wäre ich gerne öfters mal in deiner Nähe, wenn es dir nichts ausmacht."

„Du hast ja gerade nicht die Riesenauswahl, aber wenn es dir hilft, dann ist es o.k. für mich," sagte ich zu ihr

„Ich trau' mich oft nicht, weil du immer so grimmig bist."

„Bin ich das?" Fragte ich sie, daraufhin nickte sie nur

„Mir gehen so viel Sachen im Kopf herum, sprich mich einfach an. Ich sag ,dir schon, wenn ich in Ruhe gelassen werden will."

„Bist du eigentlich schon mal mit einem Mädchen zusammen gewesen, so wie wir jetzt?" Fragte sie. Ich fragte mich langsam, worauf sie hinauswollte und warum sie mich das alles fragte, was ging in ihr vor?

Sicher war sie, irgendwie eine arme Socke die zu Hause wenig liebevoll behandelt worden war und jetzt hier auch unter die Räder kam. Ich war ja auch nicht gerade zimperlich mit ihr umgegangen, vielleicht brauchte sie die menschliche Nähe viel mehr wie ich oder auch Thort. Ich hatte keinerlei Ahnung wie man mit so einem sensiblen Mädchen umging. Die Mädchen die ich kennengelernt hatte, waren für mich nur flüchtige Bekanntschaften gewesen, nichts tiefergehendes außer Ronja, aber das war mehr so eine Teenagerliebe, flüchtig und oberflächlich. Wir hatten nie richtigen Körperkontakt, nicht so wie ich ihn mit Amelie hatte. Ich wusste ehrlich gesagt nicht, warum sie das brauchte und warum es ihr so wichtig war. Aber es war ein schönes Gefühl, wenn sie sich anschmiegte.

„'allo ich hab dich was gefragt!" sang sie und wedelte mit ihrer Hand vor meinen Augen.

„Entschuldige, ich war in Gedanken, nein ich war noch nie mit einem Mädchen zusammen, nicht so wie mit dir, das ist völlig neu für mich."

„Dann bin ich tatsächlich die Erste die das darf, in deinem Arm liegen?"

„Ja, du bist die Erste," bestätigte ich.

„Wir müssen aber auch langsam an den Rückweg denken, in einer Stunde wird es dunkel.

Die Sonne stand schon sehr tief am Horizont und übergoss das Land mit warmen, roten licht.

„Cinq minutes „(franz: fünf minuten)?" Fragte sie „Wieviel minuten?" Fragte ich und sie hielt ihre Hand hoch und zeigte mir fünf Finger.

Bevor sie sich erhob legte sie ihren Arm um mich, drückte mich ganz fest an sich und hauchte „merci".

Als wir zurückgingen spähte ich mit dem Fernglas. Sie pflückte ein paar kleine Wiesenblumen, die sie sich an ihren Helm steckte. Dann stieß sie einen Freudenruf aus

„Ohhh `elldiver guck mal Pfifferlinge."

Sie hob an einer Tanne die tiefhängenden Zweige hoch und kleine Pilze leuchteten gelb am Boden. Sie pflückte sie vorsichtig. Ich gab ihr meine Militärmütze, damit sie die Pilze hineinlegen konnte. Obwohl wir zum Bunker zurückmussten ließ ich sie weitersammeln, es schien ihr Spaß zu machen.

Zum Abendessen hatte sie die mitgebrachten Pilze in Butter gebraten und zusammen mit einem Omelette auf den Tisch gebracht. Es schmeckte wirklich köstlich.

Nach dem Essen sprachen wir noch einmal über die Marinebasis, dann saßen wir noch im Aufenthaltsraum zusammen. Ich legte etwas Musik auf und wir rauchten. Ich hing meinen Gedanken nach. Im Radio ertönte auf einmal die „Unchained Melody" ein wunderschöner Oldie von den „Righteous Brothers".

Plötzlich stand Amelie vor mir und hielt mir lächelnd ihre Hand hin.

„Komm bitte und Tanz mit mir!"

Ich erhob mich und erfüllte ihr den Wunsch. Sie schmiegte sich wieder an mich, legte ihre Hand auf meine rechte Schulter und ihren Kopf an meine Brust. Ich bekam Gänsehaut, ein eigenartiges Gefühl, wenn sie mich so berührte. Während ich mich mit ihr im Tanz wog streckte Thort den Daumen hoch und lachte. Die sanften Klänge der Melodie wehten durch den Bunker und ließ uns für einen Moment die ständige Bedrohung vergessen.

43. Tag

Wir besprachen noch einmal die Mission zur Marinebasis. Wir packten unsere Sachen zusammen und machten uns abmarschbereit. Wir räumten im Bunker auf. Amelie machte in der Küche kleine Happen zurecht, die wir mitnehmen konnten. Wir wussten nicht was uns dort erwarten würde. Dann sagte ich allen, dass sie sich noch einmal richtig ausruhen sollten. Den Abmarsch setzte ich auf den morgigen Tag fest.

44. Tag

Wir marschierten los. Es regnete in Strömen und in der Ferne ertönte Donnergrollen. Ein wirkliches Sauwetter ging über uns hernieder. Ein Gutes hatte es, denn es waren wenig Roboter unterwegs und der Regen übertönte unsere Geräusche als wir durch den Wald gingen.

„Ich bin ganz nass," maulte Amelie.

Thort feixte, verdrehte die Augen und äffte Amelie lasziv nach „Ich bin ganz nass."

Ein böser Blick von mir brachte ihn direkt zum Schweigen. Derartige Anzüglichkeiten konnte ich nicht ausstehen. Wir machten es wie auf dem Uppeby Sportplatz, ich spähte, lief vor und holte Amelie nach. Thort bildete die Nachhut.

So arbeiteten wir uns bis zum Eingang der Marinebasis vor. Auf einer Anhöhe hinter dem Eingangstor, stand eine Baracke. Davor standen einige Container. Der Weg bis zu der Baracke war weit. Ich beschloss bis zu dem Container vorzurücken und dann Amelie nachfolgen zu lassen, dann sollte sie bei mir Zwischenstation machen und in die Baracke rennen.

Dann würde Thort folgen und zum Schluss ich. Amelie schaute ein wenig ängstlich. Ich lächelte ihr aufmunternd zu. Dann legten wir los. Amelie kam schnell und gewandt wie eine Katze zu mir. Ich flüsterte ihr ins Ohr was sie als nächstes machen sollte. Dann lief sie los. Ich lauschte und hörte eine Tür klappen. Dann rannte Thort los. Plötzlich fegte eine Geschossgarbe die Straße lang und folgte Thort. Dreck spritzte hinter ihm auf und einige Geschosse schlugen in den Container ein hinter dem ich mich verbarrikadiert hatte. Ich winkte in sofort weiter.

Ich hörte die unheilvollen Geräusche eines Raptors, der in schnellem Lauf die Straße heraufgerannt kam ich zog eine Handgranate von meinen Gürtel und zog den Sicherungsring. Der Roboter kam um den Container herum, ich warf, sofort die Handgranate, rollte mich zur Seite und warf noch eine zweite. Der Roboter stand Funken sprühend immer noch auf der Straße .Ich feuerte auf den Roboter. Er wankte, es war ein grünlackierter. Die waren stärker gepanzert als die hellgrauen Raptoren.

Ich hörte hinter mir Thort's G3 bellen. Er hatte den Robot unter Feuer genommen und gab mir Gelegenheit mich in die Baracke zurückzuziehen. Ich drehte mich zwischenzeitlich und feuerte ebenfalls auf den Robot, ein weiterer Raptor kam die Straße hinaufgelaufen. Amelie hockte im hohen Gras und feuerte ebenfalls. Ich hatte es geschafft. Ich war auch bei der Baracke. Ich schickte Amelie hinein und unterstütze Thort. Dann warf ich noch eine Handgranate und brachte den Roboter zur Explosion. Ich löschte noch zwei Combatwölfe aus, die gelaufen kamen und Thort holte noch eine Drohne vom Himmel, dann waren wir in der Baracke.

Wir sahen uns um und fanden Munition und in einem Regal lag eine Kpist Maschinenpistole. Ich fand auch Munition dafür. Amelie sah interessiert zu, wie ich die Waffe belud und fragte staunend,

„du kennst dich wohl mit jeder Waffe aus?"

„Nicht ganz, ich muss auch schon mal sehen, wo ich das Magazin entriegeln muss und wo der Ladehebel und vor allem der Sicherungshebel ist."

„Willst du sie haben?"

Amelie bis sich auf die Unterlippe und lächelte mich an.

„Thort was meinst du?" Fragte ich.

„Gib sie ihr, die is mir zu klein, is was für Mädchen!"
Amelie streckte ihm die Zunge raus.

Sie machte Zielübungen und fand, dass es genau die
richtige Waffe für sie war.

„Ist praktisch wie ein Handtäschchen," sagte sie als sie
sich den Trageriemen um die Schulter legte und wieder
zielte.

„Die kannst du gleich ausprobieren, denn wir müssen
weiter," erwiderte ich

Ich ging vorsichtig ans Fenster der Baracke und spähte
weiter über das Gelände. Etwas weiter die Straße hinunter
war eine weitere Baracke zu sehen. Wir schlichen uns geduckt bis an die Böschungskante. Nicht weit entfernt liefen
einige Raptoren und Combatwölfe über das Gelände. Es
dauerte mir zu lange alle einzeln zu dieser Baracke laufen
zu lassen, die Gefahr das die Bande da unten auf uns aufmerksam wurde war viel zu groß. Ich sagte Amelie, dass
sie mit mir laufen müsste. Thort sollte die Nachhut bilden
und uns aus der Höhe Feuerschutz geben, sich aber sofort
zurückziehen, wenn er unter Feuer geriete.

Ich beobachtete die Roboter und als sich meiner Mei-
nung nach ein günstiger Moment bot gab ich Amelie einen
Klaps auf die Schulter. Sie rannte sofort los ich lief ca. zwei
Schritte hinter ihr

„lauf so schnell du kannst," rief ich ihr zu.

Ich sah wie ein Raptor sich zu uns umdrehte und seine
Sensoren direkt auf Rot umsprangen. Ich war auf einen
Angriff gefasst und hatte mir, bevor ich loslief, zwei Gra-
naten in die Hand genommen und sie scharf gemacht. Ich

warf sie im Laufen mitten unter die Roboter, dann nahm ich die G3 und feuerte, was das Gewehr hergab.

Aus dem Augenwinkel konnte ich sehen, wie Amelie ebenfalls aus der MP feuerte. Ein Combatwolf explodierte. Ich warf mich hin, als eine Geschossgarbe über mich hinwegfegte am Boden liegend wechselte ich das Magazin. Amelie sprang wie ein Schachtelteufel plötzlich aus der Türe der Baracke und warf eine Handgranate. Es machte Klonk als sie einen Raptor traf. Sie riss die MP hoch, feuerte in dem Moment sprang ich auf und rannte wild feuernd zu ihr. Die Granate explodierte und zerriss den Roboter.

Meine G3 war leergefeuert, ich zog meine Glock und feuerte auf die Combatwölfe die auf mich eindrangen, dann war ich bei Amelie und hechtete in die Baracke. Sie nahm ihre AK 5 und feuerte weiter.

„Gut gemacht," sagte ich ihr, als ich meine Waffen nachgeladen hatte. Thort feuerte von dem Hügel aus und deckte die verbliebenen Raptoren ein. Ich sah zufällig wie zwei Combatwölfe zu Thort die Zufahrt zur Baracke hinaufrennen wollten. Ich sagte zu Amelie,

"gib mir Feuerschutz". Sie feuerte verbissen auf die Roboter, während ich die Combatwölfe erledigte die Thort bedrängen wollten. Ich winkte Thort. Er solle ebenfalls kommen. Mir gegenüber war eine weitere Baracke. Als Amelie feuerte lief ich dort hinüber und nahm von dort aus die Roboter weiter unter Feuer. Ich feuerte immer dann, während Amelie ihr Magazin wechselte.

Dann war auch Thort bei uns. Von dort aus kämpften wir uns Baracke für Baracke weiter in Richtung Bunkereingang. Als ein Raptor mich unter Feuer nahm entdeckte ich das hinter ihm zwei Autos standen. Ich jagte eine Salve in den Tank eines der Autos, es explodierte und riss den Raptor in Stücke. Amelie hielt sich brav hinter mir und kämpfte wacker. Ich lobte sie zwischendrin immer wieder mal und sie quittierte es mit einem Lächeln.

Dann lag die Funkanlage vor uns. Ich kämpfte mir zusammen mit Amelie den Weg frei, sie machte es recht gut. Als wir in die Baracke stürmten sah ich schon die unheilvollen Rotlichter eines Scorpions. Amelie hatte sie auch gesehen, feuerte mit ihrer MP und erledigte ihn, ein weiterer Scorpion saß in dem Schaltkasten der Funkanlage auch ihn zerstörte Amelie „Hahaaa, hab ich euch," lachte sie.

Ich klopfte ihr anerkennend auf die Schulter. „Gut gemacht."

Wir durchsuchten die Funkstation und nahmen alles mit was interessant aussah. Im Funkgerät hörte ich eine abgehakte Botschaft, dem Tonfall nach könnte es russisch gewesen sein. Zu der Bunkeranlage waren es noch ca. 200 m davon mindestens die Hälfte offenes Gelände zu meinem Leidwesen. Wir luden unsere Waffen nach dann lief ich mit Amelie zu Thort's Stützpunkt zurück.

Ich beobachtet das Gelände einige Combatwölfe und auch einige Raptoren waren zu sehen. In ca. 100 m Entfernung befand sich ein Gebäude, von dort war es nicht mehr weit bis zum Hangar des Bunkers. Ich beschloss wieder zu zweit zu laufen. Auf halber Strecke wurden wir beschossen Amelie reagierte sofort, ohne dass ich etwas sagen musste.

Während sie feuerte, kroch ich von hinten an sie ran. „Erschrick nicht, wenn ich dir an den Hintern fasse, ich will an deine Handgranaten. Diese hatte sie in der Kampftasche auf ihrem Rücken. Ich feuerte mit meiner G3, während sie ihr Magazin wechselte. Thort feuerte von hinten und beschäftigte die Roboter. Während die Geschosse über mich hinwegpfiffen griff ich in ihre Tasche und holte die Handgranaten heraus. Ich zog den Ring von der ersten Granate und warf sie, eine zweite und eine dritte hinterher. Einige Detonationen folgten. Ich nahm die verblieben Roboter weiter unter Feuer, gab Amelie einen Klaps auf ihren Hintern und rief laut „Lauf schnell," sie sprang sofort auf und lief.

Dann hörte ich Thort feuern, lud meine G3 nach und rannte wild feuernd los. Dann war ich bei Amelie „Sie lachte mich an. Dann schoss ich wieder um die Ecke des Gebäudes um die Combatwölfe unten zu halten, während Thort über den Platz rannte. Er feuerte ebenfalls. Dann war auch er bei uns. Ich schickte Amelie bis zur ersten Betonabsperrung vor dem Bunkereingang und gab ihr Feuerschutz, dann rannte ich an ihr vorbei zur nächsten Absperrung. Wir kämpften uns weiter in den Bunkereingang. Thort machte die Bazooka klar und feuerte auf die Roboter, Raketen aus der Bazooka schlugen in die Roboter ein und richtete massive Zerstörung an.

Wir warfen unsere restlichen Handgranaten. Selbst Amelie warf einige Granaten. Dann trat eine seltsame Ruhe ein. Ich hörte sogar das Zwitschern der Vögel und das Schreien der Möven. Ich lugte vorsichtig über die Betonabsperrung und sah auf das Gelände. Überall lagen rauchende Trümmer der Roboter herum. Die anderen erhoben sich ebenfalls. Wir hatten die Schlacht vorerst für uns entschieden. Wir luden alle unsere Waffen nach und machten uns daran in den Bunker vorzudringen.

Ich ging vor, Amelie folgte mir. Sie hatte die Maschinenpistole im Anschlag. Als wir hinter den Barrikaden waren, lauerten uns einige Combatwölfe und Scorpions auf.

Amelie bekämpfte die Scorpions, während wir die Combatwölfe niederschossen. Dann gelangten wir an ein Tor.

Ich schlich mich langsam vor und hörte plötzlich das Djieep......, Djieep......, Djieep......, Djieep...... eines Raptors. Seine schweren Schritte kamen näher, vor dem Tor stand eine Betonabsperrung ich zeigte Thort und Amelie sie sollten dahinter in Deckung gehen. Wir hatten uns gerade dahinter geduckt, da erschien ein Raptor mit seinen 4 m Höhe eine übermächtige Maschine, zischend und klackend fuhr sein Schwert aus und ein. Er sandte diesen durchdringenden Brummton aus.

Amelie blickte aus schreckgeweiteten Augen auf den Raptor, sie war leichenblass ihr Gesicht in Angst erstarrt. Ihr entfuhr ein wimmernder Laut. Ich packte sie schnell und hielt ihr den Mund zu.

„SSSSCCCHHHHH, sei ruhig, ganz ruhig sonst sind wir alle tot. Der hört den leisesten Laut,"

flüsterte ich ihr ins Ohr. Sie zitterte wie Espenlaub unter meinen Händen. Sie sah mich ängstlich aus aufgerissenen Augen an.

„Vertrau mir," flüsterte ich „ich mach den Robot fertig, aber du musst leise sein, hörst du."

Sie zitterte immer noch und nickte.

„Ich nehme meine Hand jetzt von deinem Mund, versprichst du mir, dass du nicht schreist?"

Sie nickte. Ich lockerte meinen Griff und nahm meine Hand weg. Sie hielt still. Der Roboter drehte sich um und ging wieder. In den Gang der hinter dem Tor lag. Ich hielt Amelie im Arm, ich wusste, sie brauchte jetzt Nähe. Ich suchte ihre Hand und drückte sie. Sie erwiderte den Druck und drückte fest zu so als wollte sie sich an mich klammern. Ich zählte die Schritte des Raptors. Dann hörte ich das er stehenblieb. Dann kam wieder der Brummton und die Schritte näherten sich wieder.

Als der Roboter wieder erschien riss Amelie wieder ihre Augen auf. Ich drückte sie wieder an mich und ich bemerkte das sie nicht mehr zitterte. Ich wartete bis der Roboter wieder wegging. Ich ermahnte Amelie noch einmal flüsternd ruhig zu bleiben. Dann sprang ich leise hinter der Abdeckung vor. Ich hatte mein Gewehr und den Rucksack bei Amelie gelassen. Ich schlich mich in das Tor und sah um die Ecke des Ganges. Ich sah den Raptor wie er den Gang hinunter ging. Ich ging in die Hocke und schob eine Mine in den Gang. Das leise Schürfen hatte der Roboter gehört. Der Raubtierschrei ertönte, Ich sah noch roten Lichtschein in dem Gang und hörte schnelle, schwere Schritte. Ich lief um die Ecke und entlang der Wand in der das Tor war, zur Betonabsperrung war es zu weit. Dann zerriss eine Detonation die Stille.

Ich sah noch einmal um die Ecke. Der Raptor lag als Wrack brennend in dem Gang. Amelie sprang hinter der Deckung hervor, brachte mein Gewehr und meinen Rucksack. Sie atmete erleichtert auf

„Geht's wieder," Fragte ich. Sie nickte. Wir rückten weiter vor. Einige Scorpions begegneten uns noch auf dem Weg zur Energiezentrale, dann hatten wir alles gesichert. Im Bunker sah es fast so aus wie im Uppeby Bunker. Die Anlage war nicht so groß wie der Gustavsberg Bunker. Aber auch hier waren Vorräte. Amelie sah immer noch blass aus. Ich nahm sie einfach mal in den Arm. Sie saugte die Zuwendung auf wie ein trockener Schwamm.

„`elldiver, entschuldige, ich `abe so eine furchtbare Angst vor den Raptoren," piepste sie.

„Es ist alles gut, im Moment ist es vorbei. Soll ich dich jetzt loslassen?" Sie presste sich noch etwas fester an mich und sagte

„Untersteh dich." Dabei sah sie mich mit leuchtenden Augen an und lächelte.

Anschließend untersuchten wir den Bunker eingehender. Wir fanden auch einen Warroom. Hier fanden wir auch Notizen die wir einsammelten.

Wir aßen die kleinen Happen, die Amelie im Gustavsberg Bunker vorbereitet hatte. Wenigstens gab es auch hier wieder Bier, dass wir durstig tranken.

45. Tag

Am nächsten Morgen untersuchten wir das Gelände. Wir hatten einige kleinere Scharmützel mit den Robotern, konnten sie aber gut bekämpfen. Die Boote im Hafen waren komplett weg. Wir fanden einiges an Munition, die wir einstecken. Das kein Boot mehr da war hob nicht gerade meine Stimmung. Ich hatte darauf gehofft, dass ich ein Boot finden und die Insel Richtung Festland mit den Beiden verlassen konnte, um sie in Sicherheit zu bringen.

Thort würde sich mir anschließen, mir ging es hauptsächlich um Amelie, damit sie wenigstens nach Hause und in Sicherheit fahren konnte. Die Enttäuschung stand mir ins Gesicht geschrieben. Als wir das ganze Material gesichtet hatten, konnten wir uns ein Bild von den Vorkommnissen machen.

Alle Zivilisten waren ausgeschifft worden, bevor die Roboter die Basis eingenommen hatten. Erbitterte Kämpfe mussten stadtgefunden haben, etliche Wracks von Panzern standen auf dem Gelände. Auch hing ein latenter Leichengeruch in der Luft. Es lagen viele tote Menschen auf dem Gelände herum. Viele waren Armeeangehörige und Polizisten. Etliche waren übel zugerichtet.

„Sieh nicht hin Amelie," sagte ich als ich sah, wie ihr das blanke Entsetzen in ihr Gesicht geschrieben stand.

Ich hatte auch meine Probleme die Bilder zu verdauen. Als wir an das Nördliche Tor kamen, was die Haupteinfahrt zur Anlage war lagen viele schlimm zugerichtete Tote herum. Manche Leichen sahen aus als wären sie von etwas schwerem zerquetscht worden. Knochen und Innereien traten aus den geborstenen Körpern aus. Amelie schlug sich die Hände vors Gesicht und weinte, ich nahm sie in den Arm und zog sie weg von dem Ort.

„Entschuldige, das ich weine, aber der Anblick ist so schrecklich, ich `abe so etwas Grausames noch nicht gesehen."

Ich hielt sie fest und sagte ihr „das geht schon in Ordnung, das ist auch für mich nicht einfach."

Sie beruhigte sich langsam, dann gingen wir wieder zurück zum Bunker. Ich war auf dem ganzen Weg schweigsam. Meine Gedanken drehten sich darum, wie ich nun weiter machen sollte.

Allen Anschein nach war eine kleinere Gruppe Menschen nach Styrsvik geflohen, dort war wohl auch eine Funkstation, ein Funkspruch von einer gewissen Astrid Sundholm wies auf diese Gruppe hin. Es schien eine Widerstandsgruppe zu sein. Ich resümierte

„wir kommen von hier nicht weg, da alle Boote den Stützpunkt verlassen haben. Kontakt können wir auch keinen aufnehmen, da der Funkverkehr gestört ist. Und so wie es aussieht gibt es noch ein paar Versprengte, die sich in Richtung Styrsvik aufgemacht haben, um sich dort mit weiteren Widerstandskämpfern zu treffen. Das Einzige was wir jetzt machen können, ist dieser Spur zu folgen. Eine bessere Idee habe ich jetzt auch nicht."

„Und warum machst du so einen sauren Eindruck?" Fragte Thort.

„Ich bin nicht sauer, sondern ein wenig enttäuscht ich hatte gehofft, dass wir ein Boot finden und zum Festland fahren könnten. Damit ihr, bzw. Amelie die Möglichkeit hat nach Hause zu kommen. Mist!" sagte ich.

„Ich geh' mit dir Hell," sagte Thort. Amelie sagte nichts und sah mich nur merkwürdig an.

„Kann ich dich allein sprechen `elldiver?" Fragte sie

„Ja, natürlich," erwiderte ich.

Thort stand auf und sagte ich geh in den Gemeinschaftsraum eine Rauchen. Ich nickte. Als Thort aus der Tür war sprang Amelie auf und ging im Warroom umher, sie spielte nervös mit ihren Fingern. Ihr Gesicht war verkniffen. Offensichtlich suchte sie nach Worten. Dann drehte sie sich plötzlich zu mir um.

„Willst du mich loswerden, `elldiver. Ich dachte wir wären Freunde?"

„Was hat das denn hier jetzt mit Freundschaft zu tun?" Fragte ich zurück.

224

Sie zündete sich eine Zigarette an und zog nervös an ihr. Es herrschte plötzlich eine gespannte Stimmung, so als wenn sie verärgert wäre.

„Was hat das jetzt mit Freundschaft zu tun?" wiederholte ich meine Frage.

„Ich habe den Eindruck, du bist nur mit uns `ier`in gegangen, um mich los zu werden."

„Wer redet denn hier von loswerden, ich wollte nur das du die Möglichkeit hast aus diesem Schlamassel hier herauszukommen. Was Thort macht ist seine Sache, aber du könntest nach Hause fahren du wärst in Sicherheit," sagte ich zu ihr, während sie immer noch nervös herumlief.

„Und dann `ättest du ein Problem weniger ge`abt, stimmt's"

„Ich weiß gar nicht worauf du hinauswillst Amelie, die Frage stellt sich doch gar nicht mehr. Die Boote sind eh alle weg."

„Ja und das kratzt dich, jetzt `ast du mich noch länger auf dem `als." Sagte sie etwas schnippisch

„Wer sagt denn, dass ich dich auf dem Hals habe."

„Das `ast du doch gerade gesagt, du wärst froh, wenn ich nach `ause fahren könnte." Sagte sie schon wieder in dem schnippischen Tonfall.

„Amelie, ich versteh' dich im Moment wirklich nicht. Es will dich doch niemand loswerden es wäre nur schön gewesen, wenn du die Möglichkeit gehabt hättest, was ist so schlimm daran?" antwortete ich.

„Das ̀eißt doch bei der nächstbesten Gelegenheit die sich bietet, werde ich von dir auf eine Mitfahrgelegenheit verfrachtet und dann Adieu (franz: tschüss).

Ich zündete mir selbst eine Zigarette an und zog an ihr.

„Amelie, du kannst mich jetzt für blöd oder begriffsstutzig halten, ich versteh nicht was Dein Problem ist. Was ist so falsch daran, dass du hier wegkommst, erklär's mir," sagte ich.

„Ich will nicht von dir weggeschickt werden, verstehst du. Ich will bei dir bleiben."

Ich schüttelte den Kopf „Natürlich kannst du bei uns bleiben, es hat keiner was davon gesagt, dass wir dich loswerden wollen. Das ist und bleibt deine Entscheidung. Nur weißt du, Du bürdest mir damit eine Verantwortung auf. Wenn dir etwas passiert, werden deine Eltern oder deine Verwandten mir Vorwürfe machen und mich fragen, warum ich nicht dafür gesorgt habe, dass du nach Hause kommst."

„Ja, dein Scheiß Pflichtbewusstsein, aber was ist mit mir. Möchtest du mich nicht bei dir ̀aben."

Ich stand auf und stellte mich vor sie und fragte

„darf ich?"

sie fragte „Was?"

ich breitete meine Arme aus und nahm sie einfach in den Arm

„Ach so das," sagte sie lächelnd.

„Sind wir denn keine Freunde?" Fragte sie mich mit traurigem Blick.

„Doch wir sind Freunde, auch wenn wir bis jetzt noch nicht darüber gesprochen haben. Ich will dich nicht loswerden und es ist auch in Ordnung, wenn du bei mir bist."

Sie lächelte auf einmal wieder. Sie sah mir tief in die Augen und sagte

„du bist der erste Mann, der mir zu`ört und mich versteht, du nimmst mir meine Angst, du siehst, wenn ich traurig bin und tröstest mich und auch wenn du mich mal einfach nur fest`ältst, so wie jetzt. Das bedeutet mir un`eimlich viel. Mehr will ich nicht von dir. Schick mich nicht einfach weg."

„Es schickt dich niemand weg, versprochen," sagte ich zu ihr und drückte ihr einfach einen Kuss auf die Stirn.

Sie drückte sich noch etwas fester an mich und grub sich in meine Brust ein.

„Merci," sagte sie. Wir standen noch einen Moment, sie brauchte wohl diese Umarmung und die Wärme die ich ihr gab.

„Ist jetzt alles wieder gut mit Dir?" Fragte ich sie „Oui (franz: Ja)," sagte sie strahlend und warf mir eine Kusshand zu als sie ging.

Ich blieb ein wenig ratlos zurück. Was sollte die Nummer gerade. War ihr Problem, dass sie nicht von mir Umarmt würde oder sie nicht mit mir reden konnte. Und dann diese Freundschaftskiste. Wir waren ein notgedrungen zusammengewürfelter Haufen, der rein zufällig aufeinander getroffen und durch die Situation im Moment verbunden ist; nicht mehr und nicht weniger. Wenn wir das hier überleben oder durch einen Zufall ausgeschifft würden dann würde jeder seines Weges gehen, vielleicht vorher noch ein Bier miteinander trinken und Ende.

Warum Amelie so einen Aufstand machte, konnte ich nicht verstehen. Plötzlich kam mir in den Sinn, dass sie sich vielleicht verliebt haben könnte, darüber hatte ich noch gar nicht nachgedacht, warum auch. Ja, sie war hübsch selbst mit der Militäruniform und den ungekämmten vom Helm plattgedrückten Haaren war sie immer noch hübsch. Sie hatte eine natürliche Schönheit. Sie war ein nettes Mädchen, manchmal etwas schnippisch und eigensinnig, das mochte auch vielleicht daran liegen, weil ich noch nicht so viel mit Frauen in diesem Alter zu tun gehabt hatte. Ich beschloss etwas zurückhaltender ihr gegenüber zu sein, denn ich wollte mich jetzt nicht verlieben, obwohl sie mir gefiel.

46. Tag

Wir beschlossen aufzubrechen und gingen noch am selben Tag los. Wir machten uns entlang der Küste auf den Weg nach Styrsvik. Laut meiner Karte war das ein großer Bauernhof, er lag am südlichen Ende von Norrsunda. Als wir in die Nähe von Norrsunda kamen, näherten wir uns vorsichtig der Stadt. Wir nahmen hinter einigen Autos Deckung und berieten kurz, ob wir durch den Ort gehen sollten, weil es der kürzeste Weg war, wir aber mit Feindberührung rechnen müssten. Die Alternative wäre ein weitläufiges Umrunden des Ortes. Wir schlichen uns etwas näher heran und spionierten mit dem Fernglas. Wir konnten zunächst keine Gegner sehen. Wir setzten alles auf eine Karte und versuchten die Route durch den Ort. Wir steckten uns Grasbüschel unter jede Schnalle die wir an uns hatten, um unnötige Geräusche zu vermeiden. Ich rannte zur nächsten Hausecke vor, sah mich um und winkte Amelie und Thort heran. Bis zur Ortsmitte hatten wir Glück. Einmal kam eine Drohne durch eine Gasse geflogen, wir hörten sie rechtzeitig und zogen uns in einen Hauseingang zurück. Wir gingen gerade eine schmale Gasse entlang als ich das unheilvolle Djiieep..., Djiieep......, Djiieep......, Djiieep......und das harte Klingen von Metall-Platten auf dem Pflaster hörte. Ein Raptor war in unmittelbarer Nähe. Ich griff mir Amelie und zog sie in einen Hauseingang. Bis zur Haustür waren es sechs Stufen. Wir drückten uns in die oberste Ecke. Thort war auf der gegenüberliegenden Seite in einen Hofeingang geflohen. Ich konnte ihn nicht sehen. Das Surren der Servomotoren wurde immer lauter. Ich hielt Amelie im Arm. Ihr Atem ging stoßweise und ich spürte unter meinen Händen wie sie zitterte. Ein leises Wimmern entfuhr ihr. Ich hielt ihr sofort den Mund zu und erstickte es. Das Klingen der Stahlplatten wurde immer lauter und ich konnte schon den Schatten des Raptors sehen. Er war nur wenige Meter von uns weg und patrouillierte durch die Gasse. Wir saßen in der Falle. Wenn er uns entdeckte waren wir geliefert. Wir konnten dann noch beide unsere Magazine leerfeuern und darauf hoffen, dass er nicht zurückfeuerte. Mir lief der kalte Schweiß den Rücken herunter. Amelie drückte sich fest an mich. Ich flüsterte ganz leise einige beruhigende Worte in ihr Ohr. Ihre Haare kitzelte meine Nase und ich bekam plötzlich Niesreiz. Ich hielt mir schnell die Nase zu und vergrub meine Gesicht an ihrer Schulter. Ich versuchte den Niesreiz zu bekämpfen, indem ich durch den Mund einatmete, doch der Reiz war zu mächtig, ich musste Nießen. Ich nieste in ihre Schulter und schaffte es, das Prusten stark herunter zu dämpfen. Ich hörte wie das Surren der Servomotoren plötzlich erstarb. Amelie klammerte sich an mich, ich sah mich um. Zum Glück war meine Niesreiz verschwunden. Ich konnte den Horror sehen. Ich bemerkte, dass ich selbst zitterte und Gänsehaut bekam. Kalte Schauer rannen mir den Rücken herunter. Ich hörte Amelies Zähne leise aufeinander schlagen.

Der Predator stand direkt vor dem Hauseingang. Ich hörte das leise Surren des Servomotors, der den Kopf antrieb. Es roch nach Ozon und ich hörte ein leises Brummen. Die Gasse wurde von einem geisterhaften Licht erhellt. Der Raptor scannte die Umgegend. Er hatte vielleicht mein Niesen gehört. Ich hielt die wie Espenlaub zitternde Amelie fest in meinem Arm. Ich hörte ihre kurzen, schnellen Atemzüge.

Die Sekunden zogen sich wie Kaugummi. Ich nahm vorsichtig mein Gewehr in die Hand, bereit zu schießen. Der Predator hatte uns wohl nicht genau lokalisiert, denn er war so weit gegangen, dass er unseren Eingang nicht scannen konnte. Er stieß seinen Raubtierschrei aus und ließ das Schwert geräuschvoll aus- und einfahren. Er versuchte uns einzuschüchtern, uns zu locken. Amelie hatte sich immer noch schutzsuchend an mich gedrückt.

Plötzlich setzte der Raptor sich in Bewegung und ging weiter. Ich öffnete Amelies Rückentasche und fischte eine Handgranate heraus. Sie legte eine Hand an meinen Nacken und zog meinen Kopf zu sich heran.

„Ist er weg?" Flüsterte sie mir ängstlich mit zitterndem Kiefer ins Ohr. Ihre Zähne schlugen immer noch leise klappernd aufeinander.

„Lass mich nachsehen," flüsterte ich zurück.

Ich löste sie langsam von mir, lies mein Gewehr an seinem Tragriemen vorsichtig und geräuschlos an meiner Seite herunter, packte die Handgranate und nahm den Sicherungsring in die Finger meiner rechten Hand. Leise erhob ich mich und schlich die Treppenstufen hinunter, bereit die Handgranate jederzeit zu werfen. Ich spähte nach links in die leere Gasse ob nicht ein Combatwolf hinter dem Raptor herlief. Aber die Gasse war leer. Als ich nach rechts sah konnte ich den Rücken des Raptors sehen, der langsam davonstapfte. Die Gasse war so eng, dass er sich nicht hätte umdrehen können. Ich sah eine Bewegung auf der anderen Straßenseite, es war Thort. Er wedelte mit der Hand und blies seine Wangen auf.

„Gerade nochmal gut gegangen. Ich fühlte Amelies zitternde Hand an meiner Schulter. Sie legte ihre Arme um mich und drückte ihr Gesicht an meinen Rücken. Ich drehte mich um, drückte sie an mich und streichelte ihr beruhigend über die Haare. Ihr flatternder Atem wurde ruhiger und sie hörte auf zu zittern. So blieben wir stehen, bis die Schritte des Raptors verklungen waren.

Ich sah mich noch einmal nach Thort um. Ich winkte ihn zu uns herüber. Als er ankam, drückte ich ihm Amelie in den Arm. Dann spurtete ich los bis zum nächsten Hauseingang. Ich tauchte noch einmal kurz in den Eingang dann sprintete ich bis zur nächsten Straßenecke. Ich spähte um die Ecke, in beiden Richtungen war die Luft rein. Auf der rechte Seite mündete eine Gasse in die Querstraße. Ich lief schnell bis zu dieser Ecke und wagte einen Blick in die Gasse. Sie war ebenfalls leer. Ich hörte hinter mir schnelle Schritte. Es waren Amelie und Thort, die mir gefolgt waren. Amelies Gesicht war bleich und angespannt. Ihr Blick war ängstlich. Schnell liefen wir in die nächste Gasse. Wir drückten uns links und rechts der Gasse in die Hauseingänge, um zu lauschen und uns umzusehen. Amelie hing wie eine Klette an mir. Ich blickte auf meinen Kompass, damit wir uns in dem Häuserlabyrinth nicht verirrten.

Einmal mussten wir uns zurückziehen, weil eine Rotte Combatwölfe durch die Gasse ging die wir passieren wollten. Sie hatten uns glücklicherweise nicht bemerkt. Nachdem wir zweimal die Richtung wechselten, um den Robotern aus dem Weg zu gehen, hatten wir es endlich aus dem Ort geschafft. Wir rannten schnell durch ein Maisfeld und gelangten schließlich in ein angrenzendes Wäldchen.

Wir spähten vorsichtig, dann ließen wir uns in einer Baumgruppe auf dem Boden nieder. Ich bot allen eine Zigarette an. Amelie setzte sich neben mich, mit zitternden Fingern zog sie an ihrer Zigarette. Sie lehnte sich an mich und schloss die Augen.

Dann stieß sie einen Seufzer aus.

„Mon dieu, `ab ich eine Angst ge`abt. Ich `abe mir fast in die `ose gemacht. So eine Angst hatte ich in meinem Leben nicht. Ich bin jetzt noch ganz zittrig."

Ich fingerte einen Schokoladenriegel aus der Brusttasche meiner Uniformjacke, wickelte ihn aus und hielt ihn ihr unter die Nase. Sie lächelte und öffnete ihren hübschen Mund. Vorsichtig schob ich ihr den Riegel in ihren geöffneten Mund. Sie biss ein Stück ab und kaute es mit einem Lächeln auf den Lippen. Dann drehte sie sich zu mir um, drückte mir einen dicken Kuss auf die Wange und nahm mir den restlichen Schokoriegel aus der Hand.

„Wer von euch Pappnasen hat denn genießt? Ich hab Schnappatmung gekricht als der Raptor stehenblieb."

„ce n'était pas moi (franz. Ich wars nicht). Der da war's," sagte Amelie und zeigte auf mich.

„Ja, ich habe geniest, tut mir leid Thort," entschuldigte ich mich bei Thort.

„Mann ich hab fast ´nen Herzinfarkt gekricht. In dem Hinterhof war keine Möglichkeit mich zu verstecken. Ich hab an dem Tor in der Ecke gekauert, der stand keine zwei Meter von mir. Als du geniest hast blieb, der auch noch stehen und hat alles abgeleuchtet. Mich hat er nicht beleuchtet ich hab mich ganz klein gemacht und in die Ecke gedrückt," sagte Thort.

Er wirkte auch verängstigt auf mich.

Als wir weitergingen nahm Amelie meine Hand. Als ich mich nach ihr umsah, lächelte sie mich an. Thort sah dies und zwinkerte mir zu. Die Sonne stand schon deutlich tiefer am Himmel als wir die Umrisse des Bauernhofes durch die Bäume sahen. Als wir in Styrsvik ankamen, fanden wir eine Funkanlage. In den Notizen von Astrid Sundholm, fanden sich Hinweise auf ein Militärlager Namens Värmdönstungan und einen Bunker namens Aspvik. Wir bezogen Quartier im Obergeschoss. Amelie bekam wieder das Bett, ich und Thort machten es uns auf dem Boden bequem.

Am frühen Morgen bekamen wir Besuch ich war aus dem Schlaf hochgeschreckt von dem Geräusch der Servomotoren eines Raptors. Ich hatte sofort meine Waffe in der Hand. Die anderen beiden, wurden unsanft geweckt, als ich das Feuer eröffnete. Glas splittert und Schüsse krachten. Amelie stieß spitze Schreie aus und hatte sich auf dem Boden zusammengekugelt. Ich war langsam das Treppenhaus hinunter gegangen und saß zusammengekauert im Flur und feuerte durch die zerschossenen Fensterscheiben. Eine Drohne schwirrte um das Haus herum und sandte seine Stoßwelle aus, die uns zeitweise die Sicht nahm. Ich hörte plötzlich das heisere Bellen einer Glock und eine

kleine Explosion, Amelie hatte wohl ihren Schrecken über-
wunden und hatte die Drohne abgeschossen. Thort und
ich bekämpften den Raptor.

Vorsichtig spähte ich aus der Haustüre und sah noch
einen Combatwolf, den ich mit einigen gezielten Schüssen
erledigte. Dann gingen Thort und ich von zwei Seiten um
das Haus. Wir spähten das Gelände aus und konnten keine
weiteren Feinde mehr sehen. Dann gingen wir ins Haus.
Amelie hatte in der Küche Kaffee gekocht, als sie sah das
wir um das Haus patrouillierten. Nachdem wir eine Tasse
Kaffee getrunken hatten, packten wir unsere Sachen und
marschierten Richtung Värmdönstungan. Wir gingen
durch ein Wäldchen was an einer felsigen Küste entlang-
führte.

Als wir das Militärlager sahen, konnten wir einige
Combatwölfe erkennen. Eine Drohne flog auch um das Lager herum. Thort kümmerte sich um sie, als sie den Fehler
machte und uns zu nahe kam. Amelie snipte mit dem Jagdgewehr einige Combatwölfe weg. Als wir näher kamen gerieten wir in ein Feuergefecht mit zwei Raptoren. Wir beschossen sie zu dritt. Beide vergingen in einer Detonation.
Dann war der Weg zum Lager frei, wir arbeiteten uns langsam vor, Amelie hatte wieder auf die Maschinenpistole gewechselt, um eventuellen Scorpion Angriffen zu begegnen.

Wir fanden viele nützliche Dinge unter anderem eine
Kpist Maschinenpistole und viel Munition. Wir luden alles
in unsere Rucksäcke und machten uns auf die Suche nach
dem Aspvik Bunker. Wir gingen weiter die Küste entlang
und fanden einen Eingang der in die Felswand geschlagen
war.

Als wir die Türe öffneten fiel mir ein knoblauchartiger Geruch auf und leichter Schwindel überkam mich

„Sofort raus!!" brüllte ich, denn in dem Bunker war Giftgas.

Wir verließen den Bunker sofort und schnappten draußen erstmal nach frischer Luft. Dann zogen wir die Gasmasken über. Ich half den Beiden dabei und prüfte die Dichtheit. Ich schärfte ihnen ein die Masken erst abzunehmen, wenn ich den Befehl dazu gab. Besonders Amelie schärfte ich das nochmal besonders ein, weil sie sich darüber beklagte, dass man so schwer Luft bekam unter der Maske. Ich sagte ihr, dass sie innerhalb kürzester Zeit sterben würde, wenn sie die Maske abnähme. Sie nickte und ich hoffte, dass sie meine Warnung ernst nehmen würde.

Dann gingen wir wieder hinein. Einige Scorpions kamen die Treppe heraufgekrabbelt. Amelie und ich machten kurzen Prozess mit ihnen. Die Energiezentrale befand sich im Keller. Im Schein der Taschenlampe sah ich, dass grüngelbe Nebel in dem Kellereingang waberten. Der ganze Keller stand unter Giftgas. Ich sagte noch „Wenn euch übel oder schwindlig wird, sofort raus aus dem Keller, Amelie hast du gehört. Nicht irgendwo hinrennen einfach nur raus o.K." Ich konnte sehen, dass sie hinter ihrer Maske die Augen verdrehte wegen meiner extra Standpauke, aber ich kannte nun mal ihr Verhalten und das sie schnell panisch wurde.

Dann gingen wir hinunter. Wir tasteten uns durch den gefährlichen, giftigen Nebel, mussten noch einen Combatwolf, der merkwürdig torkelte zerstören, dann konnte ich den Schalter umlegen. Es lagen viele Leichen in dem Kontrollraum. Ich sagte den Beiden „los Raus jetzt." Ich bildete die Nachhut mir war zwar leicht übel, aber ich schaffte es aus dem Keller und sperrte die Tür ab. Ich scheuchte die Beiden an die frische Luft und zeigte ihnen wie man die Kleidung erst dekontaminierte. Wir klopften uns gegenseitig mit den Handschuhen ab. Dann ließ ich die Schutzmasken abnehmen.

Wir gingen wieder in den Bunker. Der Knoblauchgeruch hatte sich gelegt. Die Lüftung hatte das Giftgas aus den oberen Bereichen des Bunkers aus der Atemluft herausgefiltert. Der Bunker war etwas kleiner als der Uppeby Bunker. Aber er enthielt einige Lebensmittel und einen Schlafraum. Wir beschlossen die Nacht hierzubleiben.

47. Tag

Wir saßen nach dem Frühstück im Warroom des Aspvik Bunkers und sichteten die Notizen, die uns in die Hände gefallen waren. Es gab eine Widerstandsgruppe um Astrid Sundholm. Diese hatte sich im Aspvik Bunker aufgeteilt. Astrid war weitergezogen auf die Insel Winterfjäll, weil dort noch weitere Überlebende waren, die sich im Scandic Crown Hotel verschanzt hatten.

Die andere Gruppe, teilweise aus Armeeangehörigen bestehend war zum Ljuskärrsberget Bunker gezogen, weil auch dort Teile der Armee heftigen Widerstand leisteten. Wir diskutierten und berieten darüber, wohin wir gehen sollten. Ich favorisierte den Ljuskärrsberget Bunker mit der Begründung, dass dort mehrere Hafenstädte wie Fiskesund, Hovnoret, Sundeby, Älgö, Malmakvarn und Sandvik waren. Hier hoffte ich darauf ein Schiff zu finden, um zum Festland zu gelangen. Auf Winterfjäll wären wir auf einer Insel, was uns nicht viel weiterbringen würde.

Als ich versuchte die Beiden dazu zu bewegen zum Ljuskärrsberget Bunker zu gehen, sprang Amelie auf und kickte ihren Stuhl an Seite. Sie sah mich wütend an und sagte

„Du gibst ja nicht auf! Wegen mir geht `in, wo ihr wollt. `elldiver du machst ja eh' was du willst!"

Dann verließ sie zornbebend den Raum. Thort und Ich tauschten einen Blick aus.

„Was hat sie nur, was is'n mit Ihr los?" Fragte Thort.

„Ich weiß es auch nicht, aber ich habe da so einen Verdacht. Ich werde mal mit ihr Reden müssen, und zwar allein," erwiderte ich Thort.

Ich ging in den Schlafraum, nahm ihre Jacke, ihren Helm und ihr Gewehr. Ich wollte raus aus dem Bunker mit ihr zum Strand. Ich musste ein ernstes Wort mit ihr reden, denn sie hatte wohl etwas vollkommen falsch verstanden. Ich suchte sie, und hörte wie in der Küche Schranktüren zugeschlagen und Dinge ziemlich hart auf den Blechtisch geknallt wurden. Ich bog in die Kantine ein und sah Amelie ziemlich hektisch in der Küche herumrennen. Obwohl es für Abendessen noch viel zu früh war tat sie so als wenn sie Kochen wollte. Mit verkniffenem Gesicht ging sie an die Schränke, holte Schüsseln und Töpfe heraus, knallte sie auf den Tisch, dann zog sie eine Schublade heraus und holte etwas hervor und knallte die Schublade zu als müsste sie sich abreagieren. Ich klopfte an die Küchentür aber wartete nicht ab, bis sie mich hereinbat, sondern betrat einfach die Küche.

„Verschwinde, was willst Du `ier," fuhr sie mich giftig an.

Ich wusste gar nicht, was sie so aufgebracht hatte.

„Du `ast doch schon alles gesagt. Ein blondes Dumm-chen kann man ja schnell für dumm verkaufen. Du spielst mir ein schönes Theater vor, dass ich Ruhe gebe. Nein, glaub bloß nicht ich weiß nicht was `ier gespielt wird," gif-tete sie weiter.

Langsam ahnte ich was sie hatte und hier waren ein paar klärende Worte fällig, und zwar in Ruhe. Deshalb ging ich auf sie zu, obwohl sie zeterte,

„Hau ab, ich muss kochen!"

Ich ließ mich nicht beirren und zog einfach die Schleife der Schürze auf, die sie anhatte, stülpte ihr den Helm auf den Kopf und nahm ihr die Schüssel mit Quark aus der Hand.

„Quark muss man nicht kochen und jetzt reicht's du kommst mit mir zum Strand wir müssen mal ein ernstes Wort reden, auf Augenhöhe und o h n e uns anzuschreien. Los zieh die Jacke an.!"

Sie sah mich erstaunt an, wahrscheinlich weil ich so forsch mit ihr gesprochen hatte, dann schlüpfte sie in die Jacke, die ich ihr aufhielt. Ich nahm sie an der Hand und zog sie hinter mir her. Sie versuchte nicht mir ihre Hand zu entwinden und sie folgte mir, ohne dass ich sie ziehen musste. Allerdings sah sie immer noch wütend aus. Sie nahm ihre Hand nur einmal kurz weg als sie ihren Helm-verschluss zu knipsen wollte, dann legte sie ihre Hand wieder in meine.

Wir verließen durch den Eingang, der zum Strand führte, den Bunker. Ich spähte noch einmal umher hinter der Eingangstüre, aber da es eine steile, steinige Küste war brauchten wir keine Roboter zu fürchten, das Gelände war zu unwegsam für sie.

Ich suchte mir eine Stelle an der wir gut gegenüber sitzen konnten und die uns ein wenig Deckung gab. Ich bot ihr eine Zigarette an und gab ihr Feuer. Dann zündete ich mir selbst eine an. Sie zog einige Male nervös an der Zigarette. Ich wollte gerade etwas sagen da giftete sie mich an

„ich bin sehr enttäuscht von dir, du spielst mir `ier ein ganz schönes Schmierentheater vor. Du `ast wohl gedacht ich bin so ein Blondes Dummchen und merke das nicht. Glaubst Du vielleicht ich `ätte dich nicht durch schaut? So wie du gerade immer wieder auf den Bunker zu sprechen gekommen bist. Da sind ja so viele `afenstätte. Da könnte es ja vielleicht ein Schiff geben, um zum Festland zu kommen. Da kann man die dumme Amelie ja endlich nach `ause verfrachten, glaubst du ich hab das nicht gemerkt?"

Mir blieb die Spucke weg, auf was für einen Trip war sie denn da geraten. Während sie zeterte zuckten ihre Mundwinkel und ich sah, wie sie verzweifelt um Fassung rang, um nicht in Tränen auszubrechen.

„Du glaubst wohl du könntest mich jetzt wieder einwickeln, damit ich Ruhe gebe. Ich `ab gedacht ich habe ein paar Freunde gefunden und vor allen Dingen einen auf den ich vertrauen kann, der mich nicht einfach abschiebt. Aber das war ja ein Irrtum ich `ab' wieder die Niete gezogen wie so oft im Leben."

Sie atmete schwer und ihr Blick war ein Gemisch aus Enttäuschung, Wut und Traurigkeit. Ihr Mund war verkniffen und zuckte immer wieder. Sie rang merklich um Fassung.

„Amelie, darf ich jetzt mal?" Ich hielt ihr noch einmal die Zigarettenpackung hin sie nahm sich noch eine und ließ sich Feuer geben. Sie wischte sich immer wieder mit ihrem Handrücken über den Mund.

„Amelie, wer redet denn davon, dass du abgeschoben werden sollst? Ich habe dir doch vorgestern versprochen, dass du bei mir bleiben kannst und ich nicht vorhabe dich abzuschieben. Ich stehe zu meinem Wort. Ich habe lediglich die Lösung Ljuskärrsberget Bunker favorisiert, weil ich darauf hoffe irgendwelche Widerstandskämpfer oder Truppenteile zu finden denen ich mich anschließen kann. Wenn wir ein Schiff finden würden und zum Festland gelangen könnten, würde ich mir dort auch Verbündete suchen, um weiter zu kämpfen. Das habe ich aber von Anfang an gesagt.

Ob du bei mir bleiben willst oder nicht, ist ganz allein deine Entscheidung. Ob Du dich mir weiter anschließt oder lieber nach Hause fährst ist Deine Entscheidung und egal wie sie ausfällt, werde ich sie akzeptieren. Es hat niemand davon gesprochen Dich abzuschieben."

Während ich zu ihr sprach zuckten ihre Mundwinkel und sie atmete heftig, zog nervös an der Zigarette und wischte immer wieder mit ihrem Handrücken über den Mund. Ihre Augen waren glasig.

„Amelie, das hier ist meine Heimat und ich will sie wiederhaben. Ich kann mich momentan nur wie eine Ratte in einem Loch verkriechen und darauf hoffen, dass ich den nächsten Tag überlebe und nicht irgendwann von Kugeln zerfetzt auf der Straße liege. Deshalb will ich für meine Heimat kämpfen, um sie zurück zu erobern. Wenn Du dich mir anschließen willst musst du dir im Klaren sein, das du eventuell einen hohen Preis bezahlen musst. Ich kann nicht so wie Du nach Hause fahren. Du hast wenigstens noch ein zu Hause, du weißt wo Deine Eltern sind. Ich aber habe gar nichts mehr.

„Ich `abe auch kein zu `ause." Ihre Stimme bebte und klang bitter.

„Ich bin immer weggeschickt worden. Ich `abe meine ganze Jugend in irgendwelchen Internaten zugebracht. Mein Vater konnte sich nicht kümmern, weil er nie Zeit hatte, weil er ständig Arbeiten musste, er ist selbständiger Architekt. Meine Mutter hatte nie Zeit für mich, weil Sie nur ihre Karriere im Kopf hatte und da war ich im Weg. Also hat man mich weggeschickt, in ein Internat gesteckt. Weißt du wie schlimm das ist, wenn du dich als Kind am Wochenende auf deine Eltern freust, wenn alle Kinder mit gepackten Taschen und Koffern da stehen und von ihren Eltern freudig begrüßt und abgeholt werden. Und du als einziges Kind gesagt bekommst, dass du wieder auf dein Zimmer gehen kannst, weil Deine Eltern angerufen haben, weil sie keine Zeit für dich haben. Und jetzt, …wo ich gedacht `abe ………,"

sie atmete schwer und rang um Fassung,

„ wo ich gedacht `abe ich `abe ein paar Freunde die mich nicht wegschieben, da kommst Du und planst das still und heimlich."

Ihr Gesicht war traurig verzerrt, sie war den Tränen nahe.

„Ich `atte gedacht, dass ich mir `ier in Schweden eine Existenz aufbauen kann, studieren kann, eine Arbeit finde, einen lieben Mann kennen lerne und vielleicht mit ihm Kinder `abe. Ich will endlich einmal wissen, wo ich `ingehöre ……und nicht immer nur weggeschickt ………werden, weil ich……. weil ich…. im Weg bin."

Ich seufzte und musste selbst einen Kloß im Hals herunterschlucken. Sie klang so bitter und so enttäuscht, dass sie mir leidtat.

Sie atmete schwer, verzog ihr Gesicht, ihre Lippen zitterten. Ich breitete meine Arme aus und sagte zu ihr.

„Amelie komm bitte zu mir!"

„Wohin denn?" Fragte sie

„Hier zu mir, auf meinen Schoß, oder ist dir das zu nah?"

Sie erhob sich, setzte sich auf meinen Schoß und schlang ihre Arme um mich. Sie drückte sich fest an mich und verkrallte sich so dermaßen in mich, dass ich das Gefühl hatte sie wolle mich nicht mehr loslassen. Ich fühlte ihren feuchten Mund und ihren Atem an meiner Halsbeuge. Ihre zuckenden Schultern zeigten mir, dass sie heftig mit ihren Tränen kämpfte. Sie tat mir nicht nur leid, sondern es war noch etwas anderes, es schmerzte mich sie so leiden zu sehen. Wie konnte ich sie nur vom Gegenteil überzeugen.

Ich streichelte ihre Haare und ihren Rücken und sagte zu ihr

„Amelie, du bist auf einer vollkommen falschen Schiene unterwegs. Du hast mich vollkommen missverstanden. Ob du bei mir bleibst oder nicht, das entscheidest nur du selbst. Ich kann dich allerdings verstehen, warum du so enttäuscht bist. Aber du hast das vollkommen Missverstanden. Ich schicke dich nicht weg."

Ich nahm ihre Hand, die auf meiner rechten Schulter lag.

" Amelie ich verspreche dir ganz fest in deine Hand hinein, dass ich dich nicht wegschicken werde. Mehr kann ich nicht tun, als Dir mein Wort zu geben."

Sie atmete heftig und nickte wortlos.

„Was in deiner Kindheit schiefgegangen ist, kann ich nicht wieder umkehren. Aber was ich Dir geben kann ist, dass du im Moment zu mir gehörst. Und zu Thort. Was einmal ist, wenn wir das hier überlebt haben, liegt noch in weiter Ferne, aber dann entscheidest Du über Deinen weiteren Weg und wem du dich anschließen willst. Ob du weiter zu mir gehören willst oder nicht. Mehr kann ich Dir im Moment nicht geben, mehr habe ich nicht."

„Das ist sehr viel, was Du mir da gibst, `elldiver, das bedeutet mir sehr viel."

Ich bekam eine dicken feuchten Kuss von ihr auf die Wange. Sie atmete immer noch heftig. Ich hörte, wie sie ihre Tränen hinunterwürgte.

„Amelie, wann immer du Kummer hast und dich irgendetwas bedrückt. Dann sprich mit mir, hörst du, jederzeit, das verspreche ich Dir. Wenn du dich anlehnen willst und einfach Mal eine Schulter brauchst dann brauchst du nicht mehr Fragen, ob du mich berühren darfst, dann lehn dich einfach an."

Sie klammerte sich noch mehr an mich

„Danke Helldiver, danke, du weißt gar nicht was mir das bedeutet." Ich bekam wieder einen dicken feuchten Kuss auf meine Wange. Ihr Gesicht fühlte sich feucht an, so als wenn doch ein paar Tränen gelaufen wären. Sie streichelte mein Gesicht und streichelte sacht über meinen Stoppelbart.

„Du kannst mich ruhig umarmen, wenn du das möchtest, ohne zu fragen, `elldiver, du weißt, wie gerne ich das `abe. Das `ast du vorgestern gemacht, weil du gesehen `ast, dass ich das gebraucht `abe. Ich musste früher immer Betteln um jede Umarmung um jede Zuwendung. Das einzige meine Grand mere (franz: Großmutter) `at das so gemacht wie du. Sie `at mich umarmt und ich durfte selbst mit 17 noch auf ihrem Schoss sitzen, wenn ich traurig war. Aber sie ist vor zwei Jahren gestorben und du machst das so wie sie."

Sie atmete wieder heftig, sie war immer noch aufgewühlt.

„Das möchte ich nicht mehr `ergeben, das was du machst. Bitte schick mich nicht weg."

„Amelie, ich kann deine Ängste jetzt verstehen, aber ich habe dir gerade etwas fest versprochen und ich werde mein Wort halten. Du musst mir schon vertrauen, tust du das?"

Sie nickte wortlos. Ich hielt sie weiter im Arm. Ich nestelte in meinen Taschen und gab ihr ein Papiertaschentuch. Sie schnäuzte sich die Nase. Sie hatte sich ein wenig beruhigt. Ich bot ihr noch eine Zigarette an. Sie nahm sie und wir rauchten beide.

„Darf ich noch ein wenig auf deinem Schoss sitzen?"

„Solange du möchtest." Sagte ich ihr.

Sie lächelte. Wir saßen solange bis die Sonne mit einem prächtigen Farbenspiel im Meer versank. Amelie hatte sich beruhigt und glaubte mir nun endlich. Als wir nach dem Abendessen im Aufenthaltsraum zusammen saßen, setzte sie sich neben mich auf die Couch und lehnte sich an mich. So blieb sie den ganzen Abend sitzen.

48. Tag

Heute machten wir uns abmarschbereit, um zum Ljus-kärrsberget Bunker zu wandern. Die Vorräte im Bunker waren nicht besonders groß, da der Aspvik Bunker vorher stillgelegt worden war. Die noch vorhandenen Nahrungs-mittel waren alt und zum größten Teil deren Haltbarkeits-datum abgelaufen. Wir mussten darauf achten, dass wir genug Proviant für unseren Marsch zum Ljuskärrsberget Bunker übrig hatten. Je nachdem wie lange wir brauchen würden, müssten wir die Nahrung rationieren.

Wir verließen den Bunker gegen Mittag. Eigentlich zu spät, um sich auf den Weg zu machen, denn die Tage wur-den schon merklich kürzer. Wir planten zunächst bis nach Älgö, einem kleinen Ort an der Küste zu wandern. Even-tuell konnten wir dort weitere Nahrungsmittel finden. Wir mussten zunächst die Straße bis nach Storön gehen. In der Nähe von Styrsvik, gab es eine Brücke nach Storön die von einem Raptor bewacht wurde. Wir umgingen ihn, indem wir durch den Aspvik Bunker gingen. Nach etwa einer hal-ben Stunde Fußmarsch konnten wir schon den Kirchturm der Storön Kirche sehen. Ich ließ kurz anhalten, denn mir fiel auf das die Vögel irgendwie fluchtartig, dass Geäst der Bäume verließen.

Ich hatte das Gefühl ein rhythmisches, dumpfes Grol-len wahrzunehmen. Je näher wir der Straße, die nach Angsholmen führte, kamen, wurde das Geräusch umso lauter. Als wir wieder anhielten, zitterte der Boden unter unseren Füßen leicht, so als wenn etwas sehr schweres Schritte machte. Wir nahmen unsere Waffen in Anschlag und gingen vorsichtig weiter. Meine Nerven waren zum

Zerreißen gespannt. Auf einmal wurde aus dem unterschwelligen Grollen ein Donnern und ein merkwürdiger Laut, der durch Mark und Bein ging, ertönte. Ich sah links von mir eine Bewegung und ein hellgraues Leuchten. Amelie war dicht hinter mir.

Ich bog vorsichtig das Gebüsch mit meinem Gewehrlauf auseinander. Amelie wimmerte hinter mir. Keine 100 m von uns entfernt stapfte eine riesige, hellgraue Maschine die Straße entlang. Sie lief auf zwei gewaltigen Beinen. Zwischen ihnen war der eigentliche Maschinenkopf aufgehängt, der länglich rechteckig war. An seiner Stirnseite konnte man mehrere Sensoren erkennen. Wahrscheinlich war diese Maschine ähnlich ausgestattet wie die anderen Maschinen, die uns bisher begegnet waren. Unterhalb des riesigen quaderförmigen Kopfes schwang ein Gatling Maschinengewehr mit mindestens Kaliber 50 hin und her. Ich zählte 8 Läufe. Da sie noch stillstanden, war die Gatling noch nicht scharf geschaltet.

Wenn das Biest loslegte waren wir binnen Sekunden tot. An der Seite des Kopfes befanden sich Abschuss-Vorrichtungen für Mörsergranaten. Der Kopf schwang im Rhythmus der Schritte der Maschine auf und ab. Wir mussten diesen Roboter umgehen, gegen den hatten wir nicht viel Chancen, rechnete ich mir aus. Zu allem Unglück ertönte plötzlich das Bellen einiger Combatwölfe. Wir waren in einen Hinterhalt geraten. Ich rollte mich blitzschnell zur Seite als die ersten Schüsse ertönten und Dreck neben mir aufspritze. Amelie hatte zum Glück auch geschaltet und sich weggerollt. Ich lag auf dem Rücken und feuerte über sie hinweg.

„Bleib liegen!" schrie ich damit sie mir nicht in die eigene Geschoßgarbe rannte.

Ich konnte dem Combatwolf einige Treffer verpassen. Ich zog sein Feuer auf mich und rief Amelie zu sie solle sich in den Wald zurückziehen. Sie rannte los und feuerte selbst auf die Combatwölfe. Hinter uns erklang ein unheilvolles Geräusch und gewaltige, donnernde Schritte. Thort und ich rannten rückwärts und feuerten auf die Combatwölfe. Amelie warf eine Handgranate. Genau zwischen die Combatwölfe. Sie explodierten.

„Super Wurf!" rief ich ihr zu.

Dann ertönte ein hohes zischen und hinter den Büschen stiegen feurige Säulen auf.

„Lauft, lauft!!" schrie ich und wir rannten tiefer in den Wald. Hinter uns brach die Hölle auf. Mehrere dieser Mörsergranaten schlugen hinter uns ein und explodierten. Wären wir auch nur in der Nähe einer solchen Explosion gewesen, es hätte uns zerrissen.

Wir sammelten uns wieder im Wald und luden unsere Waffen. Ich beriet mich mit den Beiden. Wir hatten noch 8 Geschosse für die Bazooka. Wir überlegten, den Roboter von drei Seiten gleichzeitig anzugreifen. Ich überlegte, dass ich den Roboter frontal mit Thort zusammen angreifen würde. Amelie sollte von hinten den Tank des Roboters unter Feuer nehmen. Ich schärfte ihr ein, kein Risiko einzugehen, denn ich konnte ihr keinen Feuerschutz geben, sie wäre vollkommen auf sich allein gestellt.

„Geh kein Risiko ein, hörst du," sagte ich ihr besorgt.

Sie nickte. Ich konnte ihr die Angst ansehen.

„Du schaffst das," sagte ich zu ihr und nahm sie noch einmal kurz in den Arm, dann starteten wir unsere Aktion.

Ich sagte den Beiden, „wenn ich das Feuer eröffne heißt das für euch ebenfalls Feuern. Amelie leuchte einmal kurz mit deiner Taschenlampe, dann weiß ich das du in Position bist."

Sie nickte und marschierte los. Ich ging mit Thort ebenfalls. Ich würde als erster das Feuer eröffnen und das Gatling MG unter Feuer nehmen und ausschalten. Thort sollte dann gleichzeitig den Roboter mit der Bazooka beschießen und wenn sie leer war ebenfalls mit seiner G3 auf den Roboter schießen. Ich hatte durch das Fernglas einige vermutliche Schwachpunkte ausgemacht. Das war die Steuerung unterhalb des Kopfes links neben der Gatling, rechts oben ein Sensor, an den Knien der Roboterbeine saßen Panzerplatten, um die Gelenke zu schützen, wenn man diese Wegfeuerte konnten wir die Gehfähigkeit des Roboters einschränken in dem wir die Gelenke beschädigten.

Ich brachte mich langsam in Position und spähte nach Amelie. Thort war auch schon in Position, der Roboter marschierte die Straße unruhig auf und ab. Weitere Roboter konnte ich nicht erkennen. Ich sah links von mir das kurze Aufblinken eines hellen Lichtpunktes, das war Amelie sie war auch in Position.

Ich zielte auf die Gatling als der Roboter stillstand, drückte ich ab und jagte die erste Salve in sie hinein. Ich konnte einige kleine Explosionen sehen, gleichzeitig explodierte etwas an dem Kopf des Roboters und an seinem Heck. Meine Taktik war aufgegangen. Ich feuerte mein Magazin leer und beobachtete den Roboter. Die Gatling schwang hin und her. Offensichtlich war er verwirrt und er wusste nicht, wo er zuerst hin schießen sollte. Ich sah die Geschossgarben von Amelie wie sie in das Heck des Roboters einschlugen. Kleinere Explosionen erfolgten.

Die Gatling des Roboters feuerte plötzlich und eine Spur großkaliberiger Geschosse wühlten den Boden gefährlich nahe bei mir auf. Dreck und Steine spritzten und schlugen gegen meine Helm. Ich wechselte die Stellung. Und feuerte wieder auf den Roboter. Er hatte mich offensichtlich auf dem Schirm, denn plötzlich stiegen wieder Granaten auf. Ich konnte sie vom Himmel holen und feuerte dabei ein ganzes Magazin leer.

Dann rannte ich wieder weiter zwischen die Bäume. Ich feuerte wieder auf den Roboter. Amelie feuerte ebenfalls. Die Gatling schwang hin und her. Thort hatte mittlerweile schon die dritte Granate auf den Robot abgefeuert und er stand immer noch. Ich nahm die Gatling wieder unter Feuer. Wir feuerten alle gleichzeitig. Es gab eine Explosion unterhalb des Roboter Kopfes und die Gatling baumelte nur noch von ihrer Halterung herunter. Ich nahm sofort die Steuerung links davon unter Feuer und zerstörte sie. Ich lud wieder nach.

Thort feuerte die ich weiß- nicht- wievielte- Granate auf den Roboter. Jedes Mal explodierten sie und erzeugten eine große Glutwolke. Ich nahm den Sensor oben rechts unter Feuer der unheilvoll rot leuchtete. Ich zerblies ihn zu Staub. Ich wollte gerade die Panzerplatten an den Gelenken unter Feuer nehmen, als ich einen Combatwolf auf Amelie zulaufen sah. Ich visierte ihn an und zerschoss ihn.

Dann wandte ich mich wieder dem Roboter zu. Meine Gedanken waren bei Amelie, sie hockte mutterseelenallein in dieser gefährlichen Kampfsituation im hohen Gras und beschoss dieses gefährliche Monstrum. Ich spähte mit dem Zielfernrohr und konnte sie sehen, wie sie gerade ihr Gewehr nachlud. Ein Combatwolf näherte sich ihr. Er war für mich zu weit weg, doch Amelie hatte ihn gesehen. Sie riss ihre Maschinenpistole hoch und feuerte auf den Combat-wolf der in einer Glutwolke aufging. Mir fiel ein Stein vom Herzen. Sie schlug sich gut.

Von dem großen Roboter erscholl eine größere Explo-sion Dann sah ich wie Thort mit seinem G3 auf den Robo-ter schoss. Ich nahm auch das Feuer wieder auf. Der Robo-ter warf Blitze und rauchte aus seinem Kopf. Ich sah ein Glühen an der Seite des Roboters und nahm es direkt unter Feuer. In der nächsten Sekunde gab es einige heftige Deto-nationen. Ich hatte offenbar die Granaten im Mörser ge-troffen, bevor der Roboter sie abfeuern konnte. Der Robo-ter stand still und bewegte sich nicht. Ich lief auf ihn zu und feuerte auf die Panzerplatten an den Gelenken. Sie flo-gen krachend zu Boden. Wieder und wieder gab es klei-nere Explosionen an dem Roboter. Als wir alle drei gleich-zeitig schossen explodierte er in einer gewaltigen Glut-wolke. Stahl kreischte und er fiel krachend in sich zusam-men.

Ich lief zu Amelie sie war auch aufgesprungen, rannte auf mich zu und winkte heftig so als sollte ich auch weg-laufen. Als sie näher kam schrie sie „RAPTOR, RAP-TOR!!!" Plötzlich sah ich die Bescherung im schnellen Lauf kamen drei Raptoren die Straße hinunter gerannt. Ich lief weiter zu dem großen Roboter und schoss auf ihre Arm MGs Ich lud nach und schoss wieder, um Amelie Luft zu verschaffen. Thort war auf der anderen Straßenseite hinter einer Mauer in Deckung gegangen und schoss ebenfalls auf die Raptoren. Ich hatte eine gute Deckung hinter dem gewaltigen Roboter Bein.

Einige schwere Geschoßsalven krachten in meine Posi-tion. Ich duckte mich. Amelie hatte es bis zu mir geschafft und ließ sich in die Deckung fallen. Sie atmete schwer, aber sie lächelte als ich mich vor einer Geschoßsalve duckte.

Wir zogen uns langsam auf die andere Seite des Roboters zurück, um zu Thort zu gelangen. Mein Plan war zu der Kirche zu laufen, um uns darin zu verschanzen.

Ich schoss einem der Raptoren das Arm MG weg. Amelie feuerte über meine Schulter hinweg. Mir dröhnten die Ohren. Ich zerschoss den Raptor und er explodierte. Der zweite fiel in einer Glutwolke ebenfalls zusammen. Dann feuerten wir zu dritt auf den Raptor der noch übrig war. Amelie und ich liefen aus allen Rohren feuernd über die Straße. Ich sah noch weitere Raptoren die Straße herunterlaufen. Ich schickte Thort in Richtung Kirche los. Er sollte uns dann Feuerschutz geben.

Als ich mich mit Amelie in Richtung Kirchenportal zurückzog, feuerte ich beidhändig. Amelie schoss einen Combatwolf kaputt, der uns den Weg zum Portal abschneiden wollte, Ich konnte im Rückzug einen weiteren Raptor zerstören. Thort ließ die Puppen tanzen, so nannte er das immer, wenn er die Raptoren mit der G3 unter Feuer nahm und sie vor seiner Mündung einen irren Tanz aufführten, bevor sie explodierten. Thort schrie von hinten „Ich mach euch alle fertig ihr Schweine, Kommt nur Hahaaaaaaaaaaa!"

Er feuerte beidhändig in der einen den Kaliber 44 Colt mit dem Ronja sich und ihr Kind erschossen hatte. In der anderen die G3. Wir schafften es in die Kirche. Thort feuerte gerne mit dem Colt den er „Ronjas Rache" getauft hatte.

Thort und ich zerschossen noch die letzten Raptoren die auf uns eindrangen, dann wurde es wieder ruhig. Eine geisterhafte Stille senkte sich über Storön. Wir gingen noch einmal nach allen Seiten sichernd aus der Kirche. Amelie dicht hinter mir. Wir untersuchten den großen Roboter, den wir Combat Strider nannten.

„Is eigentlich wie ‚n Panzer auf Beinen,“ meinte Thort. Die Sonne war schon untergegangen und der Himmel glühte. Die Straße war übersäht mit rauchenden und brennenden Trümmern. Der Combat Strider brachte uns einiges an   7,62 er und Schrotmunition. Auch HEP Granaten für die Bazooka und Minen hatte er an Bord. Auch eine ansehnliche Menge an Kaliber 44 Munition, die ich direkt an Thort übergab.

Wir nahmen unsere Taschenlampen und leuchteten unsere Positionen ab. Wir versuchten alle Wracks auszubeuten, denn wir hatten etliches an Munition verfeuert. Als wir zur Kirche zurückkehrten, war es bereits dunkel. Wir quartierten uns auf der Orgelempore ein. Wir verbarrikadierten die Zugänge mit den Bänken die dort herumstanden.

Ich hatte den eisigen Hauch bemerkt, als wir in die Kirche gingen, Wir hatten Spätsommer und der Herbst zog langsam heran. Der konnte in Schweden schon einmal den ein oder anderen Nachtfrost mit sich bringen. Und im November konnte vom Polarkreis auch schon mal ein eisiger Schneesturm herangerauscht kommen. Dann konnte es binnen Stunden bitterkalt werden. Wir mussten sehen, dass wir eine gute Unterkunft fanden, bevor der Winter heraufzog. Ich schlug vor die Konserven zu rationieren.

Ich wollte mir mit Amelie eine Dose Ravioli teilen. Als ich sie über dem Esbitkocher erhizt hatte aß Amelie wieder wie ein Vögelchen. Nach drei von den Nudeln meinte sie sie wäre satt. Ich nahm ihr die Dose aus der Hand und fütterte ihr mindestens die Hälfte. Sie aß auch brav jeden Löffel, den ich ihr in die kleine Schnute schob. Sie sah süß aus mit der Tomatensoße an ihrem Mund, die ich ihr mit dem Löffel wegkratzte.

Ich ermahnte sie genug zu essen und nicht zu verzichten. Sie musste in dem kalten Wetter genug Kalorien zu sich nehmen. Sie würde sie brauchen.

„Du musst aber auch essen!" ermahnte sie mich.

Ich machte dann die Dose leer. Wir richteten uns für die Nacht ein. Ich stellte einige Kerzen auf und entzündete sie. So hatten wir wenn auch schummriges Licht. Draußen jaulte der Wind um die Kirche und erzeugte unheimliche Geräusche. Ich legte meinen Rucksack an die Wand und benutzte ihn als Rückenstütze. Ich würde im Sitzen schlafen. Ich legte den Helm ab und zog mir eine Militärmütze an. Dann zog ich meinen Parka aus und breitete ihn über mir aus. Dann lud ich meine Glock durch und entspannte sie. Wenn ich schießen musste, brauchte ich nur den Hahn zu spannen und konnte direkt feuern. Thort machte dasselbe mit dem Colt 44. Amelie legte ihre Glock neben sich. Sie versuchte sich ein Bett wie ich es hatte zu bauen. Behielt jedoch ihren Parka an. Ich rauchte noch eine Zigarette und sah gedankenverloren dem Qualm hinterher.

Ich beobachtet Amelie. Sie rollte sich ein und versuchte zu schlafen. Ich dachte über sie nach. Hoffentlich hatte ich ihr nicht zu viel gegeben. Sie zu nahe an mich herangelassen. Sie suchte Zuflucht und Geborgenheit. Konnte ich ihr das überhaupt geben, ohne ihr Liebe zu geben. Was war der Unterschied. Ich glaubte, wenn ich ihr jetzt sagen würde, dass ich nicht in sie verliebt sei, dann würde sie das mit Sicherheit treffen. An ihrer gestrigen Reaktion konnte ich interpretieren, dass wahrscheinlich bei ihr wesentlich mehr dahinter steckte als nach Hause geschickt zu werden.

Sie hatte bestimmt Angst vor Zurückweisung. Sie hatte Verlustangst.

Thort und ich war das bisschen Familie und ich vielleicht für sie der sichere Hafen an den sie sich halten konnte. Aber manchmal hatte ich einfach das Verlangen danach diese zierliche Bündel Mensch in meinen Armen zu bergen, um ihr etwas Geborgenheit zu vermitteln. War das falsch? Ich wusste nicht, wie ich das einordnen sollte. Ich sah nur immer ihr verträumtes, glückliches Lächeln, wenn sie eine Umarmung von mir bekam.

Auch gerade als wir die Roboter besiegt hatten habe ich sie einmal kurz gedrückt und gelobt. Sie war zwar noch vor Aufregung und Angst am Zittern aber mit dem Moment, wo ich meine Arme um sie schloss hörte das Zittern auf.

Ich beschloss das so beizubehalten. Was konnte an einer Umarmung falsch sein, an dem bisschen Zuwendung was sie bekam. Das Gefühl aufgehoben zu sein. Nachdem ich eine zweite Zigarette geraucht hatte schloss ich meine Augen. Thort sägte die umliegenden Wälder ab. Daran hatte ich mich bereits gewöhnt. Amelie schlief unruhig und warf sich von einer Seite auf die andere. Sie war sonst ein eher ruhiger Schläfer. Ich sank in einen traumlosen Schlaf.

Amelie erzählt:
Nach dem Gefecht war sie fix und fertig. Sie genoss eine kurze Umarmung von Helldiver. Sie war froh wieder in seiner Nähe zu sein. Sie hatte gestern einiges falsch verstanden und sich in etwas hineingesteigert was es nicht gab. Sie hatte schon ein wenig Angst, von ihm zurückgewiesen zu werden. Sie hatte sich einfach in ihn verliebt.

Sie mochte sein Lächeln, seine ruhige Art. Das er gestern nicht aus der Fassung geriet, sondern sie ganz ruhig wieder von ihrem Trip herunterholte und sie überzeugte. Dass er sie einfach in den Arm nahm und ihr die Wärme gab die sie brauchte und die sie bis jetzt so nicht bekommen hatte. Vor allem das er ihr zuhörte und ihre Ängste wahrnahm. Sie hätte ihn am liebsten geknutscht, aber das traute sie sich nicht. Sie wollte sich das nicht zerstören, was sie sich jetzt vorsichtig aufgebaut hatte.

Sie fühlte sich zu ihm hingezogen und hatte jedes Mal Schmetterlinge im Bauch, wenn er sie berührte. Selbst wenn er sie nur kurz bei der Hand nahm und ihr über einen umgestürzten Baum half. Er war noch ein wenig Kavalier alter Schule. Sie konnte ihn nicht beflunckern. Sie wollte, dass er den Löwenanteil der Ravioli bekam, aber er hatte sich nicht beirren lassen, sondern hatte sie einfach gefüttert und mit ihr geteilt. Seine Fürsorge die bei ihm, irgendwie selbstverständlich erschien. Wenn sie hinfiel sah er sich sofort ihre Hände an und fragte sie, ob sie sich verletzt hätte.

Sie bekam keinen richtigen Schlaf. Dort wo sie lag zog es ganz schön fies. Von irgendwo her kam ein kalter Hauch und sie warf sich unruhig hin und her. Schließlich öffnete sie ihre Augen. Sie sah im Halbdunkel Helldiver an seinen Rucksack gelehnt schlafen. Er hatte seinen Parka über sich ausgebreitet und die Arme darunter verschränkt. Auf seiner linken Seite blitzte ein Stück vom Lauf seiner Glock. Er atmete ruhig und gleichmäßig. Sie liebte seine markanten Gesichtszüge, die schmale Nase in seinem Gesicht. Die rotbraunen Bartstoppeln. Sein schmallippiger Mund war leicht geöffnet. Seine Augen, die irgendwas zwischen grau und grün waren, konnten sehr böse, aber auch gütig blicken. Sie konnten einen wie Speere durchbohren. Sie konnten einen aber auch warm anschauen.

Neben Ihm war noch ein wenig Platz, vielleicht konnte sie sich an ihn heranschleichen und sich vielleicht bei ihm anlehnen, um sich ein klein wenig aufzuwärmen. Mehr würde sie sich nicht wagen. Sie richtete sich vorsichtig und leise auf. Sie versuchte vorsichtig an ihn heran-zu-rutschen, da hörte sie ein Rascheln und ein metallisches Klicken. Helldiver saß senkrecht, hatte die Glock in der Hand und zielte auf sie. Er nahm sie sofort wieder hoch und entspannte die Waffe wieder.

Wie konnte er sie im Schlaf gehört haben, sie war doch so leise gewesen. Und dann wie blitzartig hatte er die Waffe schussbereit im Anschlag gehabt. Er räkelte sich ein wenig und flüsterte leise zu ihr

„warum schläfts du nicht?"

„Mir ist kalt, ich friere," flüsterte ich zurück. Dann hob er seinen Parka an und winkte mir „Komm her zu mir, ich wärme dich."

Das ließ ich mir nicht zweimal sagen, ich räumte meinen Rucksack neben Helldiver und wollte mich an seine Schulter anlehnen, da hob er seinen Parka und seinen Arm hoch und flüsterte

„Komm hierhin!"

Ich sollte mich mit meinem Kopf auf seine Brust in seinen Arm legen. Ich legte meinen Kopf an seine Brust. Seine Uniform roch ein wenig nach Erde, Kordit, Schweiß und nach seinem Rasierwasser. Sie roch nach ihm. Er breitete seinen Parka über mir aus und nahm meine eiskalte linke Hand in seine und wärmte meine Finger. Ein ungekanntes

Glücksgefühl durchströmte mich. Ich fühlte seinen rechten Arm in meinem Rücken und wie er den Parka um mich legte damit ich nicht fror. Mir wurde augenblicklich warm. Es fühlte sich so gut an, dieses Geborgensein. Ich hatte Schmetterlinge in meinem Bauch. Das hätte ich mir vor ein paar Minuten nicht erträumt. Ich schlief tief und fest.

49. Tag

Helldiver erzählt:

Amelie war in der Nacht in meinen Arm gekrochen, weil sie fror. Ich hoffte das machte Thort nichts aus, wenn ich ihr diese Zuwendung gab. Aber sie konnte sich ja aussuchen, wo sie hinging. Ich wollte nur nicht das Thort eifersüchtig wurde.

Sie lag immer noch so wie sie sich hingelegt hatte. Sie hielt immer noch meine Hand fest. Das hatte der kleine Arne, mein kleiner Cousin auch gemacht als ich ihn einmal für meine Tante hütete und er in meinem Arm eingeschlafen war, der kleine Kerl hatte meinen Finger gegriffen und nicht mehr losgelassen. Als er fest eingeschlafen war hatte er sein winziges Händchen geöffnet und seinen Griff gelockert. Als ich meinen Finger vorsichtig wegzog hatte er sofort wieder zugegriffen.

Ähnlich war es jetzt bei Amelie. Ich wärmte sie und sie wärmte mich. Ich blieb noch liegen, denn sie schlief noch. Thort erhob sich und gähnte. Dann sah er zu mir hinüber und lachte leise.

„Sie schläft noch," formte ich mit meinem Mund, denn ich wollte sie nicht wecken.

Es konnte aber auch sein, dass sie schon längst wach war und nur die Schlafende spielte, um noch ein wenig länger in meinem Arm zu liegen. Sie konnte manchmal ein kleiner Schelm sein. Das mochte ich besonders an ihr. Auf einmal bewegte sie sich räkelte sich ein wenig, ließ meine Hand los und krallte sich an der Uniformjacke über meiner Brust fest. Dann öffnete sie langsam und verschlafen ihre Augen und sah mich an. Dann schloss sie die Augen wieder und murmelte

„noch ein bisschen bitte."

Sie kostete es soweit wie möglich aus. Schließlich richtete sie sich auf, reckte sich und gähnte, dann bekam ich eine Kuss auf die Wange und ein „Merci (franz: Danke)" ins Ohr geflüstert.

Das Frühstück fiel schmal aus. Wir kochten uns über den Esbit Kochern eine Tasse Kaffee. Dann aßen wir „Panzerplatten", das sind harte Kekse, die nicht gesüßt waren oder Dauerbrot was ebenfalls so eine Art Keks-form hatte. Diese waren in den EPA Paketen enthalten, die wir in den Bunkern fanden. EPA Pakete sind eine Ein-Mann Notverpflegung, die für mindestens einen Tag reichte. Man konnte sie aber auch auf zwei Tage verteilen. Verhungern musste man deswegen nicht. Amelie fand es lustig sich aus der Tube Margarine auf die Panzerplatte zu drücken und dann Wurst darüber zu streichen. Wir machten uns Abmarschbereit.

Wir spähten erstmal umher, ob uns keine Feinde auflauerten. Dann zogen wir los. Die Luft am Morgen war frisch und der Tau lag in der Wiese. In der ein oder anderen Senke lag noch Frühnebel Die Straße Richtung Älgö führte ein gutes Stück über offenes Gelände. Ich spähte mit dem Fernglas. Am Ortsende konnte ich ein paar Barrikaden erkennen. Es konnte sein, dass uns dort etwas auflauerte. Ich mahnte zur Vorsicht. Wir gingen in einer Schützenreihe etwa drei Schritte auseinander. Als wir uns der Barrikade näherten konnte ich zwei Combatwölfe ausmachen.

„Das ist ein Fall für mich," sagte Amelie und nahm die Jagdflinte von der Schulter.

Es waren hellgraue Combatwölfe. Die könnte sie mit einem gezielten Schuss auslöschen. Wir hockten uns in den Straßengraben und zielten auf die Roboter. Amelie schoss sie alle drei ab. Wir erreichten die Barrikaden. Es war ein Militärlager. In dem Hangar standen LKWs. Sie hatten jede Menge Munition geladen. Wir füllten unsere Bestände auf. Wir sahen nach, ob noch Nahrungsmittel vorhanden waren. Einige EPA Pakete waren noch nicht abgelaufen. Wir nahmen sie alle mit. Dann erreichten wir eine Kreuzung. Die Straße hatte eine Abzweigung Richtung Älgö. Wir folgten ihr und erreichten am Nachmittag Älgö. Wir wurden von mehreren Raptoren angegriffen und flüchteten uns in die Gebäude. Nach einem längeren Kampf besiegten wir die Raptoren. Wir brachen in einen Supermarkt ein und bedienten uns an den Konserven Wir nahmen Fertigpizza und Lasagne mit. Wir mussten uns nur noch ein Haus suchen und fanden auch eins. Amelie machte sich in der Küche direkt am Herd zu schaffen. Wenig später roch es angenehm. Wir verzogen uns zum Schlafen in das Obergeschoss. Amelie bekam die Couch die oben stand. Thort und ich schliefen auf dem Boden.

50. Tag

Bevor wir den Ort verließen sahen wir uns noch um, was es für Geschäfte im Ort gab. Ich machte Amelie auf ein Geschäft für Damenunterwäsche aufmerksam „Hier bekommst du bestimmt ein paar Sandaletten und Damenunterwäsche." Sie besorgte sich lediglich einen neuen Büstenhalter, weil ihrer sich wohl in die Bestandteile aufzulösen schien. Sie musste das Ding ja nun jeden Tag tragen. Sie brauchte ziemlich lange. Während sie in Ruhe aussuchte und anprobierte bewachten wir von draußen das Geschäft. Schlüpfer und Sandaletten, wollte sie nicht. Sie war der Meinung, dass meine Shorts viel bequemer wären und sie lieber abends in meinen College Schuhen herumschlurfte.

Wir marschierten weiter nach Mörtviken. Dort war die Einfahrt zum Fägerbro Tunnel. Der Autotunnel führte unter dem Fägerbrolandet Sund durch und kam in Torsby wieder an die Oberfläche. Zusätzlich gab es noch eine Fähre. Der Tunnel machte mir Sorgen, denn in ihm würden wir keinerlei Deckung haben. Falls dort verlassenen Autos auf der Fahrbahn herumstanden, wäre das nur eine trügerische Sicherheit, denn wenn ein Auto-tank beschossen wurde, konnte dieser immer noch explodieren. Ich spähte immer wieder mit dem Fernglas. Ich konnte aus der Entfernung immer wieder ein seltsam hohes Sirren hören. Es hörte sich an, als wenn ein schwerer Servomotor in Bewegung gesetzt würde. Als ich die ersten Häuser von Mörtviken sehen konnte, sah ich auch den Grund für das Geräusch.

Ein riesiger, spinnenförmiger Roboter stapfte über die vierspurige Autospur die in den Tunnel führte. Ein Wrack eines solchen Roboters hatte ich am Strand unterhalb der Burg von Färvikssand gesehen. Jetzt sah ich so ein Ungeheuer in Aktion. Ich beobachtete ihn, wie er eine rüsselförmige Vorrichtung in ein Auto stieß. Es sah aus, als wenn er den Treibstoff heraussaugen würde. Dann zog er den Rüssel wieder zurück und setzte sich über das Auto. Er fuhr eine greifzangenähnliche Vorrichtung aus und begann das Fahrzeug aufzufressen. Glas splitterte, Metall knirschte. Es gab ein Geräusch wie von einer Schrottpresse und einem Schredder. Als das Fahrzeug verschwunden war, stapfte das Ungeheuer weiter zum nächsten.

„Was macht der da?" Fragte Amelie.

„Material für neue Roboter sammeln," antwortete ich.

Ich sah, dass auf dem spinnenartigen Hauptkörper wie bei dem Wrack am Strand, zwei große Raketenwerfer installiert waren. Ein schweres MG konnte ich auch sehen.

Langsam schlichen wir uns näher. Der spinnenartige Roboter, den wir Spider nannten, bewegte sich langsam und schwerfällig. Er wurde von einigen Raptoren und Combatwölfen begleitet. Sich auf ein Feuergefecht mit denen einzulassen war unmöglich. Den Kampf würden wir verlieren. Wir rauchten eine Zigarette und berieten uns. Wir mussten durch den Tunnel, wenn wir nach Fågelbrolandet hinüberwollten. Nach allen Seiten sichernd näherten wir uns dem Ort. Wir konnten unentdeckt in ein Haus in der Nähe des Tunneleinganges eindringen.

Wir beschlossen erst einmal in dem Haus zu bleiben und die Lage zu beurteilen. Mir fiel ein, dass der Tunnel einen Notausgang hatte. Wenn es in dem Tunnel brannte, mussten die Menschen fliehen können. Parallel neben der Tunnelröhre verlief jeweils ein separater Gang, der zum anderen Tunnelende führte. Das müsste für uns genügen. Als die Dunkelheit hereinbrach, stapfte der Spider davon.

Offensichtlich war er voll und musste das Sammelgut irgendwo hinbringen. Wir beobachteten noch eine Weile das Gelände und machten uns auf den Weg. Wir erreichten die Tunnelröhre die dunkel und bedrohlich vor uns aufragte. Ich kramte mein Halstuch aus dem Rucksack und wickelte es um die Taschenlampe. Ich leuchtete einmal kurz mit dem gedämpften Licht. Die Strecke vor uns war frei. Amelie nahm sich wieder meine Hand.

„Bitte, lass mich nicht los `elldiver, ich `abe Angst im dunklen," sagte sie mit ängstlicher Stimme.

Ihre Hand fühlte sich kühl und zittrig an. Ich befestigte die Lampe an meiner Uniform und nahm Amelies Hand in meine linke Hand. Im trüben Licht der Taschenlampe tasteten wir uns langsam vorwärts. In einiger Entfernung sah ich Lichtschein an der Tunnelwand. Sofort schaltete ich meine Taschenlampe aus.

„Das sind bestimmt Combatwölfe," raunte ich den Beiden zu, „wir müssen hier weg."

In etwa 50 m Entfernung konnte ich das trübe, grüne Licht eines Notausgangs erkennen. In der fahlen Beleuchtung konnte ich sehen, dass die Tür offenstand. Ich beschleuniget meinen Schritt, dann schob ich Amelie in den Eingang, anschließend ging Thort hinein. Als ich mich anschickte hinein zu gehen, sah ich die gelben Scanner-strahlen eines Combatwolfs. Ich zog mich tiefer in den Gang zurück. Es war stockdunkel. Ich spürte wieder eine Hand an mir. Es war Amelie. Sie brauchte Körperkontakt, etwas woran sie sich festhalten konnte. Ich beobachtete den Combatwolf wie er langsam an uns vorbeiging. Das Sirren seiner Servomotoren und das helle Klingen seiner Fußplatten war ebenfalls gut zu hören. Wir blieben so lange stehen, bis das Sirren verklungen war. Dann gingen wir vorsichtig in den angrenzenden Notgang. Gähnende Schwärze dehnte sich vor uns aus. Vorsichtig leuchtet ich. Das trübe Licht der Taschenlampe erhellte die glatten Betonwände und ließ uns einige Meter weit sehen. Mit zum zerreißen gespannten Nerven und dem Gewehr im Anschlag gingen wir den Gang entlang. Ich ging an der Spitze, Amelie hinter mir, am Schluss ging Thort. Hinter einer Gangbiegung lauerten einige Scorpions, die uns sofort angriffen. Unsere Schüsse peitschen und hallten durch den Gang. Wir liefen weiter und erreichten wieder eine Notausgangstür. Wir blieben stehen und lauschten. Ich rechnete jederzeit damit, dass uns ein Combatwolf entgegen kam. Wir hatten Glück offensichtlich hatten sie die Schüsse nicht gehört oder es war nicht interessant genug. Der Gang wurde breiter und es hingen große Wegweiser, die im Dunklen leuchteten, mit der Aufschrift „Ausgang/Exit" an der Wand.

Vorsichtig öffnete ich die Stahltür am Ende des Ganges. Kühle Nachtluft schlug mir entgegen. Ich sah mich vorsichtig um und konnte einige Häuser von Torsby erkennen. Im Ort waren keine Roboter zu sehen. Wir passierten den Ort am Rand und verschwanden im angrenzenden Wald. Der Mond war aufgegangen, seine silbrigen Strahlen brachen durch die Äste des Waldes und erzeugte ein bizarres Lichtspiel. Wir setzten uns an einem großen Felsbrocken auf den Boden und rauchten eine Zigarette. Wir waren alle sehr angespannt. Vor allem Amelie war die Angst anzusehen.

51. Tag

Im Morgengrauen erreichten wir Sandvik und gerieten in einen Hinterhalt. Einige Combatwölfe beschossen uns. Zum Glück wurde niemand verletzt bei der Attacke. Wir suchten Deckung und kämpften die Combatwölfe nieder. Nachdem wir die Wracks ausgebeutet hatten, zogen wir weiter zum Ljuskärrsberget Bunker und erreichten ihn gegen Mittag.

Wir drangen in die Villa Ljuskärrsberget ein und hatten ein längeres Gefecht mit einigen Raptoren. Das waren grünlackierte, harte Nüsse. Wir schenkten ihnen aber ordentlich ein. Sie hatten das Haus zwar schwer beschädigt, aber abgesehen von ein paar Schrammen war keiner von uns zu Schaden gekommen. Das Haus wurde von einem älteren Offizier bewohnt. Wir fanden neben einem Funkgerät einige Aufzeichnungen. Als wir die Raptoren ausbeuteten, fielen uns diverse Codekarten in die Hände. Die waren bestimmt für den Bunker.

Wir luden alle Waffen und gingen in den Bunker hinein. Am späten Nachmittag hatten wir endlich den gesamten Bunker freigekämpft. Er war noch grösser als der Gustavsberg Bunker. Es war eine weitverzweigte Bunkeranlage in der man sich glatt verlaufen konnte. Dementsprechend groß war die Waffen- und die Speisekammer. Die Konserven waren alle recht neu, so dass wir über reichlich Auswahl verfügten. Den Rest wollten wir am nächsten Tag erkunden.

Wir saßen nach dem Essen in der Kantine und genehmigten uns erst mal ein Bier, das hatten wir uns verdient.

Danach rückten wir uns ein paar Betten zurecht und vielen todmüde hinein.

52. – 55. Tag

Nachdem wir den Bunker eingehend besichtigt hatten, fanden wir in der Waffenkammer Barret M82 Gewehre. Das waren Panzerabwehrgewehre mit Kaliber 50 Munition. Die 12,7 x 99 mm Geschosse konnten eine Menge Unheil anrichten. Sie waren in der Lage eine Mauer zu durchschlagen. Gepanzerte Fahrzeuge waren auch kein Problem für diese Bestie. Thort lachte,

„genau das richtige Baby für mich."

Thort liebte großkaliberige Waffen.

Wir fanden auch reichlich Munition. Damit konnte man auf Raptor Jagd gehen. In der Waffenkammer lagerte eine Bazooka, die eigentlich Granatgevär auf Schwedisch heißt. Sie war in einem besseren Zustand als unsere. Die Waffenkammer hielt auch eine große Menge Minen, Handgranaten und HEP Geschosse für die Bazookas bereit. Wir unternahmen noch eine Außenmission, denn ich wollte die Raptoren Wracks der Militär Raptoren eingehender Untersuchen.

Bis jetzt hatten wir nur die Gelegenheit bei irgendwelchen Gefechten die Munition schnell zu bergen und uns dann aus dem Staub zu machen. Ich untersuchte die Wracks und sah die Panzerung, über die sie verfügten. Sie waren genauso aufgebaut wie die hellgrauen Raptoren, jedoch verfügten sie über mehr Munition und stärkere Panzerungen an den wichtigen Teilen. Da ihre Sichtmodule besser gepanzert waren, sind einige davon heilgeblieben. Ich demontierte sie, denn ich wollte versuchen, sie mit meinen Zielfernrohr oder mit dem Fernglas zu verbinden.

Am Abend bastelte ich daran herum und fand eine Möglichkeit. Ich konnte das Fernglas mit Nacht- und Infrarotsicht ausstatten. Dann hatte ich noch ein Gerät für Infrarot- und Röntgensicht. Ich schaffte es das Zielfernrohr der G3 mit dem Modul zu verbinden. Ich konnte jetzt zwischen verschiedenen Sichtmodi hin und her schalten.

Wir sichteten alle Notizen, die wir in der Villa Ljuskärrsberget mitgenommen hatten. Als wir die Anlage umrundeten, fanden wir in der Umgegend etliche Leichen von Zivilpersonen und Armeeangehörigen. Wir fanden auch im Bunker Leichen. Thort und ich räumten Sie nach draußen, denn sie verbreiteten einen bestialischen Geruch. Im Lager fanden wir etliche Leichensäcke die wir verwendeten. Wir nahmen den Leichen die Erkennungsmarken und vorhandenen Papiere ab. Wir legten sie in das Lager mit dem Hinweis, dass ihre Leichen von uns verbrannt wurden. Auf dem Platz vor dem Bunkerhangar errichteten wir einen großen Scheiterhaufen und verbrannten die Leichen. Das war weniger Arbeit als sie alle zu begraben wir hätten von Hand eine riesige Grube ausheben müssen. Wir zogen uns nachher die Gasmasken an, denn auch der Geruch beim Verbrennen war abscheulich. Es war eine der schlimmsten Arbeiten, die ich jemals ausgeführt hatte.

56. Tag

Wir diskutierten, wie wir weitermachen sollten. Auf der einen Seite konnten wir in dem Bunker bleiben und dort überwintern. Wenn wir uns bis zum Frühjahr nicht gegenseitig die Köpfe eingeschlagen hatten, war das eine Option, denn es gab genug Lebensmittel. Lediglich mit dem Brennstoff für die Stromerzeugung und das Warmwasser könnte es zu Problemen kommen, wenn er zu Neige ging.

57. – 60. Tag

Wir erkundeten die Orte die uns umgaben. In Sundeby und Stavsnäs wurden wir zwar in einige Feuergefechte verwickelt, konnten uns aber durchsetzen. Die Boote die wir fanden, waren für eine Fahrt über das offene Meer nicht geeignet. Auch die Orte Hovnoret, Sundeby, Fiskesund und Malmakvarn hatten nichts Geeignetes. Ein Krabbenkutter wäre gut gewesen, aber die Maschine war kaputt und für die Reparatur fehlten die geeigneten Ersatzteile. Also verwarf ich den Gedanken mit einem Boot hier weg zu kommen.

Gemäß den Aufzeichnungen die wir auch im Ljuskärrsberget Bunker gefunden hatten, gab es Hinweise, dass sich der Rest der Besatzung ebenfalls nach Winterfjäll zurückgezogen hatte. Die M82 Gewehre entpuppten sich als recht effektiv. Wir konnten auch die grünlackierten Militär Raptoren mit wenigen Schüssen zur Explosion bringen. Die hellgrauen Raptoren benötigten nur einen wohlgezielten Schuss und sie explodierten.

Wir berieten lang und breit und entschieden uns dann für den Marsch nach Winterfjäll. Die Insel ist eigentlich ein Urlauberparadies und im Winter ein beliebtes Ausflugsziel, da es dort viele Skipisten gab. Auf dem Berg liegt das Scandic Crown Hotel. Ich nahm an, dass dort viele Überlebende zu finden seien und man vielleicht von da einen Widerstand organisieren konnte. Den Winter konnten wir auch dort verbringen und die Gesellschaft weiterer Menschen würde uns gut tun. Wir machten uns abmarschbereit.

61. Tag

Als wir vom Ljuskärrsberget Bunker aufbrachen, war es früher Morgen. Die Sonne war noch nicht ganz aufgegangen. Wir hatten uns entschieden so früh loszugehen, da unser Etappenziel das Gehöft Fagerdala war. Ich kannte eine Höhle namens Fagelsangen in der Nähe von Fagerdala.

Wir hatten eine langen Fußmarsch vor uns und mussten auch unterwegs eventuell mit Feindberührung rechnen.

Wir gingen an der Küste lang und hatten ohne große Feindberührung die Siedlung Sundeby erreicht. Hier begegneten wir einigen Combatwölfen. Wir versteckten uns am Ortseingang. Amelie snipte die Combatwölfe einen nach dem anderen weg. Sie hatte eine diebische Freude, wenn sie die Combatwölfe mit einem Schuss erledigen konnte.

Wir durchstöberten schnell einige Häuser und nahmen mit was wir brauchen konnten. In einem der Häuser am westlichen Ortsausgang, machten wir Rast. Vom Balkon des Hauses spähte ich mit dem Fernglas, ob sich noch irgendwelche Feinde dort herumtrieben.

Ich konnte nichts sehen. Amelie hatte Fingerfood am Abend vorher vorbereitet und verteilte es. Wir aßen alle mit gutem Appetit und waren frohen Mutes, dass wir die Etappe am späten Nachmittag abschließen konnten.

Als wir weitergingen, liefen wir an der felsigen Küste lang. Ich hielt immer wieder an, um die Gegend auszuspähen. In der Ferne konnten wir die Fiskesund Brücke sehen. Sie überspannte den Sund, der Fågelbrolandet von Värmdö trennte. Sie war ungefähr 400 m lang und lag hinter dem Ort Fiskesund. Wir wussten, dass wir auf der Brücke wenig Deckung haben würden, wenn wir sie überquerten, aber eine andere Möglichkeit hatten wir nicht. Als wir uns dem Ort Fiskesund näherten, duckten wir uns im hohen Strandgras und beobachteten den Ort. Er bestand nur aus wenigen Häusern. Als wir am Ortsrand ankamen, konnten wir einen Lebensmittel Supermarkt erkennen. Vorsichtig rückten wir vor. Thort sagte,

„Lass uns mal in den Supermarkt gehen, ob wir was Essbares finden. Ich hab´ Hunger."

Amelie hatte auch Hunger und so drangen wir in das Geschäft ein. Der Gemüsestand im Eingang sah jämmerlich aus, da alles eingetrocknet und verwelkt war. Langsam und vorsichtig durchstreiften wir den Markt. Das Haltbarkeitsdatum der abgepackten Wurst war leider abgelaufen. Auch die Milchprodukte in den Kühlregalen waren abgelaufen. Nur einige Tüten H-Milch waren noch in Ordnung. Ich öffnete eine und teilte sie mir mit Amelie. Ich hörte Thort auf einmal sagen,

„Hmmm, lecker…. Surströmming."

Ich hörte das Geräusch eines Ringpulls, ein leises zischen und das Öffnen eines Dosendeckels. Dann stank es plötzlich bestialisch nach Fisch.

„Thort, das Zeug kann man doch nur an der frischen Luft aufmachen oder unter Wasser," stöhnte ich mit zugehaltener Nase.

„Baaaaahhh, was ist das?" sagte Amelie mit zugehaltener Nase und angeekeltem Gesicht.

Ich ging zu Thort, der eine geöffnete Dose Surströmmig in der Hand hielt und mit verzücktem Gesicht ein Stück des fermentierten Fischs aus der Dose nahm und in den Mund schob.

Ich nahm die Hand von meiner Nase.

„Kann ich auch was haben Großer," sagte ich zu Thort.

„Na klar, hier nimm!" sagte Thort kauend. „Ist richtig lecker, habe ich lange nicht gegessen."

Ich nahm mir ebenfalls ein Stück des fermentierten Fischs aus der Dose und spürte den stark salzigen Geschmack auf der Zunge. Wie zu erwarten zerging der Fisch auf der Zunge und hinterließ einen modrigen Geschmack, wie nach einem stark gealterten Käse.

Amelie nahm die Hand von der Nase und fragte,

„Was esst ihr da, das riecht ja eklig, fast wie Verwesung?"

„Das ist Surströmming, das ist Hering der im Frühjahr gefangen und in Salzlake eingelegt wird. Der wird gegen Ende Juli in Dosen gepackt und erst gegen Ende August verkauft. Verwunderlich, dass die ihn schon früher haben."

„Lass mich mal probieren," sagte Amelie und griff mit ihren Fingern in die Dose, die Thort ihr hinhielt.

Sie schob sich das kleine Stück Fisch was sie zwischen ihren Fingern hielt in den Mund, kaute bedächtig darauf herum und blickte nach oben, als wenn sie den Geschmack prüfte.

„Ziemlich salzig," sagte sie als sie den Bissen herunterschluckte.

Wir hatten eher erwartet, dass sie es ausspucken würde, den Surströmming ist nun mal nicht jedermanns Sache.

„Schmeckt ähnlich wie Blauschimmelkäse," sagte Amelie als sie ein größeres Stück Fisch im Mund hatte und genüsslich darauf herumkaute.

Thort und ich tauschten einen erstaunten Blick aus. Das hatte ich von Amelie nicht gedacht, dass sie so etwas Essen würde. Ich hatte immer gedacht sie wäre eine zimperliche, verwöhnte Göre.

Nachdem wir eine zweite Dose verzehrt hatten, nahm Amelie sich eine Flasche Wasser aus dem Getränkeregal und trank in durstigen Zügen.

„Schmeckt lecker, aber da bekommt man Durst von," sagte sie.

„Ich hätte nie gedacht, dass du verrotteten Fisch essen würdest," staunte ich ungläubig.

Sie zuckte mit den Schultern und sagte,

"Na und, was ist schon dabei, `hast du schon mal Blauschimmelkäse gegessen oder Froschschenkel oder Schnecken?"

Thort verzog angeekelt das Gesicht," du willst mir doch jetzt nicht sagen, dass du so was schon gegessen hast, verschimmelten Käse, Froschschenkel, Schnecken, Amelie, oder?"

„Doch, `ab´ ich, Froschschenkel und Schnecken schmecken lecker. Vor allem Schnecken mit Knoblauchbutter, hmmmm," sagte sie lächelnd mit verzücktem Blick, „und danach ein Stück Blauschimmelkäse"

„Au Mann hör´ bloß auf," sagte Thort.

„Ist nicht schlimmer als dein Stinkefisch," sagte Amelie lachend.

„Können wir jetzt weiter? Wir müssen noch über die Brücke und wir haben schon Nachmittag," mahnte ich zum Aufbruch.

Wir verließen den Supermarkt und ließen den Ort hinter uns. Als wir die Brücke erreichten beobachteten wir mit den Ferngläsern das andere Ufer.

Richtung Fagerdala war offenes Gelände was nach Fagerdala hin von einem Wald begrenzt wurde. Die Häuser von Fagerdala waren noch nicht zu sehen. Wir gingen den Fahrradweg lang und betraten die Brücke. Der Fahrradweg war mit einer Betonleitplanke von der Autofahrbahn abgegrenzt und bot ein wenig Deckung. Ich trat auf die Fahrbahn heraus und spähte mit dem Fernglas zum anderen Ende der Fahrbahn. Auf der Brücke standen einige verlassenen Autos. Am Ende der Brücke konnte ich nichts erkennen. Erst in weiter Ferne sah ich einen Combat Strider. Er war aber viel zu weit weg, um uns zu erfassen, selbst wenn wir die Brücke überquert hatten.

Bis nach Fagerdala mussten wir ein Stück über freies Feld gehen. Ein fieser, kalter Wind pfiff über die Brücke. Als wir die Mitte erreicht hatte fing es auch noch an zu nieseln. Der Wind drückte die feinen Wassertropfen in jede Ritze unserer Kleidung. Wir erreichten unangefochten das Ende der Brücke und gingen vorsichtig über eine Wiese. Wir gingen neben der Straße, um schnell Deckung nehmen zu können. Wir erreichten eine T- Kreuzung. Links ging es nach Strömma, rechts nach Fagerdala und Stora Vika.

Nicht weit entfernt konnte, ich neben dem Straßenrand ein Militärlager und eine Straßensperre erkennen. Ich überlegte schon bis an die Küste vorzustoßen, denn dort war das Gelände etwas unwegsamer, was uns vor Raptoren schützte. Jedoch lag freies Feld vor uns, was durch gelegentliche Baumgruppen und Büsche unterbrochen war. Das bot nicht viel Deckung.

Wir waren noch nicht weit von der Kreuzung weggegangen da kam eine Gruppe Raptoren die Straße aus Richtung Strömma gerannt. Thort hatte sie als erster gesehen und ich rief, dass wir alle in Richtung der Straßensperre laufen sollten. Denn die Barrikaden waren nicht weit weg. Als die Roboter in Schussweite waren gaben Thort, Amelie und ich die ersten Salven auf sie ab. Ich hatte auf das M 82 gewechselt und hatte schon einen Raptor erledigt. Wir zogen uns langsam zurück und es sah eigentlich ganz gut für uns aus. Einige Combatwölfe kamen neben der Raptoren gelaufen. Thort warf eine Signalfackel und als die Combatwölfe auf die Fackel zuliefen, warf er eine Handgranate hinterher. Zwei von den Combatwölfen explodierten. Ein weiterer war schwer beschädigt. Ich musste häufig nachladen, denn das M 82 hatte nur 10 Schuss im Magazin, jedoch panzerbrechende Munition.

Ich entwaffnete nacheinander drei Raptoren, indem ich ihnen das Arm MG wegschoss. Thort erledigte dann meistens den Rest. Das hatte sich in den letzten Tagen als effektive Taktik herausgestellt. Dann waren die Roboter heran. Wir feuerten aus allen Rohren. Amelie bekämpfte mit ihrer Maschinenpistole einen Raptor der einen zuckenden Tanz aufführte und bald darauf explodierte.

Ich bekämpfte ebenfalls einen Raptor und musste Nachladen. Er kam bedrohlich nahe. Ich ließ das M 82 fallen und wechselte schnell auf die G3. Mit einem gezielten Feuerstoß brachte ich ihn zur Explosion. Ich hörte neben mir Thort feuern und laut „Scheiße!!," brüllen. Amelie war im Kampf mit zwei Combatwölfen. Der Roboter war gefährlich nahe an Thort herangekommen er würde gleich eine Nahkampf Attacke auf Thort starten.

Ich schoss mit meiner G3 auf ihn. Normalerweise hätte er längst explodiert sein müssen, denn Thort hatte schon einige Schüsse mit der M 82 auf ihn abgegeben. Die schweren Geschosse hatten den Roboter erzittern lassen. Ich bückte mich, um das M 82 nachzuladen denn Thort wechselte auf seine G3 und feuerte gerade eine Salve.

Mir fiel auf, dass dieser Roboter anders als die Militärischen aussah. Er hatte nicht die grüne Camouflage Lackierung, sondern er war schwarzgrau und hatte rote Markierungen an der Seite. Offensichtlich war er stärker gepanzert, weil er immer noch auf Thort eindrang. Das Arm MG hatte er ihm schon weggeschossen.

Ich hatte gerade ein neues Magazin mit 10 Schuss aus meiner Munitionstasche gezogen und hatte auf den Roboter angelegt, da passierte es. Ich hörte das „KLACK" des Verschlusses von Thort's G3. Der Roboter machte einen Schritt nach vorne. Ich schoss und traf ihn nur am Arm. Das Armschwert schoss aus dem Arm des Raptors und machte einen Hieb. Ich hörte nur noch ein gurgelndes Geräusch, dann sah ich Blut in einer hohen Fontäne aus Thort's kopflosen Körper spritzen.

Ich schoss auf den Roboter, etwas explodierte an ihm und fiel zu Boden. Ich schoss noch einmal, diesmal explodierte wieder etwas an ihm, aber er fiel nicht um, sondern wandte sich mir zu. Er war über und über mit Thort's Blut besudelt und es rann in dicken Tropfen an dem Roboterkörper herunter. Er drosch mit dem Schwert nach mir und Blut spritzte in meine Gesicht. Als ich Ihm auswich sah ich Thort's kopflosen Körper in die Knie sinken. Ich hörte schrille, durchdringende, spitze Schreie. Der Roboter kam auf mich zu und ich musste weiter schießen.

Ich konnte nicht mehr Zielen, da der Roboter zu nahe heran war. Also richtete ich das M 82 auf ihn und jagte ihm Schuss auf Schuss in seinen metallischen Körper. Nach drei weiteren Schüssen explodierte er endlich. Ich sah Amelie mit weit aufgerissenen Augen in die Knie sinken und ich dachte schon der Combatwolf, der hinter ihr gerannt kam hätte sie getroffen. Ich jagte den letzten Schuss meiner M 82 in seinen Tank und er explodierte.

Plötzlich kamen Scorpions durch die Wiese gelaufen. Amelie hatte ihre MP fallen lassen und schrie hoch und schrill wie von Sinnen. Ich warf das M 82 in das Gras und riss die Glock aus dem Holster. Ich schoss auf die Scorpions die schnell herankamen und lockte sie von Amelie weg.

Nachdem ich zwei Magazine verfeuert hatte, waren auch sie erledigt. Dann erschien plötzlich noch ein Combatwolf. Amelie kniete neben Thort's Körper und schrie laut Neeeeiiiiiiiiiin, Neeeeeiiiiiiiiin, Thooooorth; Neeeeiiiiiin, ihr Gesicht war eine einzige Grimasse.

Ich lud schnell die G3 nach und schoss auf ihn. Er war schon zu nahe an Amelie herangekommen, die auf nichts mehr achtete. Sie war durchgedreht. Ich feuerte auf den Combatwolf. Ich war so nervös, dass ich oft danebenschoss und nochmal auf die Pistole wechselte, um ihm vollkom-

men den Gar auszumachen. Danach hörte ich nur noch A-
melies Schreie. Ich hängte mir ihre Maschinenpistole um
und zog sie weg von Thort's Leichnam. Sein Kopf lag neben ihm im Gras und starrte mit schreckgeweiteten, gebrochenen Augen in den Himmel.

Ich spürte, wie sie zitterte, dann suchte ich meine M 82
es lag nicht weit weg im Gras. Ich ließ Amelie los und hob
das Gewehr auf und lud es schnell, dann lud ich auch
meine G3. Amelie sah furchtbar aus. Sie hatte die Augen
weit aufgerissen, zitterte und zuckte unkontrolliert. Sie hy-
perventilierte und gab bei jedem Atemzug einen Schrei
von sich. Ich nahm mir ein Magazin für ihre Maschinenpistole und schrie sie an

„Amelie, wir müssen hier weg, hörst du, wir müssen
hier weg !!!"

Sie starrte vor sich hin und gab nur Schreie von sich. Ich
zog sie hoch und stemmte sie auf meine Schulter. Sie wog
vielleicht etwas um die 50 kg. Ich hatte vorher ihre MP und
meine G3 so umgehängt, dass ich notfalls damit schießen
konnte. Ich lief, etwas weiter weg war eine Baumgruppe.
Ich lief darauf zu, Amelie hing, wie eine Schlenkerpuppe
über meiner Schulter. Das Schreien war in lautes Schluchzen übergegangen.

Meine Lungen brannten und meine Beine wurden immer schwerer. Doch wir mussten weg. Wer weiß was sonst
noch alles jetzt auflief. An der Baumgruppe blieb ich stehen. Ich sah mich kurz um, holte Luft, dann rannte ich mit
Amelie auf den Schultern weiter. Mein nächstes Ziel war
eine Gruppe von Findlingen. Als ich sie erreichte war ich
ausgepumpt und in Schweiß gebadet. Ich atmete schwer,
ich spürte, dass meine Beine verkrampften.

„Um Himmels Willen, alles andere nur das nicht,“ dachte ich. Etwa 200 m weg war ein verfallener Schuppen und eine kleine Mauer. Die bot ein wenig Deckung. Ich lief dort hinüber und ließ Amelie von meiner Schulter. Sie sank zusammen, zitternd und bebend. Sie war in eine schwere Schockstarre verfallen. Sie greinte, und wurde von Schüttelfrost geschüttelt. Ich legte sie ins Gras und legte mich neben Sie. Dann sah ich mich mit dem Fernglas um. Ich schaltete in den Infrarotbereich und konnte nichts sehen. Es war uns nichts auf den Fersen.

Der Tag neigte sich dem Ende zu, denn es wurde schon dämmerig. Amelie zitterte und bebte, ihre Augen waren weit aufgerissen, sie hatte Schaum vor dem Mund. Ich zog sie rückwärts in die Ecke des verfallenen Schuppens und hielt sie fest in meinem Arm. Ich konnte das Meer schon sehen. Wir waren noch nicht in Sicherheit. Ich sah in einiger Entfernung so etwas wie ein Bootshaus. Dort wären wir in Sicherheit.

Ich fragte, „Amelie, Amelie, kannst Du laufen, hörst du mich, kannst Du laufen, kannst Du laufen?“

Sie gab keine Antwort. Sie zitterte, bebte und zuckte. Sie hatte den Mund offenstehen. Aus ihren weit aufgerissenen Augen blickte das blanke Entsetzen, der pure Wahnsinn. Sie stand unter Schock. Ich drang nicht bis zu ihr vor. Ich nahm sie wieder auf die Schulter und lief los.

Schwer atmend erreichte ich endlich die Küste und das Bootshaus. Mit letzter Kraft schleppte ich mich dort hinein, dann legte ich Amelie ab. Sie zitterte und bebte immer noch. Ich legte die Waffen ab. Dann setze ich mich hin, setzte Amelie ebenfalls hoch in Sitzposition und zog sie zu mir heran. Ich drückte Sie an mich. Ich drückte mein Gesicht an ihres. Ich wollte ihr mit dem Körperkontakt eine

Brücke zurück aus dem Schockzustand in die reale Welt bauen. Ich strich ihr über die Haare. Wiegte sie leicht.

Ich sagte „Ruhig Amelie; ruhig schhhh, schhhh, ruhig."

Ich sprach langsam und deutlich. Ich spürte das das Beben nachließ und in Zittern überging, Mir fiel nichts Besseres ein als ihr „Stairways to heaven vorzusingen" langsam und getragen. Ich spürte, wie sie auf einmal ihre Hand die schlaff heruntergehangen hatte in meine Jacke grub. Sich an mich klammerte. Dann holte sie tief Luft und ließ einen langgezogenen Schrei los, der in Schluchzen überging.

Dann weinte Sie, barg ihren Kopf an meiner Brust. Das Schluchzen beruhigte sich langsam und ging in ein Wimmern über. Ich startete noch einmal einen Versuch und sagte

„Amelie, hörst du mich, wir müssen weiter. Kannst du laufen, kannst du laufen?"

Ich sprach langsam und deutlich. Sie nickte und löste sich von mir und sah mich an, sie hatte die Augen immer noch aufgerissen ab er es sah nicht mehr der Wahnsinn heraus.

„Kannst du gehen Amelie?

Ein langgezogenes, gequältes „Jaaaaaaa" folgte.

Ich zog sie hoch auf die Beine. Dann gingen wir los ich hatte ihre Hand gefasst und zog sie hinter mir her. Sie lief mir einfach hinterher. Ich hörte hinter mir ihr schluchzen und greinen. Schließlich erreichten wir Fagerdala. Ich lief mit ihr in ein Haus nahe am Meer. Als wir im Obergeschoss ankamen suchte ich den Schlafraum und setzte sie auf ein Bett. Dann legte ich die Waffen ab. Sie krallte sich an mir fest. Ich nahm sie sofort wieder in den Arm. Sie klammerte sich an mich und schluchzte herzzerreißend.

Nach einer Weile sagte sie „Gehst du ihn holen?"

„Wen, Thort?"

„Jaaaaa, weinte sie. Hol ihn, bitte, bitte, bitte, bitte, bitte, hol ihn hierher. Wir können ihn nicht da draußen liegen lassen. Bitte, bitte, bitte, hol ihn. Wir müssen ihn begraben."

Ich überlegte, wie ich Thort hierher, bringen konnte, er war einen guten, Kopf größer als ich und wog mindesten 100 kg. Ich würde mich in dem Ort nach einer Schubkarre umsehen müssen. Irgendwo musste eine herumstehen, damit sollte ich ihn hierher holen können.

Ich schärfte Amelie ein, nicht die Nase aus der Tür zu stecken und sich nicht vom Fleck zu bewegen und vor allem, kein Licht zu machen. Ich gab ihr die MP wieder zurück. Ich nahm nur das nötigste an Munition mit. Dann sah ich mich in der Umgebung des Hauses um, in einem Schuppen fand ich eine Schubkarre. Sie quietschte ein wenig. Ich träufelte etwas Waffen Öl auf die Lagerstelle, danach lief sie leise. Dann machte ich mich auf den Weg.

Die Nacht war finster, obwohl wir Halbmond hätten haben müssen, aber er versteckte sich hinter einer Wolkenbank.

In der Ferne Wetterleuchtete es. Ich riss ein Grasbüschel aus und warf es hoch, so konnte ich die Windrichtung sehen. Das Gewitter kam auf mich zu. Neben mir im Baum saß ein Käuzchen und pfiff sein schauriges Huhuhuhu. Eine Eule huschte wie ein Schatten über den Waldweg und sah mich aus großen, unheimlich gelb leuchtenden Augen an. Ich hatte zu Tode erschrocken meine Glock aus dem Holster gerissen und atmete erleichtert auf.

Ich hatte beobachtet, dass die Roboter bei solch einem Unwetter nicht rumliefen. Ich erreichte den Kampfplatz. Blitze zuckten in der Nacht und erhellten das Gelände. Im schwachen Licht konnte ich die Körper der Raptoren und Combatwölfe sehen, die wie dunkle Hügel in der Wiese lagen. Ich wagte es nicht mit der Taschenlampe zu leuchten. Ich nahm mir die Zeit und beutete die Roboter aus. Der Roboter, der Thort umgebracht hatte, lieferte außer der üblichen Munition auch noch HEP Geschosse für das Granatgevär. Wieder und wieder zuckten Blitze und der Donner grollte. Ich musste mich beeilen.

Ich fand Thort's kopflosen Körper in der Wiese liegen. Ich überlegt, wie ich ihn auf die Schubkarre bekommen würde. Ich schnitt einige der Leitungen der Roboter ab und band sie zu einer Schnur zusammen. Ich stellte die Schubkarre vornübergekippt. Ich setzte Thort's Körper auf und schob die Schubkarre fest in seinen Rücken. Dann band ich ihn mit den Kabeln an die Schubkarre. Meine Idee funktionierte. Ich konnte langsam Thort's Körper hochstemmen. Ich zog ihn noch weiter auf die Schubkarre. Dann suchte ich seinen Kopf. Im Schein der Blitze des herannahenden Gewitters sah er gruselig aus. Ich barg seinen Kopf und legte ihn in seinen Schoß. Seine Augen starrten immer noch in den schwarzen Himmel. Ich drückte sie ihm zu. Ein Blitz zuckte und der Donner grollte ziemlich kurz darauf. Ich musste weg hier. Mit dem vielen Eisen auf der Wiese auf der freien Ebene konnte gut ein Blitz einschlagen. Ich schob die Schubkarre mit Thort's Leiche durch die Wiese und erreichte schwer keuchend die Straße.

Mein Magen revoltierte und ich musste ein, zweimal heftig schlucken, um mich nicht zu übergeben. Meine Uniform war voller Blut. Ich sah aus, als wenn ich gerade ein Tier geschlachtet hätte. Ich sicherte nach allen Seiten, spähte mit dem Fernglas in die finstere Nacht. Ich suchte zunächst mit Restlichtverstärker, dann im Infrarotbereich. Die Luft war rein.

Plötzlich setzte heftiger Regen ein, Blitz zuckten begleitet von heftigen Donnerschlägen. Ich schob die Schubkarre so schnell wie ich konnte. Ich war nass bis auf die Knochen und fror, der Wind blies kalt. Das Licht der Blitze beleuchtete die gruselige Szenerie Ich benutzte die Straße, denn ich glaubte nicht, dass mir ein Roboter begegnen würde. Ich lief im Laufschritt. Kurz vor Fagerdala hielt ich noch einmal völlig ausgepumpt an und sah mich um. Es war nichts zu sehen, meine Beine schmerzten. Es goss wie aus Eimern, vielleicht mein Glück, sonst wäre ich bestimmt einer Raptor Patrouille vor die Flinte gelaufen. Dann marschierte ich das letzte Stück.

Der Regen legte sich, als ich Fagerdala erreichte. Ich atmete auf. Amelie kam aus dem Haus, sah die Schubkarre und erbrach sich in hohem Bogen. Ihr zarter Körper wurde von Krämpfen geschüttelt. Als sich der Würgereiz legte, fragte sie wie wir ihn den begraben sollten.

Ich sagte am besten nehmen wir das Boot was unten am Anlieger liegt. Machen ihm ein Bett aus Holz und Reisig, legen ihn darauf, decken ihn mit Reisig zu, übergießen alles mit Benzin und zünden es an, damit er verbrennt. Ein richtiges Wikingerbegräbnis.

„Locken wir damit nicht die Roboter an?" Fragte Sie.

„Ich hoffe nicht, denn ich gebe dem Boot einen kräftigen Stoß und es treibt hinaus in den Sund."

Ich sagte Amelie, dass sie das Benzin aus dem Auto abzapfen sollte. Ich zeigte ihr wie das funktionierte. Dann brachte ich Thort zum Bootsanleger. Ich legte ihn auf dem Steg ab und legte seinen Kopf an die richtige Stelle. Dann fuhr ich zum Haus zurück, holte einige Ladungen Holzscheite und Reisig. Es war noch ein schönes Stück Arbeit Thort in das Boot zu bekommen. Zum Glück musste Amelie das nicht mit ansehen. Als ich fertig war lag er in dem Boot als würde er schlafen. Ich hatte einen Schal um seinen Hals gelegt, dass man die Schnittwunde nicht sah. Amelie legte Blumen um ihn herum die sie gepflückt hatte.

62. Tag

Im Licht der Morgendämmerung waren wir fertig und betrachteten unser Werk. Amelie weinte leise. Ich sprach ein Gebet für ihn, dann sagte ich

„wir müssen uns jetzt verabschieden."

Amelie nickte

„Adieu Thort mon ami, faire du bien (franz auf Wiedersehen Thort, mein Freund, mach es gut)

„Adieu" schluchzte sie.

Sie kniete sich nieder und streichelte Thort's Wange

„Adieu mon ami (franz auf Wiedersehen mein Freund)."

Ich half Amelie auf, dann deckte ich das Reisig über Thort, bis ein großer Haufen auf ihm lag und er nicht mehr zu sehen war. Dann nahm ich ein Bündel Reisig und übergoss es mit Benzin. Den Rest goss ich über den Reisig Haufen aus, der über Thort lag.

Ich sprang ins Wasser. Es reichte mir bis zu den Oberschenkeln und war eiskalt. Amelie zündete die Fackel an und gab sie mir. Ich warf sie in die Mitte des Bootes und schob es kräftig an, damit es auf das offene Meer hinaustrieb. Der Reisighaufen fing sofort Feuer und brannte lichterloh. Ich stieg aus dem Wasser.

Dann stand ich mit Amelie auf dem Bootssteg im Licht des anbrechenden Tages. Das Boot brannte in voller Ausdehnung und trieb weiter ab. Ich hatte meinen Arm um ihre Schultern gelegt. Sie lehnte ihren Kopf an meine Schulter und weinte haltlos.

Ich hatte selbst einen Kloß im Hals und rang um Fassung.

„Ich werde dich rächen Thort, dein Tod war nicht umsonst. Das schwöre ich dir!" sagte ich, während das brennende Boot in die aufgehende Sonne trieb.

Fortsetzung folgt

Invasion im Schären-garten

An der Schwelle des Todes

Ulf Kellerson, der sich Helldiver nennt und Amelie Devereux mussten sich von ihrem Freund Thort Livström
verabschieden, der in einem Gefecht getötet wurde. Im
Ljuskärrsberget Bunker erholen sie sich von dem schlim-
men Erlebnis. Nach mehreren Versuchen nach Winterfjäll
zu gelangen, trafen sie Jim Henderson und Akiko
Hyundura, die von Robotern bedrängt wurde. Sie können
Akiko Hyundura, die sich auf einem Bauernhof verschanzt
hatte, aus einem Feuergefecht mit mehreren Robotern retten.

Nach einigen Tagen im Ljuskärrsberget Bunker starten
sie erneut einen Versuch nach Winterfjäll zu gelangen.

Im Scandic Crown Hotel treffen sie auf Überlebende.

Sie vernichten eine Produktionsstätte der Roboter und
müssen sich einer anrückenden Roboter Armee stellen.

Nachdem sie Kontakt mit General Viklund aufnehmen
konnten, bekam Helldiver eine schier unlösbare Aufgabe
gestellt. Er will nicht, dass seine Freund ihn begleiten. Als
ein Schneesturm heraufzog, kettete er Amelie an der Hei-
zung fest und macht sich allein auf zu seinen Vernich-
tungsfeldzug.